中国传统文化经典选读

诗经选

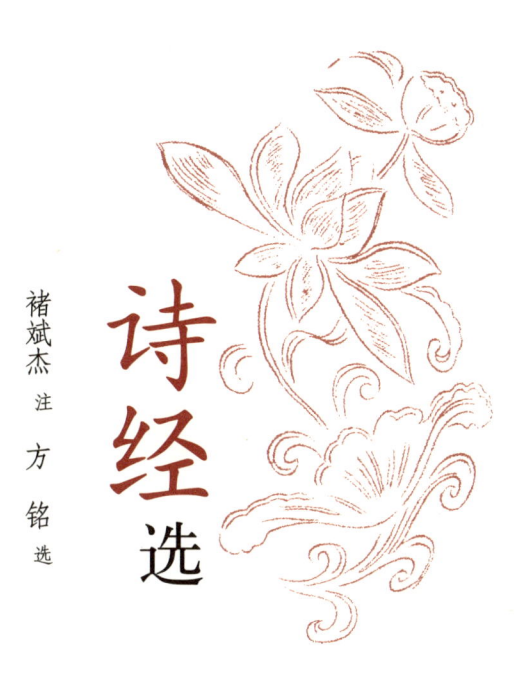

褚斌杰 注　方 铭 选

人民文学出版社

图书在版编目(CIP)数据

诗经选/褚斌杰注；方铭选. —北京：人民文学出版社,2015 (2022.7重印)
(中国传统文化经典选读)
ISBN 978-7-02-011142-8

Ⅰ.①诗… Ⅱ.①褚… ②方… Ⅲ.①古体诗—诗集—中国—春秋时代 Ⅳ.①I222.2

中国版本图书馆 CIP 数据核字(2015)第 216494 号

责任编辑	葛云波
装帧设计	刘　静
责任印制	任　祎

出版发行　人民文学出版社
社　　址　北京市朝内大街 166 号
邮政编码　100705

印　　刷	三河市宏盛印务有限公司
经　　销	全国新华书店等
字　　数	180 千字
开　　本	680 毫米×1000 毫米　1/16
印　　张	20　插页 3
印　　数	15001—18000
版　　次	2014 年 3 月北京第 1 版
印　　次	2022 年 7 月第 5 次印刷
书　　号	978-7-02-011142-8
定　　价	36.00 元

如有印装质量问题，请与本社图书销售中心调换。电话：01065233595

目 录

前言 …………………………………………… *1*

周南

关雎 …………………………………………… *1*

葛覃 …………………………………………… *3*

卷耳 …………………………………………… *4*

桃夭 …………………………………………… *6*

芣苢 …………………………………………… *7*

汉广 …………………………………………… *8*

召南

采蘋 …………………………………………… *10*

行露 …………………………………………… *11*

摽有梅 ………………………………………… *12*

小星 …………………………………………… *13*

江有汜 ………………………………………… *14*

野有死麕 …………………………………… 15

驺虞 ……………………………………… 16

邶风

柏舟 ……………………………………… 18

绿衣 ……………………………………… 20

燕燕 ……………………………………… 21

日月 ……………………………………… 23

击鼓 ……………………………………… 24

凯风 ……………………………………… 26

匏有苦叶 …………………………………… 28

谷风 ……………………………………… 30

式微 ……………………………………… 34

北门 ……………………………………… 35

静女 ……………………………………… 36

新台 ……………………………………… 37

二子乘舟 …………………………………… 39

鄘风

柏舟 ……………………………………… 40

墙有茨 …………………………………… 41

鹑之奔奔 …………………………………… 42

相鼠 ……………………………………… 42

载驰 ……………………………………… 43

卫风

淇奥 ……………………………………… 46

硕人	48
氓	50
河广	54
伯兮	55
木瓜	57

王风

黍离	58
君子于役	59
扬之水	60
兔爰	61
采葛	63

郑风

将仲子	64
女曰鸡鸣	65
狡童	66
褰裳	67
子衿	68
出其东门	69
野有蔓草	70
溱洧	71

齐风

东方未明	73
甫田	74

3

卢令 ……………………………………	75
猗嗟 ……………………………………	76

魏风

葛屦 ……………………………………	79
园有桃 …………………………………	80
伐檀 ……………………………………	81
硕鼠 ……………………………………	83

唐风

蟋蟀 ……………………………………	85
杕杜 ……………………………………	86
鸨羽 ……………………………………	87
有杕之杜 ………………………………	89
采苓 ……………………………………	90

秦风

车邻 ……………………………………	92
蒹葭 ……………………………………	93
黄鸟 ……………………………………	94
晨风 ……………………………………	96
无衣 ……………………………………	97

陈风

宛丘 ……………………………………	99
衡门 ……………………………………	100
东门之池 ………………………………	101

墓门 …………………………………… *102*

　　月出 …………………………………… *103*

桧风

　　素冠 …………………………………… *105*

　　隰有苌楚 ……………………………… *106*

　　匪风 …………………………………… *107*

曹风

　　蜉蝣 …………………………………… *108*

　　鸤鸠 …………………………………… *109*

　　下泉 …………………………………… *110*

豳风

　　七月 …………………………………… *112*

　　鸱鸮 …………………………………… *118*

　　东山 …………………………………… *119*

　　伐柯 …………………………………… *123*

小雅

　　鹿鸣 …………………………………… *124*

　　四牡 …………………………………… *125*

　　常棣 …………………………………… *127*

　　伐木 …………………………………… *129*

　　采薇 …………………………………… *132*

　　出车 …………………………………… *135*

　　菁菁者莪 ……………………………… *139*

鸿雁	*140*
沔水	*141*
鹤鸣	*143*
黄鸟	*144*
我行其野	*145*
无羊	*146*
节南山	*148*
正月	*153*
十月之交	*160*
雨无正	*165*
小旻	*169*
小宛	*172*
小弁	*175*
巧言	*180*
何人斯	*183*
巷伯	*186*
谷风	*189*
蓼莪	*190*
大东	*192*
四月	*197*
北山	*200*
无将大车	*202*
小明	*203*

鼓钟 …………………………………… 206

大田 …………………………………… 208

青蝇 …………………………………… 210

宾之初筵 ……………………………… 211

角弓 …………………………………… 216

菀柳 …………………………………… 219

都人士 ………………………………… 220

隰桑 …………………………………… 222

渐渐之石 ……………………………… 223

苕之华 ………………………………… 224

何草不黄 ……………………………… 225

大雅

文王 …………………………………… 227

思齐 …………………………………… 231

灵台 …………………………………… 233

生民 …………………………………… 235

公刘 …………………………………… 240

民劳 …………………………………… 244

板 ……………………………………… 247

荡 ……………………………………… 252

抑 ……………………………………… 256

云汉 …………………………………… 264

瞻卬 …………………………………… 269

召旻 …………………………………………………… *274*

周颂

清庙 …………………………………………………… *278*

昊天有成命 ………………………………………… *279*

思文 …………………………………………………… *280*

臣工 …………………………………………………… *281*

噫嘻 …………………………………………………… *282*

有客 …………………………………………………… *283*

闵予小子 …………………………………………… *285*

敬之 …………………………………………………… *286*

小毖 …………………………………………………… *287*

载芟 …………………………………………………… *288*

良耜 …………………………………………………… *291*

桓 ……………………………………………………… *293*

鲁颂

駉 ……………………………………………………… *294*

商颂

玄鸟 …………………………………………………… *297*

殷武 …………………………………………………… *298*

前　言

中国诗歌有着久远的传统。早在公元前六世纪左右，就出现了一部经当时乐师之手收集、编辑起来的诗集——《诗三百篇》，也就是被后世儒家学者所尊称的《诗经》。

《诗经》收录了我国西周初年至春秋中叶之间产生的三百零五篇作品，主要出现于当时的北方中原地区，是根植于我国黄河流域古老文化土壤中的艺术花朵，它以贴近现实，淳朴自然为特征，受到人们的喜爱，成为我国文学园林中最早的硕果。

现存《诗经》一书，是按风、雅、颂分类编排的。为什么有这种划分呢？原来《诗经》中的诗篇，有的原本是人民口头上传唱的民歌，有的虽是文人的创作，也是经乐师配乐后用来演唱的，它们都是"歌诗"，与音乐有关。由于这些歌诗的来源、产生的地域不同，乐调也有所不同，所谓风、雅、颂，乃是按乐调划分的类别。风，土风俗曲的意思，是指当时各诸侯国所辖不同区域的地方乐曲。它占《诗经》作品的大部分，主要是上述各地区的民歌。

雅,指当时周王朝国都(丰、镐)附近地区的乐曲。其中有民歌,也有文人创作。颂,是古代祭神祀祖用的歌舞曲。曲调肃穆而徐缓,与一般乐曲不同,故单成一类。大约是当时王朝中的史官或巫祝(掌管祭祀活动)创作的。

《诗经》是一部诗歌总集。从年代说,它包括了上下五六百年间的作品;从作者说,它包括了当时社会不同身份、不同生活经历,以及不同性格、性别的作者的创作;从体裁说,它包括有抒情、叙事、讽谕、颂赞等各种文学样式,而题材内容更是多种多样,有的写政治、行役、战争、农事、狩猎、祭祀、宴饮,有的写爱情、婚姻、民俗、歌舞,而且形象极为生动,感情浓郁,美妙动人。它就像当时社会的一部形象化的历史,一个精金美玉杂收并储的宝库,丰富多彩,炫人耳目。

由于《诗三百篇》的内容十分丰富,从而很早就受到重视。我国大思想家、教育家孔子,就曾把它作为教导学生的教材,认为"诗可以兴,可以观,可以群,可以怨",不仅如此,他认为学诗还可以体会出如何侍奉父母,怎样辅佐君王施政的道理,以至通过它可以"多识鸟兽草木之名"(《论语·阳货》)。另外,孔子还说"不学诗,无以言"(《论语·季氏》)。在孔子看来,《诗三百篇》无疑是一部政治、伦理、文学、语言,以及博物知识的百科全书。

《诗经》作为文学作品，作为生动优美的诗歌创作，无疑是我国古典文学辉煌的开始，同时，它的广阔而丰富的内容，又是我国古文化和古文明的载体，是我们了解古代社会和我们民族古老的物质文明和精神文明的重要典籍。

《诗经》中的诗篇，是否有商代的遗存，尚有争议，但有相当一部分作品可以上溯到西周初年是无问题的。《诗经》"大雅"中有一组古老的诗篇，即《生民》、《公刘》、《绵》、《皇矣》、《大明》，它们记述了从周始祖后稷的诞生到武王灭商兴周的史迹和传说，是传唱于周初前后的"史诗"，十分可贵地保存了一些远古历史的面影。"史诗"是一个民族发祥、创业的胜利歌唱，是民族历史的第一页。这些仅存的古老诗篇，无疑是非常珍贵的。

《诗经》中还保留下一批具有鲜明时代特点和民族特点的祭祀诗，如《诗经》中的"三颂"。周人把祭天和敬祖置于同等地位，视祖先亡灵为本民族的保护神，反映了我国古代宗法制社会将宗教伦理化的特点。在祭祀诗中，有一部分是属于祀田祖（农神）、祈丰收的诗，它们写祭事，但也反映了古时耕、种、收、藏等农事活动以及相关的礼俗和农田管理等。在虔诚的宗教感情中，透露出当时人们对农事的重视，以及对家族兴旺和过富足安康生活的向往。

《诗经》中的宴饮诗（又称燕飨诗），是中国古代礼乐文明的独有产物。周代君臣朝会，家族团聚，故旧相逢皆举行宴饮，特别是在上层社会，宴饮之际，要奏乐歌诗。而举行各种宴饮活动的目的，"非专为饮食也，为行礼也。"（《礼记·乡饮酒礼》）故在这些诗里，除写酒食的丰盛外，主要写宾主彬彬有礼，尊卑长幼有序，特别是表达情义的可贵。实际上是要在觥筹交错、琴瑟钟鼓的歌乐声中，达到尊贤敬老，亲亲睦友的目的。所以《诗经》中的宴饮诗，实际表达着周人尚道德、重教化的礼乐文明。

《诗经》中还有一部分反映王道兴衰、政教得失的政治诗。它们包括了"美"、"刺"两方面内容。美，是颂美；刺，是怨刺。这些诗多出于当时中下层文人之手，大约是当时"献诗"制度的产物。美诗，是对某些当权者、政治人物和英武杰出之士的颂扬；刺诗，则是愤世伤时之作，是对君昏臣佞，政治弊端，社会问题的揭露和讽刺，表现了当时进步士人关心国事的热情和对时代兴衰、民生疾苦的责任感。这种忧国忧民的精神，一直影响到后世，被无数进步诗人、作家所继承，成为我国文学的优良传统。

当然，最值得我们珍视的是占全书大部分的民歌作品。它们是当时劳动人民口耳相传的集体创作,是劳动人民的理想和智慧的结晶,是他们在各种生活遭遇中思想感情的自然流露。例如《七月》一诗,是一个饱经风霜和压迫之苦的年长农夫,对他年复一年所过生活的回忆,在痛苦的回忆中,他感到凄苦、哀伤和不平,于是用朴素的语言,把它随口唱了出来,其感情是非常真实感人的。《伐檀》、《硕鼠》也是这样,这些劳动者想到自己终年艰苦的劳作,但劳动果实却被那些自命为"君子"、实际上是吸血鬼的人掠夺一空,于是感到无比愤恨,一时怒火中烧,而随口唱出了他们的久积于心头的怨恨,并产生出"适彼乐土"去寻求美好生活的愿望。行役之人久滞不归,他想到家里的田地荒芜,年老的父母在饿肚子,因而感到撕肠裂腹的痛苦,于是呼叫苍天,放声长号(《唐风·鸨羽》);征夫的妻子,傍晚看到牛羊下坡,鸡儿归巢,因而流泪伫望,发出心底的怨思(《王风·君子于役》);如此等等,这些作品无不是"饥者歌其食,劳者歌其事",是当时劳苦大众血泪生活的真实而形象的写照。

以恋爱和婚姻为题材的作品,在《诗经》中占很大比重。从社会制度和文化习俗发展上看,《诗经》中大量的婚恋诗,反映了古代由群婚制向对偶婚姻的转化,表现了男女间由原始的生命欲求,向个人的性爱及其精神品格上的升华;同时也打上了宗法社会的某些烙印。从而这些诗,既迸发出自由、大胆、忠于所爱的青春活力,又表现了对某些礼制的冲突。

《诗经》中大量的爱情作品,多方面地反映了男女恋爱生活中的各种情景及心理。正在恋爱的青年,听到河边水鸟成双捉对的鸣叫,于是满怀幽情地想念起所爱的人(《周南·关雎》);一对情人相约在角楼相会,赠物传情,并相互逗趣(《邶风·静女》);情人相会在一起,是欢乐的,幸福的,但分别时是惆怅难捱的,于是唱出"一日不见,如三秋兮"的度日如年的痛苦(《王风·采葛》);有的男女爱情受到了家长的干预,于是发出"之死矢靡它"的誓言,以示反抗到底(《鄘风·柏舟》);一个被男子欺压、无辜被弃的妇女,抚今思昔,恨夫悲己,不由得发出"反是不思,亦已焉哉"的决绝之词(《王风·氓》)。《诗经》中爱情诗歌的一个重要特征,是它既表现出两性间的吸引和大胆追求,又表现出爱情是两性间心灵的沟通,是一片圣洁的美的世界。如《秦风·蒹葭》写痴情人所求不得而产生的凄迷心境和孤独忧伤;《周南·汉广》写水畔思人,一往情深,渴望之切与失望至极的苦恋心情;《陈风·月出》写月夜幽独,意中人的倩影挥之不去,空劳遐想。这些诗的共同特点是,都表现出一种纯情专一,深婉优美的浪漫情致。在两千年前能达到这种精神境界和高超诗艺,是令人惊叹不已的。

伟大的《诗经》，是我国文学辉煌的开端，是一批富于首创性的杰作。这些诗篇蕴含了对社会现实生活的热情关注和直面苦乐人生的伟大现实主义精神。它涉及的生活面广阔，内容丰富，题材多样，举凡征人之苦，劳人之怨，国难"黍离"之悲，故土怀归之思，以及亲朋契阔，男女哀乐之情，这些在后世诗文中所屡见而富于民族特色的主题，在《诗经》作品中均发其端，导其源。至于它在赋、比、兴艺术手法方面的开创，它的"为情而造文"，贴近生活，不追求华丽之美而又深藏艺术魅力的高超艺术成就，更对我国后世文学艺术的发展，产生至深至巨的影响。至于它的深厚文化意蕴，也正是研究我国文化传统和民族心理的渊薮。

在古代，《诗经》是作为儒家经典而流传的，因此每被旧日经学家所涂饰和曲解。如汉人以"政教"说诗，宋人以"理欲心性"说诗，还有的学者为了达到"经世致用"，而以"微言大义"说诗等等。总之，就论析每篇诗歌之主题来看，可以说切合诗之原意者少，借题发挥者多。近代以来，旧日经学家的偏见虽逐渐被克服和拨正（当然某些训诂成果还是可取的），但终由于这些诗产生的时代久远，资料有阙和古今语言的变迁，要正确无误地解释每一篇诗的作意、主题，注解清楚诗中的每章每句，仍属大难事。

我做这一工作时,所采取的方法是,先涵咏诗作原文,细味全篇文意,再参以相关文献和前人解诗成果。或对前人之见择善而从,或经过体察研究而裁以己意。其异同之间,正如刘勰所说:"有同乎旧谈者,非雷同也,势不可异也;有异乎前论者,非苟异也,理自不可同也。"(《文心雕龙·序志》)在具体操作时,虽往往斟酌再三,采取谨慎态度,但由于学识有限,恐终难做到切实稳妥。因此并不敢存有什么后来居上之想,实只愿不至于"离本弥甚",经过一番努力,为读者提供一个平实的读本而已。

本书在编撰过程中,除参考、引用古文献外,还参考、吸取了时贤的某些研究成果,未能一一注出,谨表感谢。另外,本书之告成,更承蒙黄筠、宗明华和孔慧云诸同志的协助,他们或为我费时费力借书、搜集资料,或代为整理、抄写稿件,特别是宗明华同志相助尤多,特致谢意。

需附带说明的是,本书引用前人著述,除首次出现用全称外,为节省篇幅,均酌用简称,如汉毛亨《毛氏故训传》(毛《传》)、汉郑玄《毛诗传笺》(郑《笺》)、唐陆德明《经典释文》(陆德明《释文》)、唐孔颖达《毛诗注疏》(孔《疏》)、宋朱熹《诗集传》(朱熹《集传》)、清陈奂《毛诗传疏》(陈奂《传疏》)、清姚际恒《诗经通论》(姚际恒《通论》)、清方玉润《诗经原始》(方玉润《原始》)、清牟应震

《毛诗质疑》(牟应震《质疑》)、清马瑞辰《毛诗传笺通释》(马瑞辰《通释》)、清王先谦《诗三家义集疏》(王先谦《集疏》)、清俞樾《毛诗平议》(俞樾《平议》)、清王引之《经传释词》(王引之《释词》)等。至于偶加引用者，概用全称。

褚 斌 杰

1997年4月10日

周 南

关 雎[1]

关关雎鸠[2],在河之洲[3]。窈窕淑女[4],君子好逑[5]。

参差荇菜[6],左右流之[7]。窈窕淑女,寤寐求之[8]。

求之不得,寤寐思服[9]。悠哉悠哉,辗转反侧[10]。

参差荇菜,左右采之[11]。窈窕淑女,琴瑟友之[12]。

参差荇菜,左右芼之[13]。窈窕淑女,钟鼓乐之[14]。

〔1〕 这是一首爱情诗,写一个男子思慕着一位美丽

贤淑的少女,日夜不能忘怀。他渴望终有一天,能与她结为永好,成为夫妇,过上和谐美满的幸福生活。

〔2〕 关关:鸟鸣声。雎(jū居)鸠:水鸟名,即鱼鹰。一说为鸠类,求偶时雌雄相和而鸣。毛《传》:"兴也。关关,和声也。"

〔3〕 洲:水中陆地。

〔4〕 窈窕(yǎo tiǎo 咬挑):体态娴美的样子。毛《传》:"窈窕,幽闲也。"淑:品德和善。朱熹《集传》:"淑,善也。"

〔5〕 君子:古代对男子的美称。好:此指男女相悦。逑(qiú求):配偶。好逑,爱侣、佳配之意。

〔6〕 参差:长短不齐的样子。荇(xìng杏)菜:一种水中植物,可食。

〔7〕 左右:指船的左边或右边。流:择取。《尔雅》:"流,择也。"这句形容那个女子择取荇菜时向左向右的情状。

〔8〕 寤寐(wù mèi 务妹):醒着,睡着。这里指日以继夜。

〔9〕 思服:二字同义,即思念。毛《传》:"服,思之也。"

〔10〕 "悠哉"二句:形容思念不已,不能安睡的样子。悠:悠长,指思绪绵绵不尽。反:覆身而卧。侧:侧身而卧。

〔11〕 采:采摘。

〔12〕 琴瑟(sè色):古代的两种弦乐器。友:亲密相爱。这里以弹琴奏瑟,比喻与她相会相处时的亲密无间,和谐愉快。

〔13〕 芼(mào冒):拔取。"流"、"采"、"芼",均指采取,但动作有区别,有递进,兼表示感情和追求的程度。

〔14〕 "钟鼓"句:敲钟击鼓使她快乐。这里指钟鼓喧喧热闹的婚礼场面,是男子设想未来结婚的情景。

葛　覃[1]

葛之覃兮,施于中谷[2],维叶萋萋[3]。黄鸟于飞,集于灌木,其鸣喈喈[4]。

葛之覃兮,施于中谷,维叶莫莫[5]。是刈是濩[6],为絺为绤[7],服之无斁[8]。

言告师氏[9],言告言归[10]。薄污我私[11],薄浣我衣[12]。害浣害否[13]？归宁父母[14]。

　　[1]　这首诗写已婚女子归宁省亲前劳作、做准备的情景,充满着急切、快乐心情。葛:多年生蔓生植物,纤维称葛麻,可以织布。覃:长,指葛藤。
　　[2]　施(yì 易):移,指葛藤蔓延、爬满。中谷:即谷中,山谷之中。
　　[3]　维:虚词,用于发语。萋萋:茂盛的样子。
　　[4]　喈喈(jiē 阶):象声词,形容鸟鸣宛转好听。
　　[5]　莫莫:犹"漠漠",极茂密的样子。
　　[6]　是:乃,于是。刈(yì 义):割。濩(huò 获):煮,指煮后取其纤维。
　　[7]　为:动词,这里指织成。絺(chī 痴):细葛布。绤(xì 细):粗葛布。毛《传》:"精曰絺,粗曰绤。"

〔8〕 斁(yì义):厌。无斁,指乐穿不已,久穿不厌。

〔9〕 师氏:古时教导女子学习女工(如织布、做衣等)的人。言:用作动词词头,无实义。

〔10〕 归:回娘家。

〔11〕 薄:语助词,有勉力、赶快的意思。《广雅·释诂》:"薄,迫也。"污:指洗衣去污。私:内衣,贴身衣服。

〔12〕 浣(huàn换):洗涤。

〔13〕 害:"曷"的假借字,同"何"。这句说,哪些需要洗,哪些不用洗。

〔14〕 归宁:回娘家省亲问安。宁,安宁,作动词,问候安宁。

卷　耳[1]

采采卷耳,不盈顷筐[2]。嗟我怀人[3],寘彼周行[4]。

陟彼崔嵬[5],我马虺隤[6]。我姑酌彼金罍[7],维以不永怀[8]。

陟彼高冈[9],我马玄黄[10]。我姑酌彼兕觥[11],维以不永伤。

陟彼砠矣[12],我马瘏矣[13],我仆痡矣[14],云何吁矣[15]！

〔1〕 这首诗写妇人怀念出征在外的丈夫,首章自写,二、三、四章均从对方着笔,写征夫在外服役的劳苦和对自己的思念,含蓄委婉,愈见情笃。卷耳:野生植物,嫩苗可食。

〔2〕 采采:采而又采,指采摘动作不断。朱熹《集传》:"采采,非一采也。"顷筐:一种簸箕状的浅筐。二句说久采不满筐,是因采者有心事,未能专注劳作。

〔3〕 嗟:叹词。怀:思念。人:征人,指其丈夫。

〔4〕 寘:同"置",放置。周行:大道。这句说,无心采摘,索性将筐放置在路上。

〔5〕 陟(zhì 志):登。崔嵬:高而险的山。

〔6〕 虺隤(huī tuí 灰颓):疲病腿软的样子。以下的"我"均是思妇代行人自称。清牟应震《质疑》:"六我字,皆代征夫设想。"

〔7〕 姑:姑且。酌:用勺舀酒。金罍(léi 雷):铜酒器。古代称青铜为金。罍,刻有云龙纹的盛酒器。

〔8〕 维:发语词。永怀:长久的思念。

〔9〕 冈:山岗,山脊。

〔10〕 玄黄:指马因疲劳而目眩眼花(取闻一多《诗经新义》)。

〔11〕 兕觥(sì gōng 寺公):犀牛角杯。

〔12〕 砠(jū 居):有土石的山丘,分外难行。

〔13〕 瘏(tú 途):疲病力竭。朱熹《集传》:"瘏,马病不能进也。"

〔14〕 痡(pū 铺):生病不能行走。

〔15〕 云:发语词。吁(xū 虚):同"忏",忧伤。这句说,这是何等的忧伤啊!

桃　夭[1]

桃之夭夭[2]，灼灼其华[3]。之子于归[4]，宜其室家[5]。

桃之夭夭，有蕡其实[6]。之子于归，宜其家室。

桃之夭夭，其叶蓁蓁[7]。之子于归，宜其家人[8]。

〔1〕 这是一首贺新婚的诗，《诗经》的前一首《樛木》重在贺男，这首贺女。用桃花鲜艳比喻女子貌美，用果实肥大，绿叶茂密比喻家族兴旺、昌盛。

〔2〕 夭夭(yāo 腰)：同"枖"，木少壮，即初长成开花的树。一说，形容花之娇好。

〔3〕 灼灼(zhuó 卓)：形容花之盛开，红色鲜明，光彩照人。华：古"花"字。

〔4〕 之子：此子，指这个新婚女子。子，古时男女皆可通称为"子"。于：往。归：归于夫家，即出嫁。

〔5〕 宜：适当、相宜。室家：男子有妻称有室，女子有夫称有家，这里指家庭。

〔6〕 有蕡(fén 坟)：即蕡蕡，形容果实肥大。实：果实。这里以结果实比喻生子。

〔7〕 蓁蓁(zhēn 真):叶子茂密的样子。这里指家族兴旺而福荫后代。

〔8〕 家人:指家族之人。

芣　苢[1]

采采芣苢,薄言采之[2]。采采芣苢,薄言有之[3]。

采采芣苢,薄言掇之[4]。采采芣苢,薄言捋之[5]。

采采芣苢,薄言袺之[6]。采采芣苢,薄言襭之[7]。

〔1〕 这是妇女们在山坡田野间,结伴采集芣苢时所唱的歌,在劳动进程和满载而归的描绘中,表现出极欢快的情绪。芣苢(fú yǐ 浮以):车前草,籽入药,古人相信它可以治不孕症。

〔2〕 薄:有勉力、迫切意。言:语助词。"薄言"二字连用,有急忙、赶快的意思。

〔3〕 有:指开始采集,从无到有。

〔4〕 掇(duō 多):拾取。

〔5〕 捋(luō 啰):用手握住,用力抹下来。掇、捋,写

7

动作从慢到快。

〔6〕 袺(jié结):用衣襟兜住。

〔7〕 襭(xié协):将衣襟插在腰带上兜住,这样所盛东西更多些。袺、襭,写收获从少到多。

汉　广[1]

南有乔木,不可休息[2]。汉有游女[3],不可求思[4]。汉之广矣,不可泳思[5],江之永矣[6],不可方思[7]。

翘翘错薪[8],言刈其楚[9]。之子于归[10],言秣其马[11]。汉之广矣,不可泳思,江之永矣,不可方思。

翘翘错薪,言刈其蒌[12]。之子于归,言秣其驹[13]。汉之广矣,不可泳思,江之永矣,不可方思。

〔1〕 这首诗写一个砍柴男子,追求一个女子而不可得,从而自歌自叹,表现出一片痴慕之情。

〔2〕 息:《韩诗》作"思",兹从《毛诗》。

〔3〕 汉:汉水。游女:出游之女,此指歌者所倾慕的女子。

〔4〕 思:语助词,有叹意。

〔5〕 泳:游泳,指游泳渡过汉水。

〔6〕 江:长江。永:长。

〔7〕 方:筏子,这里作动词,指用筏子渡江。以上以汉广江长,难以渡过,比喻中间阻隔,对所爱之人难于亲近。

〔8〕 翘翘:高出的样子。错薪:丛杂的灌木柴草。毛《传》:"错,杂也。"比喻婚礼。魏源《诗古微》:"《三百篇》言取妻者,皆以析薪取兴。盖古者嫁娶必以燎炬为烛,故《南山》之析薪,《车舝》之析柞,《绸缪》之束薪,《豳风》之伐柯,皆与此错薪、刈楚同兴。"

〔9〕 言:语助词。刈(yì 义):割。楚:植物,荆条类。

〔10〕 之子:那个女子。于归:出嫁。

〔11〕 秣(mò 末):用草料喂马。古时用车马迎亲。

〔12〕 蒌(lóu 娄):蒌蒿,植物。

〔13〕 驹(jū 居):小马。

召 南

采 蘋[1]

于以采蘋？南涧之滨[2]。于以采藻[3]？于彼行潦[4]。

于以盛之？维筐及筥[5]。于以湘之[6]？维锜及釜[7]。

于以奠之[8]？宗室牖下[9]。谁其尸之[10]？有齐季女[11]。

〔1〕 这诗写采集祭物以供祭祖。以少女的口吻，一问一答，写出了从采集、烹煮到献上祭品的祭祀过程。朴素庄重，可见当时的风俗。蘋(pín 频)：一种大浮萍，多年生水草，可食。

〔2〕 南涧：南山之涧。

〔3〕 藻：水藻。

〔4〕 行潦(lǎo 老)：沟中流动的积水。

〔5〕 筐：竹制方形的盛物器具。筥(jǔ 举)：圆形的竹筐。

〔6〕 湘："鬺"的借字，《韩诗》作"鬺"。烹煮。

〔7〕 锜(qí其):三足锅。釜(fǔ斧):无足的锅。

〔8〕 奠(diàn店):祭奠,这里指设祭,摆放祭品。

〔9〕 宗室:宗庙,祭奉祖先的殿堂。牖(yǒu有):天窗。马瑞辰《通释》:"古者一名乡,取乡明之义,其制向上取明,与后世之窗稍异。"

〔10〕 尸:古时祭祀时用人扮神,称为"尸"。

〔11〕 齐:恭敬的样子。朱熹《集传》:"敬貌。"季女:少女。

行　露[1]

厌浥行露,岂不夙夜,谓行多露[2]。

谁谓雀无角,何以穿我屋[3]?谁谓女无家[4],何以速我狱[5]?虽速我狱,室家不足[6]。

谁谓鼠无牙,何以穿我墉[7]?谁谓女无家,何以速我讼[8]?虽速我讼,亦不女从[9]。

〔1〕 这诗写一个有家室的已婚男子,仗势要霸占一个女子,女子不畏权势,表示绝不屈从。行露:道上的露水。

〔2〕 厌:借为"浥"。浥浥(yì邑),湿漉漉的样子。夙夜:指夜色尚早,即天色尚未明亮之时。谓:借为"畏",

惧怕。以上三句是说,最怕早夜露浓时行路,会沾湿衣服。这里指举步维艰,陷入困扰境地。

〔3〕 角:指鸟嘴。以其尖利如角,故称。此二句用雀穿房破屋而入,比喻横行无忌。

〔4〕 女:同"汝",你,指那已婚男子。家:家室,指妻室。

〔5〕 速:招致。狱:指陷害入狱。

〔6〕 室家不足:绝不满足与对方成婚的要求。一说,是指对方要求缔结婚姻的理由不足。

〔7〕 墉(yōng 庸):墙。这里用鼠咬穿屋墙,亦表示对方横行无忌。

〔8〕 讼:诉讼,打官司。

〔9〕 从:顺从,屈从。不女从,即"不从女"倒文,决不屈服顺从于你。

摽 有 梅[1]

摽有梅,其实七兮[2]。求我庶士[3],迨其吉兮[4]?

摽有梅,其实三兮[5]。求我庶士,迨其今兮[6]?

摽有梅,顷筐墍之[7]。求我庶士,迨其谓之[8]。

〔1〕 这诗写女子思婚求偶,盼望意中的男子,早些

来向她求婚。诗中以梅实越落越少,比喻青春流逝,希望对方能及时而来。摽(biào 鳔):击打。此指采集活动,击梅坠落。有:语助词。梅:梅树,结实可食。

〔2〕 七:表示多数。这二句说梅子已坠落了,在树上还剩下十之七。

〔3〕 庶:众多。士:男子的通称。此句说,追求我的男子们。

〔4〕 迨(dài 待):趁着。吉:吉日良辰,好日子。

〔5〕 三:表示少数,是说还剩下十之三。

〔6〕 今:今天,现在。

〔7〕 顷筐:一种簸箕状的浅筐。塈(jì 既):取。表示其果实已尽,时不我待。

〔8〕 谓:说,指告知婚约,即定婚。

小　星[1]

嘒彼小星[2],三五在东[3]。肃肃宵征[4],夙夜在公[5],寔命不同[6]。

嘒彼小星,维参与昴[7]。肃肃宵征,抱衾与裯[8],寔命不犹[9]。

〔1〕 这诗写下层官吏,在外出公差,连夜赶路,劳苦不堪,自叹命不如人,实乃不平之鸣。

〔2〕 嘒(huì 惠):亮光微弱的样子。

〔3〕 三五：犹言三三五五，小星稀疏，指黄昏或将明时的星空。

〔4〕 肃肃：匆匆忙忙。姚际恒《通论》："肃，速同，疾行貌。"宵征：夜行。

〔5〕 夙夜：白天黑夜。公：公府、官家。

〔6〕 寔：同"是"。这句说，自己命运不同于别人，即命不好的意思。

〔7〕 参(shēn 身)：二十八宿之一，由七颗星组成。昴(mǎo 卯)：西方白虎宿星，由六颗星组成。参、昴相近，同时在天空中出现。

〔8〕 衾(qīn 钦)：被子。裯(chóu 绸)：床帐。郑《笺》："床帐也。"这句是说，携卧具而不得睡眠。

〔9〕 犹：若。不犹，不如人。毛《传》："犹，若也。"

江 有 汜[1]

江有汜，之子归[2]，不我以[3]；不我以，其后也悔[4]。

江有渚[5]，之子归，不我与[6]；不我与，其后也处[7]。

江有沱[8]，之子归，不我过[9]；不我过，其啸也歌[10]。

〔1〕 这是一首男子失恋的歌。他闻知所爱的人,将出嫁他人,心情不能平静,先是后悔错爱了人,稍后则安于所处,最后则以长歌舒闷。江:长江。汜(sì四):江河支流。小水出于大水,后又复归于大水的支流称"汜"。

〔2〕 归:归于夫家,指出嫁。

〔3〕 不我以:"不以我"的倒文。以,用,需要的意思。

〔4〕 悔:悔恨,自悔错爱了对方。

〔5〕 渚(zhǔ主):水中小洲。

〔6〕 与:相交,相好。

〔7〕 处:安。朱熹《集传》:"处,安也。"

〔8〕 沱(tuó驼):江水支流。

〔9〕 过:过从,相来往。

〔10〕 啸(xiào孝):蹙口出声。这句是说,用啸歌抒散愤闷之气。

野 有 死 麕[1]

野有死麕,白茅包之[2]。有女怀春[3],吉士诱之[4]。

林有朴樕[5],野有死鹿。白茅纯束[6],有女如玉。

舒而脱脱兮[7],无感我帨兮[8],无使尨也吠[9]。

〔1〕 这诗写一个猎人,用所获的猎物赠给一位少女,并向她调情。女子要他不要过于冒失,以免惹得犬吠人知。麕(jūn菌):兽名,俗名獐子。
〔2〕 白茅:草名,初夏开白花。
〔3〕 怀春:指情欲萌动,怀求偶之思。
〔4〕 吉士:男子美称,这里指那个猎人。诱:引诱,挑逗。
〔5〕 朴樕(sù速):灌木丛。
〔6〕 纯束:捆扎。指用白茅草包捆所获鹿肉。
〔7〕 舒:慢慢地。脱脱(duì兑):悄悄的样子。
〔8〕 感:触动。帨(shuì税):佩巾,古代女子佩系在胸腹之前。
〔9〕 尨(máng忙):长毛狗。吠:狗叫。

驺　虞[1]

彼茁者葭[2],壹发五豝[3]。于嗟乎驺虞[4]!

彼茁者蓬[5],壹发五豵[6]。于嗟乎驺虞!

〔1〕 这诗赞叹狩猎官高强的本领。古代田猎也是一种典礼,由虞人掌管,这是仪礼上用的赞歌。驺(zōu邹)虞:古代掌管田猎牧事的官。

〔2〕 茁(zhuó浊):茁壮,草木初生时的旺盛样子。葭(jiā夹):芦苇。

〔3〕 发:发矢,射箭。壹发,犹说一开弓射箭。豝(bā巴):母猪。

〔4〕 于嗟乎:赞叹词。

〔5〕 蓬:蓬草。

〔6〕 豵(zōng宗):小猪。古代不同年的猪各有称呼,一岁为豵,二岁为豝。

邶 风

柏 舟[1]

泛彼柏舟,亦泛其流[2]。耿耿不寐[3],如有隐忧[4]。微我无酒[5],以敖以游[6]。

我心匪鉴,不可以茹[7]。亦有兄弟[8],不可以据[9]。薄言往愬[10],逢彼之怒[11]。

我心匪石,不可转也[12]。我心匪席,不可卷也[13]。威仪棣棣[14],不可选也[15]。

忧心悄悄[16],愠于群小[17]。觏闵既多[18],受侮不少。静言思之[19],寤辟有摽[20]。

日居月诸[21],胡迭而微[22]?心之忧矣,如匪浣衣[23]。静言思之,不能奋飞[24]。

〔1〕 这诗写一个女子,在夫家受到欺侮和伤害,孤

立无援,无法容身,内心非常痛苦。但她秉性坚强,自尊自重,渴望摆脱,又觉无路可走,满怀怨愤,以歌寄情,加以申诉。柏舟:柏木船。

〔2〕 "亦泛"句:用在河中荡舟,漂流不知所往,暗喻自己的处境、遭遇。

〔3〕 耿耿(gěng梗):忧烦不安的样子。寐:入睡。

〔4〕 如:承接连词,相当于"而"字。隐忧:内心深处难言的痛苦忧伤。

〔5〕 微:非。

〔6〕 敖:同"遨"。遨、游同义。这句是说,自己的隐忧,不是饮酒和暂时遨游放松一下,就可以摆脱的。

〔7〕 匪:同"非",不是。鉴:镜子。茹:容纳。两句是说,我的心并非镜子一样,什么东西都可以见容。严粲《诗缉》:"鉴虽明,而不择妍丑,皆纳其影。我心有知善恶,善则从之,恶则拒之,不能混杂而纳之。"

〔8〕 兄弟:指娘家哥哥弟弟。

〔9〕 据:依靠。

〔10〕 薄言:急迫地。愬(sù诉):申诉。

〔11〕 逢:遭到。彼:指上文之娘家兄弟。

〔12〕 转:转动。两句是说我的心不像石头一样,可以随便移动;表示不能任人摆布。

〔13〕 卷:卷起来。任人卷曲,意同上。

〔14〕 威仪:指举止仪态正派尊严。棣棣(dì弟):严正的样子。

〔15〕 选:遣,指抛弃。《说文》:"选,遣也。"

〔16〕 悄悄:忧愁的样子。

〔17〕 愠(yùn运):怒。群小:一帮小人,指惹怒了家族中一些心术不正的人。

〔18〕 觏(gòu构):同"遘",遭遇。闵(mǐn敏):痛心,忧患。这句说,我遭受痛心的事已经太多了。

〔19〕 静言：犹静然，静下心来。

〔20〕 寤：醒时。辟：同"擗"，拍打。摽（biào 标去声）：同"嘌"，形容拍击的声音。这里说，越想越痛苦，以至拍胸不止。

〔21〕 居、诸：语气词，无实义。

〔22〕 胡：何。迭（dié 叠）：更替。微：指微弱无光。这里说，为什么总生活在暗无天日的日子里？

〔23〕 浣（huàn 宦）：洗。这句说，自己像未洗的脏衣服，比喻忍辱含诟的生活。

〔24〕 奋飞：飞出牢笼，获得自由。

绿 衣[1]

绿兮衣兮，绿衣黄里。心之忧矣，曷维其已[2]！

绿兮衣兮，绿衣黄裳[3]。心之忧矣，曷维其亡[4]！

绿兮丝兮，女所治兮。我思古人[5]，俾无訧兮[6]！

絺兮绤兮[7]，凄其以风[8]。我思古人，实获我心[9]！

〔1〕 这是一首睹物思人,悼念亡妻的诗。妻子缝制的衣服尚穿在身上,劝勉的话还在耳边,但人已经见不着了,不禁忧从中来,哀莫能止。全诗一片深情,是我国诗史上最早的悼亡之作。

〔2〕 曷:何,何时。维:语助词。已:终止。这句是说,忧伤什么时候能终了。

〔3〕 裳:古时上身称衣,下身称裳。裳即长裙之类。

〔4〕 亡:同"忘",忘怀。郑《笺》:"亡之言忘也。"

〔5〕 古:同"故",故人,此指亡妻。

〔6〕 俾(bǐ 比):使。訧(yóu 尤):过错。意谓妻贤使我少过失。

〔7〕 絺(chī 痴):细葛布。绤(xì 细):粗麻布,缝制夏衣用。

〔8〕 凄:凉爽。这句说,穿着妻生前缝制的麻布夏衣,临风十分凉爽适意。

〔9〕 获:得。这句谓实在称我心意。

燕　燕[1]

燕燕于飞,差池其羽[2]。之子于归,远送于野。瞻望弗及[3],泣涕如雨。

燕燕于飞,颉之颃之[4]。之子于归,远于将之[5]。瞻望弗及,伫立以泣[6]。

燕燕于飞,下上其音[7]。之子于归,远送于南[8]。瞻望弗及,实劳我心。

仲氏任只[9],其心塞渊[10]。终温且惠[11],淑慎其身[12]。先君之思[13],以勖寡人[14]。

〔1〕 这是卫国国君送别妹妹远嫁南国的诗。诗以双燕飞飞,留恋不舍,表示依依惜别之情;又写伫足远望,临别挥泪,赠言嘱托,一片挚情。这是我国诗史上最早的送别诗,对后世很有影响。

〔2〕 差(cī疵)池:不齐的样子。姚际恒《通论》:"燕尾双歧如剪,故曰'差池'。"

〔3〕 瞻望:远望。弗及:不能看到。指离人越走越远,直至望不见了。

〔4〕 颉(xié协):往上飞。颃(háng杭):往下飞。毛《传》:"飞而上曰颉,飞而下曰颃。"

〔5〕 于:以。将:送。朱熹《集传》:"将,送也。"

〔6〕 伫(zhù注)立:久立。

〔7〕 下上其音:指飞下飞上地叫着。

〔8〕 南:指南郊。

〔9〕 仲氏:古代以孟、仲、季,称排行的大、中、小。诗中出嫁的是作者的女弟,即妹妹,故称之为"仲氏"。任:可信任的。朱熹《集传》:"以恩相信曰任。"只:语助词,无实义。

〔10〕 塞:实。渊:深。指诚实深厚。

〔11〕 终:既。温:温和。惠:慈惠。

〔12〕 淑:贤淑。慎:谨慎。

〔13〕 先君:死去的君王,即他们已故的父亲。思:思念。这句是说,要时时以先君为念。这是仲氏临行之际劝勉卫君的话。

〔14〕 勖(xù 絮):勉励。寡人:国君自称。

日 月 [1]

日居月诸,照临下土[2]。乃如之人兮[3],逝不古处[4]。胡能有定[5]?宁不我顾[6]。

日居月诸,下土是冒[7]。乃如之人兮,逝不相好。胡能有定?宁不我报[8]。

日居月诸,出自东方。乃如之人兮,德音无良[9]。胡能有定?俾也可忘[10]。

日居月诸,东方自出。父兮母兮,畜我不卒[11]。胡能有定?报我不述[12]。

〔1〕 这诗是妻子受到丈夫冷淡和虐待的沉痛呼声。初嫁时,对她尚好,后来变了心,对她不理不睬,失去一切

温暖,使她难以忍受。每章首句呼日月而诉之,末章更呼及父母,表现出无可宣泄的伤痛。

〔2〕 居、诸:语助词,用于呼告语。照临下土:意思是呼求日月洞察人间的不平。

〔3〕 乃如:犹言"若夫",语前提示词。之人:这个人,指其丈夫。

〔4〕 逝:发语词,无实义。古,同"故",旧时,往日。不古处,不像昔日那样平和相处。

〔5〕 定:止。这句是说,这种日子到哪天能够停止呢?即苦海无边的意思。

〔6〕 宁:乃。不我顾:即"不顾我"的倒装句。顾,顾念,照顾。

〔7〕 冒:覆盖,即照临。

〔8〕 不我报:意思是从不回报我对你的恩情。

〔9〕 德音无良:话说得好听,实际却存心不良。

〔10〕 俾也可忘:使人可以忘掉,指忧愁难释难忘。俾,使。

〔11〕 畜:养。卒:终了。两句埋怨父母令我出嫁,不终身养我。这是因为痛极而产生的无理埋怨。

〔12〕 报我不述:意思是说,丈夫是怎样报(对待)我的,不想尽述。

击 鼓[1]

击鼓其镗[2],踊跃用兵[3]。土国城漕[4],我独南行[5]。

从孙子仲[6],平陈与宋[7]。不我以归[8],忧心有忡[9]。

爰居爰处[10],爰丧其马[11]。于以求之[12]?于林之下。

死生契阔[13],与子成说[14],执子之手,与子偕老。

于嗟阔兮[15],不我活兮[16]。于嗟洵兮[17],不我信兮[18]!

〔1〕 士兵出征,久滞不归,整日在林野中,苦熬岁月。追忆当初曾与妻子有白首偕老之约,如今却无望活着回去再聚,伤痛之情不能自已,唱出了这首怨愤之歌。击鼓:古时作战用鼓声鼓舞士气、指挥进退。

〔2〕 镗(tāng 汤):同"嘡",形容鼓声响亮。

〔3〕 踊跃:指演武时的跳跃击刺。兵:指兵器。

〔4〕 土:土功,作动词,指挖沟筑城等。国:国内,国中。城:作动词,指守城。漕:漕邑,在今河南滑县境。清牟庭《诗切》:"城漕,谓守城于漕,亦用兵之事也。"

〔5〕 我独南行:承上句是说,别的士兵被派在国内

行役,而唯独我出征南方。

〔6〕 从:随从。孙子仲:当时率领卫兵南征的统帅名。

〔7〕 平:平息,这里指平息纠纷,使之和好。朱熹《集传》:"平,和也。合二国之好也。"陈:陈国;宋:宋国。据历史记载,宋、陈交兵,卫曾派兵援陈,平息纠纷,又引起晋国讨卫。

〔8〕 以:通"与",这句说,不许我参与回国的队伍。

〔9〕 有忡(chōng 冲):即忡忡,忧愁不安的样子。

〔10〕 爰(yuán 元):乃,于是。居:住。处:停留。这句说,只得找地方住下来。

〔11〕 丧:丢失。这里是说,由于军心涣散,连战马也丢失了。

〔12〕 求:指寻找。

〔13〕 契:相合,相聚。阔:远离。

〔14〕 子:指征人之妻。成说:约言,誓言。承上句说,当初曾就生死聚散的事立下誓言。誓言,即下文"与子偕老"。

〔15〕 于嗟:即"吁嗟",叹词。阔:疏远、远离。《说文》:"阔,疏也。"

〔16〕 活:生。这句说,简直不让我活下去了。

〔17〕 洵(xún 旬):《韩诗》作"敻",久远,指年长月久,不得相会。

〔18〕 信:信守。指硬是不让我信守前约。

凯 风[1]

凯风自南,吹彼棘心[2]。棘心夭夭[3]。母氏劬劳[4]。

26

凯风自南,吹彼棘薪[5]。母氏圣善[6],我无令人[7]。

爰有寒泉[8],在浚之下[9]。有子七人,母氏劳苦。

睍睆黄鸟,载好其音[10]。有子七人,莫慰母心[11]。

〔1〕 这是一首感念母爱的诗。诗中说母亲千辛万苦,把七个儿女抚育成人。他们深感母爱的温暖和神圣,但也自愧有负母亲的期望,没能很好地慰悦母亲。诗用和风吹拂、泉水浸润比喻母爱,又自责自己不好,没能宽慰母亲。全诗充满着感人的亲情。凯风:即南风。凯,乐。南风温暖,使草木成长繁茂,给人带来喜悦,所以称凯风。

〔2〕 棘(jí吉):酸枣树。心:树的纤细幼芽。

〔3〕 夭夭:鲜嫩茁壮的样子。这里用和煦南风的吹拂,小枣树的萌长,比喻慈母对儿女的抚育。

〔4〕 劬(qú渠)劳:辛苦操劳。

〔5〕 棘薪:枣树长大,已可以做薪木。既说长大了,又称只可做薪柴,表示自己不善。

〔6〕 圣善:神圣善良。

〔7〕 令:善美。郑《笺》:"令,善也。"我无令人:意谓未能如母亲的希望成材。

〔8〕 爰:何处。寒泉:清洌的泉水。

〔9〕 浚:卫国地名。这里用泉水浸润土地,比喻母

爱的滋育。

〔10〕 睍睆(xiàn huǎn 现缓),形容黄鸟宛转好听的叫声。朱熹《集传》:"睍睆,清和圆转之意。"载:则,尚且有。好音:悦耳动听的声音。这两句是用鸟有好音反比做儿女的却未能承欢慰悦母心。

〔11〕 莫慰母心:未能安慰母亲的心。

匏 有 苦 叶 [1]

匏有苦叶,济有深涉[2]。深则厉[3],浅则揭[4]。

有瀰济盈[5],有鷕雉鸣[6]。济盈不濡轨[7],雉鸣求其牡[8]。

雝雝鸣雁[9],旭日始旦[10]。士如归妻[11],迨冰未泮[12]。

招招舟子,人涉卬否。人涉卬否,卬须我友[13]。

〔1〕 这首诗写一个女子担心男方误了婚期,催促他赶快来迎娶。古时,秋天为嫁娶的正时,所谓"霜降逆女,冰泮杀止"(《荀子·大略篇》)。诗中女子,听到雉、雁鸣叫,秋水渐深,从而敦促未婚夫及时渡河来商订婚事。急

切的心情,大胆的表白,给人留下深刻的印象。匏(páo袍):葫芦类,又称匏瓜。古人结婚行合卺(jǐn紧)之礼,就是将一瓜分为两个瓢,夫妇各用一瓢盛酒漱口。苦:与"枯"通,匏叶干枯,匏已可用,指应该举行婚礼了。一说古人渡水,佩带葫芦以防沉溺。

〔2〕 济:渡水。一说济,河水名。有:语助词。涉:蹚着水过河。此谓秋来水日渐其深,但蹚水尚可渡过。一说指渡口。闻一多《诗经通义》:"涉,名词,谓水中可济水之处,犹津也。"

〔3〕 厉:连衣下水而涉。此指水深齐腰。毛《传》:"以衣涉水为厉,谓由带以上也。"

〔4〕 揭:撩起衣裳过河。朱熹《集传》:"褰衣而涉曰揭。"

〔5〕 瀰(mí迷):大水漫漫的样子。盈:满。

〔6〕 有鷕(yǎo咬):即"鷕鷕",雌鸟(山鸡)叫声。

〔7〕 濡(rú如):淹湿。轨:车轴的两端。这句是说,渡河时水虽满,但也不过车轮的一半深。意谓渡起来也不难。

〔8〕 牡(mǔ母):指雄山鸡。暗喻自己亟盼求偶成婚。

〔9〕 雝雝(yōng雍):雁叫声。

〔10〕 始旦:天刚亮。

〔11〕 归妻:犹言娶妻。

〔12〕 迨(dài代):及,趁着。泮(pàn判):同"牉",合。冰未泮,这里指未封冻。

〔13〕 "招招"四句:言向舟子打招呼,问讯可曾有人渡河来找我,我正等待友人过河来。一说是舟子摇船送人渡河,人家都过去了,我独自留下,我本是为等朋友而来。方玉润《原始》称此诗"忽断忽连,故难骤解"。招招,举手打招呼的样子。舟子,船夫。卬(áng昂),我,女子自称。须,

等待。

谷　风[1]

习习谷风,以阴以雨[2]。黾勉同心[3],不宜有怒[4]。采葑采菲,无以下体[5]。德音莫违[6],及尔同死[7]。

行道迟迟[8],中心有违[9]。不远伊迩,薄送我畿[10]。谁谓荼苦,其甘如荠[11]。宴尔新昏[12],如兄如弟[13]。

泾以渭浊[14],湜湜其沚[15]。宴尔新昏,不我屑以[16]。毋逝我梁!毋发我笱[17]!我躬不阅,遑恤我后[18]!

就其深矣,方之舟之。就其浅矣,泳之游之[19]。何有何亡[20],黾勉求之[21]。凡民有丧[22],匍匐救之[23]。

不我能慉[24],反以我为雠[25]。既阻我德,贾用不售[26]。昔育恐育鞫[27],及尔颠覆[28]。既生既育[29],比予于毒[30]。

我有旨蓄[31],亦以御冬[32]。宴尔新昏,以我御穷[33]。有洸有溃[34],既诒我肄[35]。不念昔者,伊余来塈[36]。

〔1〕 这是被丈夫遗弃的妇女,在离家时唱出的一首悲怨之歌。她追忆结婚时本以生死不渝相许,婚后生活贫苦,全仗她勤俭持家、辛苦经营,才使日子一天天好起来。谁想丈夫忘恩负义,喜新厌旧,另有所欢,竟至对她施暴,赶她出门。她顾念旧家,迟迟不忍离去。诗中历数自己的无辜和丈夫的无情,哀惋凄楚,一步一曲,呜咽动人。诗抒情与叙事结合,表现出一个善良、痴情而又深受伤害的古代不幸妇女的形象。谷风:山谷中的大风。

〔2〕 "习习"二句:以大风阴雨比喻丈夫变心暴怒。习习:风吹不断的样子。

〔3〕 黾(mǐn 敏)勉:双声连绵字,即勉力的意思。同心:同心相爱。

〔4〕 不宜:不该。

〔5〕 葑(fēng 封):蔓菁。菲(fěi 翡):萝卜。以:用。下体:指根茎。两句是说,采葑采菲,就是因它的根茎可食。比喻对妻子不能只重颜色不念她的德行好处。

〔6〕 德音:好话,这里指往日相爱相许的恩情话。莫违:不要背弃。

〔7〕 及尔:跟你。同死:同生死,共命运。

〔8〕 迟迟:缓慢。这里指女子被逐出门时,留恋不舍,徘徊不前的样子。

〔9〕 中心:心中。违:违背心愿。

〔10〕 伊:发语词,无实义。迩(ěr耳):近。薄:语助词,含有勉强的意思。畿(jī机):门限,门槛。两句是说,弃妇离家时丈夫不肯远送,只勉强送到门口。

〔11〕 荼(tú途):苦菜。甘:甘甜。荠(jì记):甜菜。两句是说,荼菜很苦,在我来看也是甜的。用以比喻自己痛苦的程度。言外之意,说自己的遭遇比荼还苦。

〔12〕 宴:快乐。昏:同"婚"。

〔13〕 如兄如弟:形容丈夫与新婚的女子,如同兄弟手足那样亲密。

〔14〕 泾、渭:二水名,源出甘肃,在陕西高陵县合流。泾水清,渭水浊。弃妇自比泾水,以渭水比新人。句意是说,自从新人来家后,搅浑了水,以致丈夫以我为浊,嫌弃了我。

〔15〕 湜湜(shí时):水清的样子。沚:当作"止",底。弃妇以水清见底,自比品质纯洁无瑕。

〔16〕 不我屑:犹言不屑与我相处。以:与。马瑞辰《通释》:"以,犹与也。"

〔17〕 毋:勿。逝:往。梁:为拦捕鱼而筑的石堰。发:拨弄。笱(gǒu苟):竹编的捕鱼具。两句是诫谕新人不要去动用我的旧物。

〔18〕 躬:身。我躬,我自身。阅:容。不阅,指不被丈夫所容纳。遑:闲暇。恤:忧念,顾惜。两句说,我自身尚不被丈夫所容,哪有闲工夫忧念走后的事。

〔19〕 "就其"四句:用渡水比喻治家,言无论遇到难事易事,都能设法办好。就,遇到。深,深水。方,筏子。方、舟,这里用作动词。泳,潜水。

32

〔20〕 亡:无。何有何无,犹言无论有无。

〔21〕 求:求取,置备。

〔22〕 民:人,指他人。丧:死伤祸殃。

〔23〕 匍匐:本义为伏地爬行,引申为竭力而为。救:相救助。

〔24〕 慉(xù 蓄):爱悦。这句说,丈夫不喜爱我。

〔25〕 雠:同"仇"。两句谓你不能爱我也罢,反而将我作为仇人看待。

〔26〕 阻:阻难,拒绝。德:善,指善意好心。贾(gǔ 古):商贾。售:卖出。两句意思是说,我的善意既被你所拒绝,就像商贾有物不能售出去。

〔27〕 昔:昔日,往日。育:生,生活、生计。育恐,谓生活在恐惧、担心之中。鞫(jū 拘):穷。育鞫,生活于困穷之际。

〔28〕 及尔:同你。颠覆:本义为颠来倒去,引申为挫折和困窘。这句是说,与你同生活于困境之中。

〔29〕 既生既育:已经有了赖以生存和生活的资财。郑《笺》:"生,谓财业也。"

〔30〕 毒:毒物。比予于毒,把我比作毒物,即看成眼中钉、肉中刺的意思。

〔31〕 旨:味美。蓄:指蓄存起来的菜,即干菜、腌菜之类。

〔32〕 御冬:备作冬天食用。

〔33〕 御穷:抵御贫穷。这里意思是说,穷苦时娶我来,生活好了就抛弃我;我就像御冬的菜一样,成了你们过好日子的贮备。

〔34〕 有洸(guāng 光)有溃:即洸洸,溃溃,本形容大水涌出,四处奔溃的样子。牟应震《质疑》:"水涌波曰洸,决堤曰溃。"这里指她丈夫发脾气,迫害无度。

〔35〕 诒(yí 移):通"贻",给予。肄(yì 义):劳苦之

33

事。毛《传》:"肄,劳也。"

〔36〕 伊:发语词。来:语助词,是。塈(xì 细):"愾"的假借字,即爱。二句是说,全不念往日旧情,依然只是爱我一人。

式　微[1]

式微式微,胡不归[2]?微君之故[3],胡为乎中露[4]?

式微式微,胡不归?微君之躬[5],胡为乎泥中[6]?

〔1〕 这是一首企盼亲人日暮归来的诗。候人者在露中、泥中长久等待,情急心切,反复呼唤:怎么还不见归来?语句长短间出,节奏紧迫,颇能传达出一种等人时的埋怨和焦虑情绪。式:语首助词,无实义。微:幽暗,指天色渐黑。
〔2〕 胡:何,为什么。
〔3〕 微:非,犹言若不是。君:指所等待的人。故:缘故。
〔4〕 中露:露中。这句是说,我为什么会站立在露中。
〔5〕 躬:身,指对方,犹言你这个人。
〔6〕 泥中:晚间露水越来越重,以致湿成泥泞,表示

等的时间已经很长久了。

北　门[1]

出自北门,忧心殷殷。终窭且贫[2],莫知我艰[3]。已焉哉[4]!天实为之,谓之何哉[5]!

王事适我[6],政事一埤益我[7]。我入自外,室人交徧谪我[8]。已焉哉!天实为之,谓之何哉!

王事敦我[9],政事一埤遗我[10]。我入自外,室人交徧摧我[11]。已焉哉!天实为之,谓之何哉!

〔1〕 这是一个小官吏诉苦的诗。他生活贫困,每天没完没了地去当差,回到家里,亲人们也不体谅他,还要轮番责备他。在愁苦无告中,只得归之于命。全诗三章,共七个"我"字,表示好像一切都跟他过不去;三章末尾,重复慨叹,充分表达出一种愁苦无奈的情绪。

〔2〕 终:既。窭(jù 巨):房屋简陋。

〔3〕 莫知:没人知道。

〔4〕 已焉哉:犹言算了吧,表示无可奈何。

〔5〕 谓之何哉:说它又有什么用呢。

〔6〕 王事:王室派的善事,即官差。适:借为"擿"(zhì 志),投掷。这句是说,官家把事情一股脑扔给我。

〔7〕 政事:义同"王事"。一:皆,一起。埤(pí皮):益,堆积,增加。毛《传》:"埤,厚也。"

〔8〕 室人:家人。交:轮番。徧:同"遍",统统,全。谪:责备,怪罪。

〔9〕 敦:迫。郑《笺》:"敦犹投掷也,韩《诗》云:'敦,迫也',义并相近。"

〔10〕 遗(wèi位):给与,加给。

〔11〕 摧:摧迫,折磨。

静 女〔1〕

静女其姝〔2〕,俟我于城隅〔3〕。爱而不见〔4〕,搔首踟蹰〔5〕。

静女其娈〔6〕,贻我彤管〔7〕。彤管有炜〔8〕,说怿女美〔9〕。

自牧归荑〔10〕,洵美且异〔11〕。匪女之为美,美人之贻〔12〕。

〔1〕 这是一首写情人幽会的诗。先写男子赴约,女子故意躲藏,害得男子抓耳挠腮不知所措;再写女子向男子赠物表情,男子则语带双关,说物美是因为人美,因是美人所赠,故更加美丽。全诗充满着愉快而幽默的情趣。静

女:安详文静的姑娘。朱熹《集传》:"静者,闲雅之意。"

〔2〕 姝(shū淑):美丽。

〔3〕 俟(sì寺):等候。城隅:城角幽僻之处。朱熹《集传》:"城隅,幽僻之处。"

〔4〕 爱:"薆"之借字,隐蔽,躲藏。《尔雅》:"薆,隐也。"不见:不露面。

〔5〕 搔首:用手挠头。踟蹰(chí chú迟厨):走来走去,徘徊不定。此指焦急惶惑、心情不安的意态。

〔6〕 娈(luán峦):美好。朱熹《集传》:"娈,好貌。"

〔7〕 贻(yí宜):赠送。彤(tóng同)管:红色管状小草。一说笛类乐器。

〔8〕 有炜(wěi伟):即炜炜,红亮的样子。

〔9〕 说:同"悦"。悦怿(yì义),喜爱。女:汝,你。此处语涉双关,既赞物又赞人。

〔10〕 牧:牧野。朱熹《集传》:"牧,外野也。"归:同"馈",赠送。朱熹《集传》:"归,亦贻也。"荑(tí题):嫩白的茅草。毛《传》:"茅之始生也。"

〔11〕 洵(xún旬):诚然,实在。异:奇异,不同一般。

〔12〕 "匪女"二句:谓物以情而重,因是美人所赠,故更加觉得美丽。匪,非,不是。女,汝,指所赠彤管、荑草。

新　台[1]

新台有泚[2],河水㳽㳽[3]。燕婉之求[4],籧篨不鲜[5]。

37

新台有洒[6]，河水浼浼[7]。燕婉之求，籧篨不殄[8]。

鱼网之设，鸿则离之[9]。燕婉之求，得此戚施[10]。

〔1〕 这是卫人讽刺卫宣公丑行的诗。据史载,卫宣公为长子伋娶齐女,见女子貌美,便在河岸筑新台,拦截下来做自己老婆。诗以癞虾蟆比宣公,进行了辛辣讽刺。新台:新建的楼台。

〔2〕 泚(cǐ 此):借为"玼",鲜明的样子。《说文》:"玼,玉色鲜也。"此指新台敞亮华美。

〔3〕 瀰瀰(mí 迷):大水漫漫的样子。

〔4〕 燕婉:文雅多情。求:指女子所求。

〔5〕 籧篨(qú chú 渠除):即粗竹席。比喻臃肿,腰不能弯的残疾人。此指宣公,言其丑陋。一说,即"居诸",俗称癞虾蟆。不鲜:太不漂亮。

〔6〕 洒(cuǐ 璀):高峻的样子。毛《传》:"洒,高峻也。"

〔7〕 浼浼(měi 每):河水涨满的样子。

〔8〕 殄(tiǎn 忝):当作"腆",善。郑《笺》:"殄,当作腆。腆,善也。"

〔9〕 设:设置。鸿:"苦聋(lóng 龙)"的合音,即"鸿"字古读音,即虾蟆(用闻一多《诗经新义》说)。离(lí 丽),同"罹",获得。二句说设网本为捕鱼,却得了个癞虾蟆,意为与愿望相反。

〔10〕 戚施(yì 易):驼背的残疾人,言其丑陋。毛

《传》:"戚施,不能仰者。"一说,即癞虾蟆。

二子乘舟[1]

二子乘舟,泛泛其景[2]。愿言思子[3],中心养养[4]。

二子乘舟,泛泛其逝[5]。愿言思子,不瑕有害[6]?

〔1〕 这是一首送别诗。行人乘舟远去,歌者满怀离情别绪,祝愿行人路途安顺。一说是父母送子;一说是刺卫宣公杀其二子伋与寿。子:人,不一定指子女。

〔2〕 泛泛:漂浮、漂流的样子。景:古"影"字。这里指水上舟影。

〔3〕 愿:思念。言:语助词,无实义。

〔4〕 中心:即心中。养养:通"洋洋",指愁思满怀。

〔5〕 逝:远去。前说"其景",尚见舟影;此说"其逝",舟行渐远,已消失不见。

〔6〕 瑕:过失。害:灾殃,危险。这句说,不会有什么闪失或危险吧?此乃疑虑之词,表示担忧。

鄘风

柏 舟[1]

泛彼柏舟,在彼中河[2]。髧彼两髦[3],实维我仪[4]。之死矢靡它[5]。母也天只[6],不谅人只!

泛彼柏舟,在彼河侧。髧彼两髦,实维我特[7]。之死矢靡慝[8]。母也天只,不谅人只!

〔1〕 这是一首反抗家长干预,要求婚姻自主的诗。诗以行船河中起兴,有顺流而下,势不可返的意味。次写已选定的配偶形象。最后表示至死不改变主意,怨愤母亲和老天不能体谅自己。感情激烈,撼动人心。柏舟:柏木船。

〔2〕 中河:河中。

〔3〕 髧(dàn旦):头发下垂的样子。髦(máo矛):发散垂齐眉称髦。毛《传》:"髦者,发至眉。"这是古时男子未成年前的发式。

〔4〕 维:犹"为",是。仪:配偶。毛《传》:"仪,匹也。"

〔5〕 之:至,到。矢:借为"誓",发誓。靡它:指没有二心。这句说,至死绝不改变主意。

〔6〕 也、只:都是感叹词。这句呼告母亲、苍天,是

极为痛心和无助的表示。

〔7〕 特:对象,配偶。毛《传》:"特,匹也。"

〔8〕 慝(tè 特):"忒"的假借字,更改。马瑞辰《通释》:"慝,当为'忒'之同音假借。《说文》:'忒,更也'。"靡慝,指不改变初衷。

墙 有 茨[1]

墙有茨,不可埽也[2]。中冓之言[3],不可道也。所可道也,言之丑也。

墙有茨,不可襄也[4]。中冓之言,不可详也[5]。所可详也,言之长也[6]。

墙有茨,不可束也[7]。中冓之言,不可读也[8]。所可读也,言之辱也[9]。

〔1〕 这是讽刺宫廷中丑行的诗。说宫内的那些淫乱之事,丑得无法令人上口。诗用蒺藜难扫、难除,比喻丑事之多,让人痛恶。茨(cí 词):即蒺藜,蔓生带刺的野生植物。

〔2〕 埽:同"扫",扫除。

〔3〕 中冓(gòu 构):宫中内室。陈奂《传疏》:"中冓,当为宫中内室。"

〔4〕 襄:同"攘",除去。

〔5〕 详:详细地说。朱熹《集传》:"详,详言之也。"
〔6〕 长:指说来话长。
〔7〕 束:捆起来丢掉。毛《传》:"束而去之。"
〔8〕 读:指说出口。
〔9〕 辱:可耻。

鹑之奔奔[1]

鹑之奔奔,鹊之强强[2]。人之无良[3],我以为兄。

鹊之强强,鹑之奔奔。人之无良,我以为君[4]。

〔1〕 这是一首斥责强暴斗狠者的诗,其所指待考。或指其丈夫,或说是卫人刺宣姜与公子顽私通的诗。鹑(chún纯):鹌鹑鸟,勇而好斗。奔奔:跳来跳去。
〔2〕 鹊:喜鹊,山鹊。强强:凶暴的样子。《尔雅·释言》:"强,暴也。"
〔3〕 无良:不善良。这句说,人没有好品行。
〔4〕 君:国君或一般男性。

相 鼠[1]

相鼠有皮,人而无仪[2]。人而无仪,不死何为[3]？

相鼠有齿，人而无止[4]。人而无止，不死何俟[5]？

相鼠有体，人而无礼。人而无礼，胡不遄死[6]？

〔1〕 这是一首讽刺诗，痛斥那些寡廉鲜耻之人，连老鼠都不如，还不如死掉好。语言辛辣，怒斥之声，宛如耳闻。相：看。相鼠，一说是一种体大的老鼠的名称。
〔2〕 仪：威仪，泛指做人应有的样子。
〔3〕 何为："为何"的倒文。
〔4〕 止：借为"耻"。
〔5〕 俟（sì 寺）：等待。
〔6〕 胡：何。遄（chuán 船）：快速。

载　驰[1]

载驰载驱，归唁卫侯[2]。驱马悠悠[3]，言至于漕[4]。大夫跋涉[5]，我心则忧。

既不我嘉[6]，不能旋反[7]。视尔不臧[8]，我思不远[9]。

43

既不我嘉，不能旋济[10]。视尔不臧，我思不闷[11]。

陟彼阿丘[12]，言采其蝱[13]。女子善怀[14]，亦各有行[15]。许人尤之[16]，众稚且狂[17]。

我行其野，芃芃其麦[18]。控于大邦[19]，谁因谁极[20]。

大夫君子[21]，无我有尤[22]！百尔所思[23]，不如我所之[24]。

〔1〕 这是一首充满爱国激情的诗篇,据载为许穆夫人所作。许穆夫人,卫女,出嫁于许穆公。狄国攻破卫国,她心急如焚,拟返国救亡,但受到许国大夫们的阻拦,在激愤深忧中,作了这首诗。苦语真情,感人肺腑。载:语助词,有"乃"、"且"意。驰:指快马加鞭地赶路。

〔2〕 归:归返卫国。唁:吊唁,凭吊死者和哀悼亡国,均可称唁。卫侯:卫戴公。卫亡后,卫人拥戴公于漕邑。

〔3〕 悠悠:形容路途遥远。

〔4〕 言:语助词,无义。漕:卫邑名。

〔5〕 大夫:指许国诸臣。跋涉:指跋山涉水远道而

44

来。此指许国欲追许穆夫人回国。

〔6〕 既:皆,都。嘉:善,赞许。不我嘉,即"不嘉我",指不赞同许穆夫人赴卫谋求救国。

〔7〕 反:同"返"。

〔8〕 尔:你们,指许国大夫们。不臧:不善。

〔9〕 不远:不迂阔。许穆夫人主张联齐救卫,认为此举并非是不着边际之想。

〔10〕 济:渡河,指渡河返许。

〔11〕 閟(bì 必):闭塞不通。不閟,指自己的救国主张,并非行不通。

〔12〕 陟(zhì 至):登。阿丘:高高的山丘。

〔13〕 蝱(méng 盟):通"莔",即贝母,一种药草。采药医病,喻设法救国。朱熹《集传》:"蝱,贝母也。主疗郁结之病。"

〔14〕 善怀:思念良多,指对其祖国卫国的挂牵。

〔15〕 行:道路。各有行,是说各有自己的行事作为。

〔16〕 尤:怨尤,反对。

〔17〕 众:指许国诸臣。稚:幼稚。狂:狂妄。

〔18〕 芃芃(péng 蓬):茂盛的样子。

〔19〕 控:求告。大邦:大国,指齐国。

〔20〕 因:亲近,依赖。极:至。此谓向谁求援,谁就会来救。

〔21〕 大夫君子:指许国群臣。

〔22〕 无:同"毋",不要。句意谓不要认为我有什么错。

〔23〕 百尔:即凡尔。句意谓你们一切所想。

〔24〕 之:往。指往卫国亲身去谋划一下。

45

卫 风

淇 奥[1]

瞻彼淇奥,绿竹猗猗[2]。有匪君子[3],如切如磋,如琢如磨[4]。瑟兮僩兮,赫兮咺兮[5]。有匪君子,终不可谖兮[6]!

瞻彼淇奥,绿竹青青。有匪君子,充耳琇莹[7],会弁如星[8]。瑟兮僩兮,赫兮咺兮。有匪君子,终不可谖兮!

瞻彼淇奥,绿竹如箦[9]。有匪君子,如金如锡[10],如圭如璧[11]。宽兮绰兮[12],猗重较兮[13]。善戏谑兮,不为虐兮[14]!

〔1〕 这是一首颂赞君子的诗。诗以绿竹起兴,赞美他的人品、仪貌、文采、性格,用比贴切生动,又连用"兮"字,赞叹之情,溢于言表。一说,这诗是赞卫武公的。淇:卫境水名。奥(yù 郁):通"隩",水岸深曲的地方。

〔2〕 绿竹:挺拔多姿,直而有节,岁寒不凋,宜于联

想到人的品德仪貌。猗猗(yī衣):美而茂盛的样子。

〔3〕 有:语助词。匪:"斐"的借字。斐(fěi翡),斐然,有文采的样子。古书《礼记·大学》《尔雅》引此句诗均作"有斐君子"。君子:古时对男子的尊称、美称。

〔4〕 切、磋(cuō蹉):古时削骨做器称切,削象牙做器称磋。琢(zhuó浊)、磨:古时雕玉称琢,刻石称磨。二句用治器的工艺过程比喻问学和修养品德之孜孜不倦,精益求精。

〔5〕 瑟:"璱"(sè色)的借字,庄重的样子。僩(xiàn现):威严的样子。赫:光明的样子。咺(xuān宣):《尔雅·释训》引作"烜",光明显著的样子。这两句形容仪态庄严,容光焕发。

〔6〕 谖(xuān宣):忘记。毛《传》:"谖,忘也。"

〔7〕 充耳:古代饰物,即在冠的两旁,悬美玉垂于耳边。琇莹(xiù yíng秀莹):光润晶莹的玉石。

〔8〕 会(kuài快):缝隙。弁(biàn变):皮帽。皮帽缝间常镶以玉。如星:如星光灿烂。

〔9〕 箦(zé责):茂密的样子。

〔10〕 如金如锡:比喻品德陶冶锻炼得精纯如金、锡。

〔11〕 如圭(guī归)如璧:比喻治学有成,已琢磨成美器。圭,长形玉版。璧,圆孔玉器。

〔12〕 宽:指胸襟恢宏。绰(chuò辍):缓,指举止从容。

〔13〕 猗:"倚"的借字,依靠。较:车上横木。古人乘车,多立于车厢内,以手扶较。这句形容乘车的姿式。

〔14〕 谑:幽默,开玩笑。虐:粗暴。二句意谓性格很风趣,喜笑谈,又不粗暴尖刻。

47

硕　人[1]

硕人其颀[2],衣锦褧衣[3]。齐侯之子[4],卫侯之妻[5],东宫之妹[6],邢侯之姨[7],谭公维私[8]。

手如柔荑[9],肤如凝脂[10]。领如蝤蛴[11],齿如瓠犀[12],螓首蛾眉[13]。巧笑倩兮[14],美目盼兮[15]。

硕人敖敖[16],说于农郊[17]。四牡有骄[18],朱幩镳镳[19],翟茀以朝[20]。大夫夙退[21],无使君劳[22]。

河水洋洋[23],北流活活[24]。施罛濊濊[25],鱣鲔发发[26],葭菼揭揭[27]。庶姜孽孽[28],庶士有朅[29]。

〔1〕 这是一首赞美卫庄公夫人庄姜的诗。诗中赞她出身高贵,容貌美丽,出嫁来卫时随从礼仪之盛。诗用比喻和铺叙手法,写庄姜的容貌、神态之美,楚楚动人,宛

若一幅美人图。又善用重言叠字表情状物,很具艺术表现力。硕人:身材高高的人,指庄姜。

〔2〕 颀(qí其):身段修长秀美。

〔3〕 衣:作动词,穿着。锦:花色美丽的衣服。褧(jiǒng 炯)衣:古时女子出嫁时在途中穿的罩衫,用细麻制成。

〔4〕 齐侯:指齐庄公。子:女儿。

〔5〕 卫侯:指卫庄公。

〔6〕 东宫:指齐太子得臣。古时太子居住东宫,故东宫成为太子的代称。

〔7〕 邢侯:邢国国君。邢国在今河北邢台境。姨:男方称妻的姊妹为姨。

〔8〕 谭公:谭国国君。谭国在今山东济南境,后为齐桓公所灭。私:古时女方称姊妹的丈夫为私。毛《传》:"姊妹之夫曰私。"

〔9〕 荑(tí提):初生的白茅草。

〔10〕 凝脂:凝冻的脂膏,形容皮肤白滑润泽。

〔11〕 领:颈,脖子。蝤蛴(qiú qí 求齐):天牛的幼虫,身长圆形,白色。

〔12〕 瓠(hù 户)犀:葫芦籽,形容牙齿洁白整齐。

〔13〕 螓(qín 秦):一种小蝉,额头广而方正,这里用以比喻美女庄姜之额头。蛾:蚕蛾,其触须细弯而长,这里用以比美女之眉。

〔14〕 巧笑:灵巧的笑。倩(qiàn 欠):笑时两颊所现的妍美,如今所说的笑时出现酒涡。

〔15〕 盼:眼珠左右流动,黑白分明的样子。这里形容其美目含情,顾盼生姿。

〔16〕 敖敖:身材高高的样子。

〔17〕 说(shuì 税):通"税",停息。农郊:卫都郊外。车马暂停城郊,等待卫人迎入以举行婚礼。

〔18〕 牡：公马。四牡，指四马驾车。有骄：即骄骄，形容马的高大矫健。

〔19〕 朱帻(fén 坟)：红色绸带，拴在马嚼子两端上，做装饰用。镳镳(biāo 标)：借为飘飘。

〔20〕 翟(dí 敌)：山鸡，这里指山鸡羽毛。用翟羽饰车，表示华贵，为贵族女子所乘。茀(fú 扶)：车蔽。古时女子乘车，要设障隐蔽，其蔽障称茀。朝：朝见，指与卫君相见。

〔21〕 大夫：朝中的高官。夙退：早些退朝。

〔22〕 君：指卫君。这句说，今日群臣早退，不要使卫君过于劳倦。

〔23〕 洋洋：水势浩荡的样子。

〔24〕 活活：水奔腾有声。

〔25〕 施：设置。罛(gū 孤)：鱼网。濊濊(huò 或)：撒网入水声。

〔26〕 鳣(zhān 毡)：鲤鱼。鲔(wěi 委)：鳝鱼。发发(bō 拨)：鱼拨尾跳动声。

〔27〕 葭(jiā 佳)：芦苇。菼(tǎn 坦)：荻，芦苇类。揭揭：高大挺直的样子。

〔28〕 庶姜：齐国姓姜，陪庄姜出嫁来卫国的，都是庄姜的同姓女子。庶，众。孽孽(niè 聂)：头饰华丽的样子。朱熹《集传》："孽孽，盛饰也。"

〔29〕 庶士：指齐国护送庄姜的诸臣。朅(qiè 窃)：英武强壮的样子。诗的末章，主要形容庄姜出嫁来卫国时，声势浩大，随从众多，仪仗繁盛。

氓[1]

氓之蚩蚩[2]，抱布贸丝[3]。匪来贸丝[4]，来即我谋[5]。送子涉淇[6]，至于顿丘[7]。匪我愆期[8]，子无良媒。将子无怒,秋以为期[9]。

乘彼垝垣[10]，以望复关[11]。不见复关,泣涕涟涟[12]。既见复关,载笑载言[13]。尔卜尔筮[14]，体无咎言[15]。以尔车来,以我贿迁[16]。

桑之未落,其叶沃若[17]。于嗟鸠兮[18]！无食桑葚[19]。于嗟女兮！无与士耽[20]。士之耽兮,犹可说也[21]。女之耽兮,不可说也。

桑之落矣,其黄而陨[22]。自我徂尔[23]，三岁食贫[24]。淇水汤汤[25]，渐车帷裳[26]。女也不爽[27]，士贰其行[28]。士也罔极[29]，二三其德[30]。

三岁为妇,靡室劳矣[31]。夙兴夜寐[32]，靡有朝矣[33]。言既遂矣[34]，至于暴矣[35]。兄弟不知[36]，咥其笑矣[37]。静言思之[38]，躬自悼矣[39]。

及尔偕老^[40],老使我怨^[41]。淇则有岸,隰则有泮^[42]。总角之宴^[43],言笑晏晏^[44]。信誓旦旦^[45],不思其反^[46]。反是不思^[47],亦已焉哉^[48]!

〔1〕 这是一首弃妇诗。叙述了一个女子受到虚情假意的男子欺骗,与他结了婚。婚后,女子任劳任怨操持家务,但男子却变了心,最后惨遭遗弃,在精神上受到很大折磨与痛苦。诗融叙事、抒情和议论为一体,将被弃妇女的怨情和心理,描述和刻划得楚楚动人,展示了当时社会部分妇女的悲剧命运。氓(méng 萌):民,人,此指来求婚的那个男子,即后来的丈夫。

〔2〕 蚩蚩(chī 痴):同"嗤嗤",笑嘻嘻的样子。

〔3〕 布:币。上古以布为货币。《周礼·地官》郑众注:"布,叁印书,广二寸,长二尺以为币,贸易物云。"故布是以布为质料,有书印,按一定尺寸制作的货币。贸:贸易,购买。

〔4〕 匪:同"非",不是。

〔5〕 即:就,到我这里。谋:谋求,指谋求婚事。犹言来打我的主意。

〔6〕 子:你,指男子。涉:渡过。淇:卫地水名。

〔7〕 顿丘:卫国地名。在今河南浚县。

〔8〕 愆(qiān 千):误。愆期,指拖延、耽误了婚期。

〔9〕 秋以为期:以秋天为婚期。犹言我们的婚期就订在秋天。

〔10〕 乘:登上。垝(guǐ 轨):毁坏。垣(yuán 元):墙。句意谓登上那断墙,以便远望。

〔11〕 复关:地名。诗中男子所住的地方。朱熹《集

传》:"复关,男子之所居也。"

〔12〕 涟涟:泪水不断的样子。

〔13〕 载笑载言:又笑又说。表示高兴,兴奋。

〔14〕 尔:你。卜:用龟甲占卜吉凶。筮(shì式):用蓍草测算吉凶。

〔15〕 体:卦象。咎言:不吉利的话。

〔16〕 贿:财物,此指嫁妆。迁:迁徙,指嫁过去。

〔17〕 沃若:鲜嫩润泽的样子。此喻青春年华。

〔18〕 于(xū虚):同"吁"。吁嗟,感叹声。鸠:斑鸠鸟。

〔19〕 桑葚(shèn慎):桑树的果实。传说斑鸠食桑葚多则醉,比喻女子太恋于情也会沉迷。

〔20〕 耽(dān丹):借作"酖",嗜酒,引申为迷恋、沉醉于男女之情。

〔21〕 说:同"脱",摆脱,解脱。

〔22〕 陨(yǔn允):落,此喻女子年老容颜衰残。

〔23〕 徂(cú粗阳平):往,指出嫁。

〔24〕 三岁:泛指多年。食贫:过贫苦日子。

〔25〕 汤汤(shāng伤):水流滚滚的样子。

〔26〕 渐:浸湿。帷裳:车上的布幔。此句写被抛弃后返归娘家途中的情况。

〔27〕 爽:差错、过失。

〔28〕 贰:同"二"。二其行,前后行事不一,指初时要好,后又变心,变化无常。

〔29〕 罔极:无常,没有准则。

〔30〕 二三其德:德行不专一,变化多端。

〔31〕 靡:无,不。室劳:家务劳动。此句谓家中的劳事无不是我来承担。

〔32〕 夙:早。兴:作。寐:睡。此句谓早起晚睡。

〔33〕 靡有朝:没有一朝不这样,即天天如此。

53

〔34〕言:语助词,无实义。遂:成。指家业有成,即日子过得好了。

〔35〕暴:暴戾,粗暴。指丈夫虐待。

〔36〕不知:不理解,不谅解。

〔37〕咥(xī吸):冷笑的样子。

〔38〕静言:冷静地。

〔39〕躬:自身。悼:伤。此句谓只有自我哀伤。

〔40〕及尔:与你。偕老:同老,即白头到老。

〔41〕怨:怨恨。

〔42〕隰(xí席):水洼处。泮(pàn判):水边。二句谓河水、湿地还有个岸边,意谓自己的苦处却无边无际。

〔43〕总角:发髻。古代未成年男女的发式。宴:欢乐。

〔44〕言笑:说说笑笑。晏晏:快活融洽的样子。

〔45〕信誓:诚恳的誓言。旦旦:光明无欺的样子。

〔46〕反:违反,变心。此句谓不想对方会违反誓言而变心。

〔47〕是:指过去的誓言。此句谓违反的誓言也就不去想了。

〔48〕已:止。焉、哉:二词连用,意在加重语气。此句说那就只好算了吧,表示就此断绝关系。

河 广 [1]

谁谓河广?一苇杭之[2]。谁谓宋远?跂予望之[3]。

谁谓河广？曾不容刀[4]。谁谓宋远？曾不崇朝[5]。

〔1〕 这是一首宋人的思乡曲。这位宋人，滞留在卫地。宋都睢阳在黄河之南，卫都朝歌在河北，相去不远，本来归去甚易，但他却不能如愿。诗中极言黄河不广，路程不远，反衬自己犹不得归的失望和痛苦。是一首含蓄精炼的抒情小诗，与后世"盈盈一水间，脉脉不得语"(《古诗十九首》)同趣。

〔2〕 苇：苇叶。杭：通"航"，渡。一苇杭之，只用一片苇叶便能渡过河去。这是夸张说法，形容甚近、甚易。

〔3〕 跂(qì气)：举起脚跟。予：而。

〔4〕 曾：竟。刀：通"舠"，小船。不容舠，容不下一条小船，意指有条小船足可渡河。

〔5〕 崇朝(zhāo招)：终朝。不崇朝，犹言用不了一个早上就可到达。

伯　兮[1]

伯兮朅兮[2]，邦之桀兮[3]。伯也执殳[4]，为王前驱[5]。

自伯之东[6]，首如飞蓬[7]。岂无膏沐[8]？谁适为容[9]？

其雨其雨[10]，杲杲出日[11]。愿言思伯[12]，甘心首疾[13]。

焉得谖草[14]，言树之背[15]。愿言思伯，使我心痗[16]。

〔1〕 这是一首思妇诗。她为英武的丈夫感到自豪，但又为分离而痛苦，说自从丈夫离家后，她已无心梳妆打扮，甚至为铭心刻骨的相思而生病。语直味深，情浓意美。伯：哥哥，对丈夫的爱称。

〔2〕 朅(qiè 窃)：健武的样子。

〔3〕 邦：邦国。桀：同"傑"（今简写作"杰"），杰出，出众。

〔4〕 殳(shū 书)：古代竹、木制的一种长兵器。毛《传》："殳，长丈二而无刃。"

〔5〕 前驱：前锋。

〔6〕 之：往，到。

〔7〕 飞蓬：被风吹起的蓬草。形容头发蓬松散乱。

〔8〕 膏：润发油。沐：洗头。

〔9〕 适(dí 帝)：悦。为容：美容，打扮。这句说打扮了又取悦于谁呢？"女为悦己者容"的意思。

〔10〕 其：语助词，有期望的意思。朱熹《集传》："其者，冀其将然之辞。"

〔11〕 杲杲(gǎo 稿)：太阳明亮的样子。此句谓期望下雨，却出日头，喻事与愿违。

〔12〕 愿言：犹睠然，睠睠不忘的样子。

〔13〕 甘心：情愿。首疾：头痛。

〔14〕 焉:何,此指何地。谖(xuān宣)草:即萱草,古人称此草可以令人忘忧,故俗称"忘忧草"。

〔15〕 树:种植。背:古文通"北",这里指北堂阶下。朱熹《集传》:"背,北堂。"

〔16〕 痗(mèi妹):病。心痗,指因忧伤而成心病。

木 瓜[1]

投我以木瓜[2],报之以琼琚[3],匪报也[4],永以为好也。

投我以木桃,报之以琼瑶,匪报也,永以为好也。

投我以木李,报之以琼玖,匪报也,永以为好也。

〔1〕 这是首男女相互赠物表情的诗。女送男木瓜和桃李,男回赠女贵重的玉佩,投微报重,但尤感不足以报答,只是表示愿意永结情好而已。情真意浓,回环往复,质朴明朗,是民歌本色。木瓜:植物名,果实椭圆,可食。

〔2〕 投:投掷。将礼物抛掷过去,表现情人传情时的含羞情态。

〔3〕 琼(qióng穷)、琚(jū居):古时男子随身佩带的玉饰。下文琼瑶、琼玖(jiǔ九)都属佩玉名。

〔4〕 匪:通"非",不是。

王 风

黍 离[1]

彼黍离离[2],彼稷之苗[3]。行迈靡靡[4],中心摇摇[5]。知我者[6],谓我心忧。不知我者,谓我何求[7]。悠悠苍天[8],此何人哉[9]?

彼黍离离,彼稷之穗。行迈靡靡,中心如醉[10]。知我者,谓我心忧。不知我者,谓我何求。悠悠苍天,此何人哉?

彼黍离离,彼稷之实[11]。行迈靡靡,中心如噎[12]。知我者,谓我心忧。不知我者,谓我何求。悠悠苍天,此何人哉?

〔1〕 这是一曲流浪者陈述忧思的歌。他久羁行旅,流落他乡,心中忧苦,却又处处受人冷遇,得不到理解,在无奈中只好叩问苍天。一说是西周大夫悯伤周室衰亡的诗。黍(shǔ 蜀):黄米。

〔2〕 彼:指示词,犹言看那。离离:一行行,密密麻

麻的样子。

〔3〕 稷(jì记):高粱。说黍、稷,表示经常在野外行走奔波。

〔4〕 行迈:远行。靡靡:慢腾腾,无精打采的样子。

〔5〕 中心:心中。摇摇:无所适从的样子。

〔6〕 知:了解、理解。

〔7〕 求:指奢求,非分之求。

〔8〕 悠悠:高远的样子。苍天:犹言上苍,老天爷。

〔9〕 此何人哉:犹言这是谁造成的啊!此,指悲痛的处境。一说,"此"指苍天,"人"读为"仁",问苍天何仁,犹言苍天不惠,没有仁爱。

〔10〕 如醉:指忧思袭扰,如喝醉酒一般精神恍惚、烦乱。

〔11〕 实:指庄稼结籽成熟。苗、穗、实递进,表示时间的推移,终年在外流浪。

〔12〕 如噎(yē椰):指忧思沉重,如咽喉塞物,令人喘不上气来。摇摇、如醉、如噎递进,表示忧愁与日俱增,愈发沉重难释。

君子于役[1]

君子于役,不知其期[2]。曷至哉[3]?鸡栖于埘[4],日之夕矣,羊牛下来[5]。君子于役,如之何勿思!

君子于役,不日不月[6]。曷其有佸[7]?鸡栖于桀[8],日之夕矣,羊牛下括[9]。君子于役,苟无饥渴[10]!

〔1〕 这首以思妇口吻来写。一位山村妇女,在禽畜归巢回圈时,暮色苍茫,想念起久役不归的丈夫,不禁唱出这首深情伤别的歌。君子:古时对男子的美称,这里指女子的丈夫。于役:从事兵役或劳役,即被征去当差。
〔2〕 期:指归期。
〔3〕 曷:何,何时。至:到家。
〔4〕 埘(shí 时):墙壁上挖洞做成的鸡窝。
〔5〕 "日之"二句:指傍晚羊牛从山上放牧归来。
〔6〕 "不日"句:不能以日月计算,是说在外时间长久。朱熹《集传》:"不可计以日月。"
〔7〕 佸(huó 活):相聚,相会。
〔8〕 桀(jié 杰):指为栖鸡做的木架。
〔9〕 括(kuò 扩):至。陈奂《传疏》:"下括,即下来。"
〔10〕 苟:且,或许,希望之词。

扬 之 水[1]

扬之水,不流束薪[2]。彼其之子[3],不与我戍申[4]。怀哉怀哉[5],曷月予还归哉[6]?

扬之水,不流束楚。彼其之子,不与我戍甫[7]。

怀哉怀哉,曷月予还归哉?

扬之水,不流束蒲。彼其之子,不与我戍许[8]。怀哉怀哉,曷月予还归哉?

〔1〕 这是一首戍卒思念故乡,怀想妻室的诗。戍卒被王室派往姜姓之国驻守,久滞不归,心有不满,唱出这支充满怨情之歌。扬之水:激扬的水流。
〔2〕 束薪:一捆柴草。"束薪"与下文"束楚"、"束蒲",均喻妻室(用闻一多说,见《诗经新义》)。这句说,水流虽急,不能漂着束薪一起流走,意谓远征而不能同往。
〔3〕 彼、其、之:都是第三人称代词,即那人儿,多为表男女情爱的昵称。子:指妻子。
〔4〕 戍(shù树):驻防,守边境。申:国名,在今河南唐河南。姜姓国,与周王有联姻关系。
〔5〕 怀:怀念。
〔6〕 曷:同"何"。予:我。还归:回到故乡。
〔7〕 甫:国名,即吕国,在今河南南阳西,亦姜姓国。
〔8〕 许:国名,在今河南许昌境。亦姜姓之国。

兔 爰[1]

有兔爰爰[2],雉离于罗[3]。我生之初[4],尚无为[5]。我生之后,逢此百罹[6],尚寐无吪[7]!

有兔爰爰,雉离于罦[8]。我生之初,尚无造[9]。我生之后,逢此百忧。尚寐无觉!

有兔爰爰,雉离于罿[10]。我生之初,尚无庸[11]。我生之后,逢此百凶[12]。尚寐无聪[13]!

〔1〕 这是在乱世暴政压迫之下,慨叹生不逢时的诗。当时劳役繁重,法网密布,百姓们走投无路,在极端痛苦中,觉得逃脱的办法只有一死。诗中用出生前与出生后对比,声情沉痛,令人不忍卒读。

〔2〕 有:名词词头,放在单音名词前,补足音节。爰爰(yuán 援):行走缓慢的样子。兔子本善跑,这里说慢走,是小心翼翼的样子,比喻在暴政下的人,害怕触犯法网,不得不小心谨慎行事。

〔3〕 雉:山鸡。离:同"罹",遭逢,陷于。罗:罗网。

〔4〕 生之初:出生之前。

〔5〕 尚:尚且。无为:无事,指天下太平。

〔6〕 罹(lí 离):忧。百罹,多种忧患。

〔7〕 尚:希冀的意思。寐:睡眠。这里指长眠不醒。吪(é 俄):动。无吪,死去不动。

〔8〕 罦(fú 扶):捕鸟的网,装有机关,鸟撞入后能自动掩捕,又称覆车网。

〔9〕 造:事端。

〔10〕 罿(tóng 童):捕鸟网。

〔11〕 庸:劳,指劳苦庸役之事。《尔雅·释诂》:"庸,劳也。"

〔12〕 百凶:指多种灾祸。

〔13〕 聪:耳明称聪。无聪,什么也听不到。

采　葛[1]

彼采葛兮[2],一日不见,如三月兮!

彼采萧兮[3],一日不见,如三秋兮[4]!

彼采艾兮[5],一日不见,如三岁兮[6]!

〔1〕 这是一首怀念情人的相思曲。诗以夸张的手法,写情人不得相见时,度日如年的痛苦。三章以月、季、岁递进,表现出愈久愈烈的感情,词浅情深,诚挚感人。古时采集劳动多为女子事,此诗当为男子所歌。葛:一种藤本植物,纤维可以织布。

〔2〕 彼:指示代词,那,那个。这句是说,那个采葛的姑娘啊。

〔3〕 萧:一种蒿草,有香气,古时供祭礼用。

〔4〕 秋:指季。

〔5〕 艾:菊科植物,又叫艾蒿,有香气,可入药。

〔6〕 岁:年。

郑 风

将 仲 子[1]

将仲子兮,无逾我里[2],无折我树杞[3]。岂敢爱之[4]？畏我父母。仲可怀也[5],父母之言,亦可畏也。

将仲子兮,无逾我墙,无折我树桑。岂敢爱之？畏我诸兄。仲可怀也,诸兄之言,亦可畏也。

将仲子兮,无逾我园,无折我树檀。岂敢爱之？畏人之多言。仲可怀也,人之多言[6],亦可畏也。

〔1〕 这是一个女子婉拒情人越墙前来幽会的诗。她内心是爱他的,但担心被父母兄长和他人发觉,受到指责和迫害。语真情苦,反映当时男女间的自由情爱,已受到礼俗的干预。将(qiāng枪):请。仲子:古时称兄弟排行第二个为"仲","子"是对男子的美称。仲子,犹言"老二",是亲密的称呼。

〔2〕 无:勿,不要。逾(yú于):越过。里:古时居民区二十五家编为一"里",里外筑墙。这里的"里",指里墙。

这句是说,不要爬越我的里墙。

〔3〕 折:折断。指爬墙时攀折树木。杞(qǐ起):柳树的一种。

〔4〕 之:指仲子。一说指树,恐非。岂敢爱之,重在不敢,而不是不爱。故下面有畏我父母、诸兄云云,说明不敢爱的原因。

〔5〕 怀:怀念。

〔6〕 人:指家人以外的人。多言:多嘴多舌,说闲话。

女曰鸡鸣[1]

女曰鸡鸣,士曰昧旦[2]。子兴视夜[3],明星有烂[4]。将翱将翔[5],弋凫与雁[6]。

弋言加之[7],与子宜之[8]。宜言饮酒,与子偕老[9]。琴瑟在御[10],莫不静好[11]。

知子之来之,杂佩以赠之[12]。知子之顺之[13],杂佩以问之[14]。知子之好之[15],杂佩以报之[16]。

〔1〕 这首诗写男女私会,他们在一起过夜,并在枕边絮语,相约为夫妇。诗用对话形式,生动而充满温馨气

氛。鸡鸣:指雄鸡报晓。

〔2〕 士:古代对男子的称谓。昧旦:天色将明未明之际。

〔3〕 子:你。兴:起来。视夜:观察一下夜色。此下四句都是女子所说,催促男子早起射猎。

〔4〕 明星:指启明星。天将明时,众星隐去,独启明星显得更加明亮。有烂:犹烂烂,明光闪闪。

〔5〕 翱、翔:鸟飞,指下文凫与雁,天明后将起飞。

〔6〕 弋(yì义):用丝绳系在箭上射,这里作动词。凫(fú扶):野鸭。雁:大雁。

〔7〕 言:语助词,犹"而"字。加之:箭矢相加,即射中它。朱熹《集传》:"加,中也。"此下均为男子所说,欲相约成夫妻。

〔8〕 宜:指味之所宜,即可口。与子宜之,与你共同享用猎来的可口野味。

〔9〕 偕老:相伴终生,白头到老。

〔10〕 琴、瑟:皆弦乐器,琴瑟和鸣,古时常用以比喻夫妻生活和美。在御:在侧。

〔11〕 静好:安详美好。指琴瑟之音,兼寓夫妻生活。

〔12〕 杂佩:古代用几种玉石组成的成串佩饰。

〔13〕 顺:顺从,指应允定情。

〔14〕 问:慰问。一说赠送。

〔15〕 好:喜爱。

〔16〕 报:报答。

狡　童[1]

彼狡童兮,不与我言兮。维子之故[2],使我不能餐兮[3]。

彼狡童兮,不与我食兮。维子之故,使我不能息兮[4]。

〔1〕 这诗写男女情人间,偶生隔阂,女方埋怨恋人无情,害得自己寝食不安。责怨中带着几分娇嗔,意趣盎然。狡:狡黠。狡童,犹言小滑头儿。
〔2〕 维:为。子:你。
〔3〕 不能餐:吃不下饭。
〔4〕 息:安息,心神不宁,睡不好觉。

褰 裳[1]

子惠思我[2],褰裳涉溱[3]。子不我思,岂无他人?狂童之狂也且[4]!

子惠思我,褰裳涉洧[5]。子不我思,岂无他士[6]?狂童之狂也且!

〔1〕 这是女子戏谑情人的诗。诗用考验的口吻,召情人前来相会,娇媚、爽朗、调笑之情,溢于言表。褰(qiān千):提起。裳:下裙。古代上称衣,下称裳。

〔2〕 子:你。女子称她情人。惠:见爱。

〔3〕 涉:徒步过河。溱(zhēn真):河水名。

〔4〕 狂童:轻狂倨傲的小伙子。也且(jū居):犹"也哉",叹词。

〔5〕 洧(wěi尾):河水名。

〔6〕 岂无他士:难道无别的男子。

子 衿[1]

青青子衿,悠悠我心[2]。纵我不往[3],子宁不嗣音[4]?

青青子佩[5],悠悠我思。纵我不往,子宁不来?

挑兮达兮[6],在城阙兮[7]。一日不见,如三月兮!

〔1〕 这是女子怀思情人的诗。她埋怨情侣不主动来看她,连个信儿也没有。她回想当初幽会的快乐情景,更有兀自难挨的痛苦。子:你,指男子。衿(jīn今):衣领。古时学子着青领青襟衣服。

〔2〕 悠悠:长,指思绪绵绵不断。

〔3〕 纵:纵然,即使。此谓纵然我不去找你。

〔4〕 宁:乃。马瑞辰《通释》:"宁、乃一声之转。"嗣

(sì寺):续,继续。郑《笺》:"嗣,续也。"此谓你乃不像既往那样,给我个音讯。

〔5〕 佩:指佩玉的绶带。

〔6〕 挑达:借为"跳跶",欢喜跳跃。形容当初幽会时的高兴劲儿。

〔7〕 城阙(què却):城角楼,男女惯常幽会的僻静地方。

出其东门[1]

出其东门,有女如云[2]。虽则如云,匪我思存[3]。缟衣綦巾[4],聊乐我员[5]。

出其闉闍[6],有女如荼[7]。虽则如荼,匪我思且[8]。缟衣茹藘[9],聊可与娱[10]。

〔1〕 这是一首表白自己对所爱的人忠贞专一的诗。在众多的美女中,男子表示他只钟情于那位穿戴素朴的姑娘,只有跟她在一起才感到无限快乐。全诗直剖己心,坦率、浑厚而不乏风趣。

〔2〕 如云:簇聚如云,形容美女既多又美。朱熹《集传》:"如云,美且众也。"按:古时青年男女常在规定的季节时日里出游聚会,这正是男子出城前往时有所见而唱。

〔3〕 匪:非,不是。思存:郑《笺》:"我思所存也。"意即想念之所在,爱念之所在。

69

〔4〕 缟(gǎo 稿)衣：白色素绢做的衣服。綦(qí 其)巾：暗青色的佩巾。毛《传》："綦巾，苍艾色女服也。"陈奂《传疏》："苍艾色者，苍青也。"白衣青巾，是很朴素的服饰，这里以女子的衣饰代表其人。

〔5〕 聊：足可。员：同"云"。孔《疏》："云、员古今字。"乐我：使我喜欢。

〔6〕 闉(yīn 因)：瓮城(古代城门外层的曲城)的门。阇(dū 督)：外城门。

〔7〕 荼(tú 途)：野菜。如荼，形容如荼遍野，满眼都是。

〔8〕 且(jū 居)：语尾助词，无实义。

〔9〕 茹藘(rú lǘ 如虑)：茜草，可染绛色。这里指绛色佩巾。

〔10〕 与娱：同我一起娱乐。

野有蔓草[1]

野有蔓草，零露漙兮[2]。有美一人，清扬婉兮[3]。邂逅相遇[4]，适我愿兮[5]。

野有蔓草，零露瀼瀼[6]。有美一人，婉如清扬。邂逅相遇，与子偕臧[7]。

〔1〕 这是男子偶然遇见一位美女，一见倾心而唱的歌。诗用青草露珠起兴，赞美姑娘的清秀水灵，并为意外

的相遇欣喜万分。蔓(màn 慢):蔓延,指蔓生植物长长的藤条。

〔2〕 零:降落。漙(tuán 团):形容露珠圆圆的样子。

〔3〕 清扬:眉目清秀。婉(wǎn 宛):温柔美顺的样子。毛《传》:"婉然,美也。"马瑞辰《通释》:"《说文》:婉,顺也。顺与美同义。"

〔4〕 邂逅(xiè hòu 谢后):不期而遇,意外相会。

〔5〕 适:适合。愿:心愿。

〔6〕 瀼瀼(ráng 瓤):露浓的样子。

〔7〕 子:你,指所遇女子。偕:共同。臧:美善。这里指满意,各遂心愿。朱氏《集传》:"臧,美也。与子偕臧,言各得其所遇也。"

溱　洧[1]

溱与洧,方涣涣兮[2]。士与女[3],方秉蕳兮[4]。女曰观乎[5]?士曰既且[6]。且往观乎[7]?洧之外,洵訏且乐[8]。维士与女[9],伊其相谑[10],赠之以勺药[11]。

溱与洧,浏其清矣[12]。士与女,殷其盈矣[13]。女曰观乎?士曰既且。且往观乎?洧之外,洵訏且乐。维士与女,伊其将谑,赠之以勺药。

71

〔1〕 这诗写一对男女青年春游时欢乐的情景。据郑国风俗,每年三月上巳日(三月初三),男女都到水边去采兰,以拂除不祥。这也正是青年男女聚会、定情的好时日。此诗句式参差,节奏轻快,穿插生动对话,极富情趣。溱(zhēn 真)、洧(wěi 尾):郑国二水名。

〔2〕 方:正。涣涣:春水荡漾的样子。朱熹《集传》:"盖冰解而水散之时也。"

〔3〕 士:男子的通称。

〔4〕 秉:手持,拿着。蕳(jiān 兼):兰草。

〔5〕 观乎:去看看吗?

〔6〕 既且(cú 徂):已经去过了。且,借为"徂",往,去。

〔7〕 且:姑且。此下三句均女子话。

〔8〕 洵:实在,真的。訏(xū 虚):大,广阔。乐:犹言好玩,开心。

〔9〕 维:语助词,无实义。

〔10〕 伊:语助词,无实义。相谑(xuè 穴):相互调笑逗趣。

〔11〕 勺药:即芍药,香花名,春季开花,古时用以赠给情侣,以表情意,永结盟好。

〔12〕 浏:水流清澈的样子。

〔13〕 殷:众多。盈:满。这里指挤满了人。

齐 风

东方未明[1]

东方未明,颠倒衣裳[2]。颠之倒之,自公召之[3]。

东方未晞[4],颠倒裳衣。倒之颠之,自公令之[5]。

折柳樊圃[6],狂夫瞿瞿[7]。不能辰夜[8],不夙则莫[9]。

〔1〕 这诗描写官府向百姓拉差派伕时的凶暴态度。差官上门催逼去服役,刻不容缓,不分昼夜。稍有迟慢,就像狂夫般折篱入圃闯进家门,弄得人连衣服都来不及穿。

〔2〕 衣裳:古时称上衣为衣,下裙为裳。古代男子亦着裙。这里指因为惊恐慌忙,而将衣裳上下穿颠倒了。

〔3〕 公:王公贵人,亦即指公家官府。召:征召。

〔4〕 晞(xī希):天将放亮的时候。毛《传》:"晞,明之始升也。"未晞,未破晓。

〔5〕 令:命令,号令。

〔6〕 樊:通"藩",作动词,编篱笆。圃:菜园。这句

是说差官摧折了农家用柳枝编成的菜园篱笆围墙,闯进院内。

〔7〕 狂夫:指狂暴的官差。瞿瞿(qú 渠):瞪视的样子。

〔8〕 辰:通"晨"。不能晨夜,犹言不辨晨夜。

〔9〕 夙:早。莫:通"暮",晚。不夙则莫,不是起早就是贪晚,犹言没个定时,令人劳累不堪,不得安生。

甫　田[1]

无田甫田[2],维莠骄骄[3]。无思远人,劳心忉忉[4]。

无田甫田,维莠桀桀[5]。无思远人,劳心怛怛[6]。

婉兮娈兮[7],总角丱兮[8]。未几见兮[9],突而弁兮[10]!

〔1〕 这是少女恋慕少年的诗。一对男女从小在一起,相知相好。男少年远离后,她一直热烈地怀念他。后来重逢,惊喜地见他已改变了装束,已经成年了。甫田:大块田地。毛《传》:"甫,大也。"

〔2〕 无:勿。田:作动词用,耕种。

〔3〕 维:语助词,无实义。莠(yǒu友):害苗的野草。骄骄:茂密壮实。这里用种田生莠草,表示事与愿违,比喻下面思念远人,不得相见,而徒生苦恼。

〔4〕 劳心:劳念之心。忉忉(dāo刀):烦忧痛苦的样子。

〔5〕 桀桀:高高的样子。王先谦《集疏》:"桀桀,田中特立之貌。"

〔6〕 怛怛(dá达):忧伤痛心的样子。

〔7〕 婉娈:年少俊美。毛《传》:"婉娈,少好貌。"

〔8〕 总角:古代少年将头发束成两个髻,左右各一,像双角,叫总角。总,束扎的意思。丱(guàn贯):两角对称竖起的样子,本为两角的象形字。朱熹《集传》:"丱,两角貌。"严粲《诗缉》:"两角如丱字之形。"

〔9〕 未几:不久,没过多久。

〔10〕 突:突然。弁(biàn辨):冠名,一种用布帛或皮革做成的圆帽,男子成年后的装束。

卢 令[1]

卢令令,其人美且仁[2]。

卢重环[3],其人美且鬈[4]。

卢重鋂[5],其人美且偲[6]。

〔1〕 这诗写一位女子赞美她所钟情之人。她所爱的人是位猎人,猎人带有猎犬,因而由犬及人,听到猎犬环铃声,而想到人的美好。卢:黑色的大猎狗。毛《传》:"卢,田犬。"《毛诗名物考》:"犬之黑色而大者也。"令:指猎犬颈下系的环铃声。

〔2〕 其人:指猎人。仁:仁爱,心肠好。

〔3〕 重环:大环套小环的子母环。

〔4〕 鬈(quán 全):头发卷曲。

〔5〕 重锊(méi 梅):大环套两个小环。毛《传》:"锊,一环贯二也。"

〔6〕 偲(cāi 猜,古音 sāi 腮):大胡子。朱熹《集传》:"偲,多须之貌。"一说多才力。

猗 嗟〔1〕

猗嗟昌兮,颀而长兮〔2〕。抑若扬兮〔3〕,美目扬兮〔4〕。巧趋跄兮〔5〕,射则臧兮〔6〕。

猗嗟名兮〔7〕,美目清兮〔8〕,仪既成兮〔9〕。终日射侯〔10〕,不出正兮〔11〕,展我甥兮〔12〕。

猗嗟娈兮〔13〕,清扬婉兮〔14〕。舞则选兮〔15〕,射则贯兮〔16〕。四矢反兮〔17〕,以御乱兮〔18〕。

〔1〕 这是一首对体强貌美、能射善舞的男子的赞美诗,称他是抗敌保国的栋梁之才。诗中称这个男子为甥,歌者当是他的异姓长辈亲属。猗(yī衣)嗟:赞叹语气词。

〔2〕 颀(qí其):长,指身段高美。

〔3〕 抑:通"懿",美。陈奂《传疏》:"懿,美也。'抑'、'懿'古同声。"这里指威仪壮美。《大雅·假乐》:"威仪抑抑。"又《大雅·抑》:"抑抑威仪"。扬:神采飞扬。

〔4〕 扬:指眼珠转动,炯炯有神。朱熹《集传》:"扬,目之动也。"

〔5〕 巧趋:灵巧的步伐。跄(qiāng枪):有节奏的样子。

〔6〕 臧:善,好。指射箭的技巧好。

〔7〕 名:有名声。朱熹《集传》:"名,犹称也。言其威仪技艺之可名也。"

〔8〕 清:指目光清澈有神。

〔9〕 仪:仪礼。成:齐备、完成。古代有大射礼,又称大射仪,五礼中属于嘉礼,在诸侯群臣相会时举行。又有宾射礼,在亲友相聚时举行。(见《仪礼·大射仪》、《周礼·春官·大宗伯》)

〔10〕 射侯:箭靶子。朱熹《集传》:"张布而射之者也。"这句是说,整天射箭靶操练武艺。

〔11〕 正:靶心。古时射礼,张兽皮于木架做靶子,靶中用圆形白布做靶心,称"正"。朱熹《集传》:"正,设的于侯中而射之者也。"

〔12〕 展:诚然,确实。甥:异姓亲属的晚辈。孔《疏》:"凡异族之亲皆称甥。"

〔13〕 娈:美好。

〔14〕 清扬:目清眉扬,有神采。婉:姿态美。

〔15〕 选:出色,与众不同。朱熹《集传》:"选,异于众也。"

〔16〕 贯:箭穿透靶心。朱熹《集传》:"贯,中而贯革也。"

〔17〕 四矢:四支箭。反:反复。指连续射中靶心的同一地方。朱熹《集传》:"反,复也。中皆得其故处也。"

〔18〕 御乱:平乱抗敌。

魏 风

葛 屦[1]

纠纠葛屦[2],可以履霜[3]。掺掺女手[4],可以缝裳。要之襋之[5],好人服之[6]。

好人提提[7],宛然左辟[8],佩其象揥[9]。维是褊心[10],是以为刺。

〔1〕 这是缝衣女奴唱出的一首怨刺诗。她缺衣少食,不得温饱,瘦弱不堪,却还要为主人劳作,而主人整日只知华服盛装,搔首弄姿,视她为下贱,从不怜惜她,于是她唱出这首歌来讽刺。葛屦(jù 拒):葛麻制的鞋。

〔2〕 纠纠:纠结缠绕的样子。孔《疏》:"纠纠为葛屦之状,当为稀疏之貌。"

〔3〕 可:同"何"。《石鼓文》:"其鱼佳可。"《风雅广逸》注:"佳可,读作惟何,古省文也。"履(lǚ 吕):踏、踩。这句说,葛麻编织的鞋子,怎能防寒踏霜。

〔4〕 掺掺(shān 山):细弱的样子。毛《传》:"掺掺,犹纤纤也。"

〔5〕 要:同"腰",衣裳的腰身。襋(jí 及):衣领。腰、襋,皆作动词用,缝腰缝领,制衣的意思。

〔6〕 好人:贵人,美人,含有讥讽的意思。

79

〔7〕 提提:舒适的样子。朱熹《集传》:"提提,安舒之意。"

〔8〕 宛然:回转腰身很柔美的样子。辟:避。左避,向左边避让。朱熹《集传》:"让而辟者必左。"这里指逢人时彬彬有礼的谦恭举止。

〔9〕 象揥(tì替):象牙做的头篦,是种贵重饰物。

〔10〕 褊(biǎn匾)心:自私狭隘,心术不正。

园 有 桃[1]

园有桃,其实之殽[2]。心之忧矣,我歌且谣[3]。不知我者,谓我士也骄[4]。彼人是哉[5]?子曰何其[6]?心之忧矣,其谁知之!其谁知之,盖亦勿思[7]!

园有棘[8],其实之食。心之忧矣,聊以行国[9]。不知我者,谓我士也罔极[10]。彼人是哉?子曰何其?心之忧矣,其谁知之!其谁知之,盖亦勿思!

〔1〕 这诗写流落在外的士人自道其苦闷。他内心忧苦却得不到同情,有人对他妄加指责,别人不知情况,也不能谅解他,从而自叹知己难逢,自伤孤独。

〔2〕 实:果实。殽(yáo摇):古与"肴"通,食。这句说,它的果实可以食用。

〔3〕 歌、谣:有唱与诵的区别。朱熹《集传》:"合曲曰歌,徒歌曰谣。"这里乃泛指,作歌唱解。此句谓用歌唱来排遣忧思。

〔4〕 士:古代对男子通称,多用于读书人或低层官吏。骄:骄傲、孤傲。

〔5〕 彼人:指上句指责他的人。是:对,正确。此句是诗人自问:那人的说法对吗?

〔6〕 子:你,指不知者。何其:怎么样?即你说彼人说的是对的吗?

〔7〕 盖:何。陈奂《传疏》:"盖与盍同。盍,何也。"这句是说,不知者怎么也不想一想呢?

〔8〕 棘:酸枣。朱熹《集传》:"棘,枣之短者。"

〔9〕 行国:在国中到处流浪。闻一多《风诗类钞》:"行国,周行于国邑中。"

〔10〕 罔:无,没有。极:准则。此句谓别人诬称他放纵自恣,没有准谱儿。

伐　檀[1]

坎坎伐檀兮,寘之河之干兮[2],河水清且涟猗[3]。不稼不穑[4],胡取禾三百廛兮[5]?不狩不猎[6],胡瞻尔庭有县貆兮[7]?彼君子兮,不素餐兮[8]!

坎坎伐辐兮[9],寘之河之侧兮,河水清且直猗[10]。不稼不穑,胡取禾三百亿兮[11]?不狩不猎,胡瞻尔庭有县特兮[12]?彼君子兮,不素食兮!

坎坎伐轮兮,寘之河之漘兮[13],河水清且沦猗[14]。不稼不穑,胡取禾三百囷兮[15]?不狩不猎,胡瞻尔庭有县鹑兮[16]?彼君子兮,不素飧兮[17]!

〔1〕 这是一群伐木劳动者,对不劳而获者的指责。檀:檀树,本质坚硬,古时用以造车。

〔2〕 寘:即"置"字,放置。干:河岸。

〔3〕 涟:风吹水面泛起的波纹。猗(ī衣):语气词,犹"兮"。朱熹《集传》:"猗,与兮同,语词也。"

〔4〕 稼、穑(sè瑟):耕种叫稼,收割叫穑。句指不从事农事劳动。

〔5〕 胡:何,为什么。廛(chán蝉):即缠,束。三百廛,形容其多,不一定是确数。

〔6〕 狩(shòu寿)、猎:冬天打猎叫狩,夜间打猎叫猎,这里泛指打猎。

〔7〕 瞻:望见。庭:庭院。县:同"悬",挂着。貆(huán环):兽名,猪獾。

〔8〕 素餐:白吃饭。君子本是不劳动白吃饭的,这里说"不素餐",是反语相讥。另说,君子指伐檀人心目中

的理想人物,他们不白吃饭。

〔9〕 辐:车轴与轮间的直木。伐辐,即伐木制车辐。
〔10〕 直:指水面直形波纹。
〔11〕 亿:指禾穗之数。三百:言其多。郑《笺》:"十万曰亿,三百亿,禾秉之数。"
〔12〕 特:指三岁的兽。毛《传》:"兽三岁曰特。"
〔13〕 漘(chún 纯):涯岸。
〔14〕 沦:环形水纹。朱熹《集传》:"小风水成文,转如轮也。"
〔15〕 囷(qūn 逡):粮食囤。孔《疏》:"方者为仓,故圆者为囷。"
〔16〕 鹑(chún 纯):鸟名,鹌鹑。
〔17〕 飧(sūn 孙):熟食。毛《传》:"熟食为飧。"

硕 鼠[1]

硕鼠硕鼠,无食我黍[2]!三岁贯女[3],莫我肯顾[4]。逝将去女[5],适彼乐土[6]。乐土乐土,爰得我所[7]。

硕鼠硕鼠,无食我麦!三岁贯女,莫我肯德[8]。逝将去女,适彼乐国。乐国乐国,爰得我直[9]。

硕鼠硕鼠,无食我苗!三岁贯女,莫我肯劳[10]。

逝将去女,适彼乐郊。乐郊乐郊,谁之永号[11]?

〔1〕 这诗写劳动者不堪剥削压迫,企图逃亡。他们向往的一方乐土,实际上在当时社会是不存在的,但它反映了劳动者的理想。硕(shuò 烁)鼠:肥大的老鼠。郑《笺》:"硕,大也。"一说硕同"鼫",即田鼠,亦通。

〔2〕 无:同"毋",勿,不要。黍(shǔ 鼠):黄米。与下文"麦"、"苗",均泛指农作物。

〔3〕 三岁:三年,泛指多年的意思。朱熹《集传》:"三岁,言其久也。"贯:事奉,养活。毛《传》:"贯,事也。"女:汝,你,指鼠,比喻剥削者,不劳而获的贵族。

〔4〕 莫我肯顾:"莫肯顾我"的倒文。顾,顾念,体谅。

〔5〕 逝:远去。郑《笺》:"逝,往也。往矣将去女,与之诀别之辞。"一说逝,同"誓",表示坚决。

〔6〕 适:往。乐土:连同下文"乐国"、"乐郊",均指不受剥削压迫的快乐之地。

〔7〕 爰(yuán 元):乃是。所:处所,指可以安居之处。

〔8〕 德:恩德,作动词,施恩德。有回报的意思。朱熹《集传》:"德,归恩也。"

〔9〕 直:同"值",价值,即所劳与所得相称。

〔10〕 劳:慰劳。

〔11〕 永号:长呼,叹息。谁之永号,有谁还会长呼短叹呢?

唐 风

蟋 蟀[1]

蟋蟀在堂[2],岁聿其莫[3]。今我不乐,日月其除[4]。无已大康[5],职思其居[6]。好乐无荒,良士瞿瞿[7]。

蟋蟀在堂,岁聿其逝。今我不乐,日月其迈[8]。无已大康,职思其外[9]。好乐无荒,良士蹶蹶[10]。

蟋蟀在堂,役车其休[11]。今我不乐,日月其慆[12]。无已大康,职思其忧。好乐无荒,良士休休[13]。

〔1〕 这是一位士人官吏岁暮述怀的诗。在一年将尽之时,他思及自己的职守,自戒应尽职尽责,不要贪图享乐,要有忧患意识。

〔2〕 在堂:蟋蟀秋天时在野地,天气冷后则躲入房屋里来,此表示已是寒冬。

85

〔3〕 聿(yù 玉)：同"曰"，语助词。莫：同"暮"。岁暮，指年终。
〔4〕 除：过去，过完。毛《传》："除，去也。"
〔5〕 无已：不停，没完没了。大：太。康：安逸享乐。太康，过于享乐。
〔6〕 职：常。俞樾《平议》："《尔雅》职有二训：一曰常也，一曰主也。职思，职当训为常，犹曰常思其居耳。"居：所居的地位、职务。
〔7〕 瞿瞿(jù 巨)：警惕的样子。
〔8〕 迈：远去，指光阴流逝。
〔9〕 外：职守以外的事。
〔10〕 蹶蹶(jué 决，古音一读 guì 贵)：敏捷做事的样子。闻一多《风诗类钞》："蹶蹶，跳起貌，言敏疾也。"
〔11〕 役车：一种载重的车子。孔《疏》："收纳禾稼亦用此车，故役车休息，是农事毕，无事也。"
〔12〕 慆(tāo 滔)："滔"的借字。滔滔，奔流不止。
〔13〕 休休：坦适心安的样子。朱熹《集传》："休休，安闲之貌。乐而有节，不至于淫，所以安也。"

杕　杜[1]

有杕之杜，其叶湑湑[2]。独行踽踽[3]，岂无他人？不如我同父。嗟行之人[4]，胡不比焉[5]？人无兄弟，胡不佽焉[6]？

有杕之杜，其叶菁菁[7]。独行睘睘[8]，岂无他人？不如我同姓。嗟行之人,胡不比焉？人无兄弟,胡不佽焉？

〔1〕 这是失去兄弟亲情者自伤孤独无助的诗。诗中说他流落在外,备受冷落,得不到别人的同情和救助。杕(dì弟):孤生独特的样子。杜:杜梨,又称赤梨,棠梨。诗中以孤生的杜梨,比喻自己处境孤独无靠。

〔2〕 湑湑(xǔ许):茂盛的样子。

〔3〕 踽踽(jǔ举):孤零零独行的样子。

〔4〕 "嗟行"句:感叹我这整日奔波路途、在外流浪的人。

〔5〕 胡:何。比:辅助。郑《笺》:"比,辅也。"这句是说,为何没有一个相从相助的人？

〔6〕 佽(cì次):救济资助。毛《传》:"佽,助也。"

〔7〕 菁菁(jīng京):树叶青绿茂盛的样子。

〔8〕 睘睘(qióng琼):同"茕茕",孤独的样子。朱熹《集传》:"睘睘,无所依貌。"

鸨　羽[1]

肃肃鸨羽[2],集于苞栩[3]。王事靡盬[4],不能蓺稷黍[5]。父母何怙[6]？悠悠苍天,曷其有所[7]？

肃肃鸨翼,集于苞棘[8]。王事靡盬,不能蓺黍稷。

父母何食？悠悠苍天,曷其有极^[9]？

肃肃鸨行^[10],集于苞桑。王事靡盬,不能蓺稻粱。父母何尝^[11]？悠悠苍天,曷其有常^[12]？

〔1〕 这诗写征人远行,久役不归,家里田园荒芜,父母无人奉养,哀告无所,怨极而呼天。是一首催人泪下的悲歌。鸨(bǎo 保):鸟名,似雁而大,俗名野雁。

〔2〕 肃肃:鸟扇动翅膀的响声。

〔3〕 集:鸟停落在树上。苞:丛生、茂密。栩(xǔ 许):柞树。鸨雁栖于平沙,而不惯于停落在树上。这里用鸨止于树丛,不能稳居安息,比喻征人离家行役,不得其所。

〔4〕 王事:官府差事。靡:无,没有。盬(gǔ 古):休止。马瑞辰《通释》:"盬者,息也。"这句是说,官差没完没了。

〔5〕 蓺(yì 义):同"艺"(藝),种植。稷:粟,谷子,去皮称小米。黍:黄米。此泛指庄稼。

〔6〕 怙(hù 户):依靠,凭恃。毛《传》:"怙,恃也。"

〔7〕 曷:同"何"。所:处所,安居的地方。

〔8〕 棘(jí 及):酸枣树。

〔9〕 极:中止,尽头。

〔10〕 行:行列。马瑞辰《通释》:"鸨行,犹雁行也。雁之飞有行列而鸨似之。"一说行,犹羽。

〔11〕 尝:食。何尝,吃什么？

〔12〕 常:正常,指安居乐业的正常生活。

有杕之杜[1]

有杕之杜,生于道左[2]。彼君子兮,噬肯适我[3]?中心好之[4],曷饮食之[5]?

有杕之杜,生于道周[6]。彼君子兮,噬肯来游[7]?中心好之,曷饮食之?

〔1〕 这诗写招意中人来相聚游乐,共饮食。用孤立道旁的树自喻,诉说自己的孤独和寂寞。杕(dì弟):孤零零的样子。杜:赤棠树。《说文》:"牡曰棠,牝曰杜。"故杜当为女子自喻。

〔2〕 道左:道路东边。古人以东为左。

〔3〕 噬(shì视):通"逝",发语词。适:往,到。肯适我,肯到我这里来吗?

〔4〕 中心:心中。好:喜爱。这句是说,内心深爱着他。

〔5〕 曷:何,为何。此谓为何时来共饮食。

〔6〕 道周:道路的拐弯曲折处。毛《传》:"周,曲也。"

〔7〕 游:游乐。

89

采 苓[1]

采苓采苓,首阳之巅[2]。人之为言[3],苟亦无信[4]。

舍旃舍旃[5],苟亦无然[6]。人之为言,胡得焉[7]?

采苦采苦[8],首阳之下。人之为言,苟亦无与[9]。

舍旃舍旃,苟亦无然。人之为言,胡得焉?

采葑采葑[10],首阳之东。人之为言,苟亦无从[11]。

舍旃舍旃,苟亦无然。人之为言,胡得焉?

〔1〕 这是劝告人不要听信谗言、假话的诗。全诗重章叠句,反复劝说,谆谆之意,溢于言表。苓,即甘草。
〔2〕 首阳:山名,在今山西境内。巅:山顶。
〔3〕 为:假借为"伪",假话。
〔4〕 苟:确实。亦:语助词。信:诚信。
〔5〕 旃(zhān 瞻):之、焉合声,语助词。舍之焉,弃

90

而不理会它(指假话)吧。

〔6〕 无然:勿然,勿相信为真。

〔7〕 胡得:何所得。指假言无实,令人无所得。

〔8〕 苦:又名荼,即苦菜。

〔9〕 与:认可,相信。

〔10〕 葑(fēng 封):芜菁,又名蔓菁,即芥菜。

〔11〕 从:听从,信从。

秦 风

车 邻[1]

有车邻邻,有马白颠[2]。未见君子[3],寺人之令[4]。

阪有漆,隰有栗[5]。既见君子,并坐鼓瑟。"今者不乐,逝者其耋[6]!"

阪有桑,隰有杨。既见君子,并坐鼓簧[7]。"今者不乐,逝者其亡[8]!"

〔1〕 这是喜与朋友相会,感叹人生苦短,表示应当及时行乐的诗。邻:指车轮声。

〔2〕 白颠:指马头顶上长白色毛。

〔3〕 君子:古时对男子的美称、尊称。这里指作诗者的友人。

〔4〕 寺人:侍人。王先谦《集疏》:"寺、侍古字通。"之令:是令。这里是说,为了与好友相见,命令侍人驾马备车去迎接。

〔5〕 阪(bǎn 板):土坡。漆:漆树。隰(xí 席):低湿的地方。栗(lì 力):栗树。两句比喻互得其所,相宜相乐。

〔6〕 逝者:指时光逝去。耋(dié迭):古称八十岁为"耋"。此说光阴易逝,很快就会衰老。

〔7〕 簧(huáng黄):本指乐器中的铜舌,此代称笙等吹奏乐器。

〔8〕 亡:死亡。

蒹　葭[1]

蒹葭苍苍,白露为霜[2]。所谓伊人[3],在水一方[4]。溯洄从之[5],道阻且长[6]。溯游从之[7],宛在水中央[8]。

蒹葭萋萋,白露未晞[9]。所谓伊人,在水之湄[10]。溯洄从之,道阻且跻[11]。溯游从之,宛在水中坻[12]。

蒹葭采采[13],白露未已[14]。所谓伊人,在水之涘[15]。溯洄从之,道阻且右[16]。溯游从之,宛在水中沚[17]。

〔1〕 这诗写一个男子想追寻所爱的人,但路远水长不能如愿,在痴迷中仿佛看到所爱的人就立在河心小岛

上,若隐若现,似有似无,这是由男子的痴情而产生的梦幻。诗中写秋景,写爱情心理均深宛有致。蒹葭(jiān jiā 兼加):芦苇。

〔2〕 为霜:凝结成霜。

〔3〕 伊人:那人,指男子所爱着的人。

〔4〕 一方:另一方,表示隔绝两地。

〔5〕 溯洄(sù huí 素回):逆水而上。从:跟从,寻找。

〔6〕 阻:险阻难行。长:漫长。

〔7〕 溯游:顺水流而下。毛《传》:"顺流而涉曰溯游。"

〔8〕 宛:宛然,仿佛,好似。

〔9〕 晞(xī 希):干。

〔10〕 湄(méi 眉):水岸。孔《疏》:"谓水草之际也。"

〔11〕 跻(jī 机):登高,指地势高而难以攀登。

〔12〕 坻(chí 池):水中的小块陆地。

〔13〕 采采:指芦花白粲粲的样子。

〔14〕 未已:未止,不停。

〔15〕 涘(sì 寺):水边。

〔16〕 右:迂回弯曲。郑《笺》:"右者,言其迂回也。"马瑞辰《通释》:"周人尚左,故《笺》以右为迂回也。"

〔17〕 沚(zhǐ 止):水中的小沙滩。

黄　鸟[1]

交交黄鸟[2],止于棘。谁从穆公[3]？子车奄息[4]。维此奄息,百夫之特[5]。临其穴,惴惴其慄[6]。彼苍者天[7],歼我良人[8]!如可赎兮,人百其身[9]!

交交黄鸟,止于桑。谁从穆公?子车仲行。维此仲行,百夫之防[10]。临其穴,惴惴其慄。彼苍者天,歼我良人!如可赎兮,人百其身!

交交黄鸟,止于楚[11]。谁从穆公?子车𫖯虎。维此𫖯虎,百夫之御[12]。临其穴,惴惴其慄。彼苍者天,歼我良人!如可赎兮,人百其身!

〔1〕 这是一首哀悼诗。据历史记载,公元前621年,秦穆公死,遗嘱杀一百七十七人为他殉葬,其中包括人民爱戴的"三良",即子车氏三兄弟。人们痛恨这种暴行,痛惜三良之死,而作了这首诗。(事见《左传·文公六年》和《史记·秦本纪》)

〔2〕 交交:黄鸟的叫声。

〔3〕 从:从死,即殉葬。穆公:春秋时秦君,姓嬴,名任好。

〔4〕 子车奄息:连下二章之"仲行"、"𫖯虎",即被杀殉葬的"三良"的名字。子车,姓氏。

〔5〕 特:杰出。句指百人中的佼佼者。

〔6〕 惴惴(zhuì坠):恐惧的样子。慄:战栗,发抖。

〔7〕 彼苍者天:苍天在上的意思,怨恨、痛苦至极,

95

呼天相告,以示不平。
〔8〕 歼:杀害。良人:好人,指子车氏三人。
〔9〕 "如可"二句:言愿拿百人之命赎代其身。
〔10〕 防:抵挡。言一人可抵挡百人。
〔11〕 楚:荆树,灌木丛,俗名荆条。
〔12〕 御:抵御,抵挡。

晨　风[1]

䳒彼晨风[2],郁彼北林。未见君子,忧心钦钦[3]。如何如何[4]？忘我实多[5]。

山有苞栎[6],隰有六驳[7]。未见君子,忧心靡乐[8]。如何如何？忘我实多。

山有苞棣[9],隰有树檖[10]。未见君子,忧心如醉[11]。如何如何？忘我实多。

〔1〕 这是女子思念情人的诗。心上人多时没有来了,女子很着急烦恼,担心对方变了心,连呼"如何",语质情深。晨风:鸟名,雉类。
〔2〕 䳒(yù玉):鸟飞迅速的样子。
〔3〕 钦钦:心中忧愁不止。朱熹《集传》:"钦钦,忧而不忘之貌。"

〔4〕 如何:如何是好,怎么办呢?

〔5〕 实多:实在太甚。闻一多《诗选与校笺》:"多犹甚也。"这句是说,把我抛到脑后太久了。

〔6〕 苞:丛生。栎(lì力):栎树。

〔7〕 隰(xí席):低洼地。六:表示多数。驳(bó伯):斑驳,有裂纹。此指梓榆树,其皮青白多斑,故称。

〔8〕 靡:无,没有。

〔9〕 棣(dì弟):棠棣树,又名棠梨。

〔10〕 檖(suì岁):树木名。一名山梨。

〔11〕 如醉:因思念至极,如同醉酒一样,神魂颠倒。

无 衣[1]

岂曰无衣?与子同袍[2]。王于兴师[3],修我戈矛[4],与子同仇[5]!

岂曰无衣?与子同泽[6]。王于兴师,修我矛戟[7],与子偕作[8]!

岂曰无衣?与子同裳[9]。王于兴师,修我甲兵[10],与子偕行[11]!

〔1〕 这是一首军歌。在西戎犯边时,秦国民众表现出同仇敌忾的爱国热情。无衣:指缺少军衣。

〔2〕 子:你,指从军战友。袍:战袍。
〔3〕 王:指秦王。兴师:发兵打仗。
〔4〕 戈、矛:都是长柄兵器。戈,平头而旁枝有锋刃。矛,头尖锐,直锋。
〔5〕 同仇:共同对敌人。
〔6〕 泽:同"襗"(zé 泽),贴身内衣。
〔7〕 戟(jǐ 挤):长柄兵器,有分枝锋刃。
〔8〕 偕作:一齐奋起去作战。
〔9〕 裳:下裳,指战裙。
〔10〕 甲兵:盔甲、兵器。
〔11〕 偕行:同行,一同出发,齐赴战场。

陈 风

宛 丘[1]

子之汤兮,宛丘之上兮[2]。洵有情兮,而无望兮[3]。

坎其击鼓[4],宛丘之下。无冬无夏[5],值其鹭羽[6]。

坎其击缶[7],宛丘之道。无冬无夏,值其鹭翿[8]。

〔1〕 一个男子深情地爱着一个活泼善舞的女子,她的舞姿时呈眼前,使他难忘。但又觉得没有希望得到她,从而唱出这支景慕而无奈的歌。宛丘:四方高中央低平的地方。一说陈国地名。

〔2〕 子:你,指所爱的女子。汤:通"荡",摇摆,形容舞姿。两句言女子在宛丘上跳舞。

〔3〕 洵(xún 寻):真的,实在是。两句言非常爱她,却没有得到她的希望。

〔4〕 坎:坎坎,敲击鼓缶等乐器发出的声音。

〔5〕 无冬无夏:指一年到头,言其经常跳舞。或推

测女子是当时跳舞祭神的女巫。

〔6〕 值:借为"持",手举着。鹭羽:用白鹭羽毛做的舞具。

〔7〕 缶(fǒu否):小口大腹的陶具,又作为敲击乐器。孔《疏》:"缶是瓦器,可以节乐,若今击瓯。又可盛水、盛酒,即今之瓦盆也。"

〔8〕 鹭翿(dào道):舞具,用鹭鸟羽毛编成,若扇形,手持而舞。

衡 门[1]

衡门之下,可以栖迟[2]。泌之洋洋[3],可以乐饥[4]。

岂其食鱼[5],必河之鲂[6]?岂其娶妻,必齐之姜[7]?

岂其食鱼,必河之鲤?岂其娶妻,必宋之子[8]?

〔1〕 这是一首要人安贫寡欲的诗。诗中宣称只要满足于所有,不嫌居处、饮食简陋,娶妻不求名门大家,就会自安自乐,后世尝以"衡门栖迟","泌水乐饥"作为安贫乐道的典故。衡门:即以横木为门。衡,借为"横"。毛《传》:"衡门,横木为门,言浅陋也。"

〔2〕 栖迟:栖息,居住。

〔3〕 泌(bì必):泉水。洋洋:水盛的样子。

〔4〕 乐饥:乐道忘饥。朱熹《集传》:"汝水虽不可饱,然亦可以玩乐而忘饥也。"

〔5〕 岂其:难道。

〔6〕 必:必须,一定要。鲂(fáng防):一名扁鱼,味美。

〔7〕 齐之姜:齐国姜姓之女。指名门贵族。

〔8〕 宋之子:宋国子姓之女。宋国商之后,子姓。

东门之池[1]

东门之池,可以沤麻[2]。彼美淑姬[3],可与晤歌[4]。

东门之池,可以沤纻[5]。彼美淑姬,可与晤语[6]。

东门之池,可以沤菅[7]。彼美淑姬,可与晤言。

〔1〕 这是一首优美的爱情诗。一个男青年倾慕着一位贤淑的姑娘,时刻想与她在一起欢歌共语。池:水池,池塘。

〔2〕 沤(òu怄):长时间浸泡。麻:植物名,浸泡后

可以取其纤维织布。

〔3〕 彼:那。淑姬:贤惠的姬姓姑娘。

〔4〕 晤歌:相对而歌。

〔5〕 纻(zhù 注):麻的一种,又称青麻。

〔6〕 晤语:与下之"晤言"皆指相对交谈,说些知心话。

〔7〕 菅(jiān 兼):菅草,似茅,浸湿后可以搓绳。

墓　门[1]

墓门有棘[2],斧以斯之[3]。夫也不良[4],国人知之。知而不已[5],谁昔然矣[6]。

墓门有梅,有鸮萃止[7]。夫也不良,歌以讯止[8]。讯予不顾[9],颠倒思予[10]。

〔1〕 这是一首讽刺诗。从诗中"国人知之"的话看,讽刺的对象当是统治集团人物。墓门:墓道之门。

〔2〕 棘:酸枣树,灌木丛,比喻所憎之人。

〔3〕 斯:劈砍。毛《传》:"斯,析也。"

〔4〕 夫:指示代词,犹"彼",指所讽刺之人。不良,心肠坏。

〔5〕 不已:指不停止(做坏事)。

〔6〕 谁昔:畴昔,往昔。马瑞辰《通释》:"畴、谁一声之转,《尔雅》:'畴,谁也。'"这里有由来已久的意思。然:

如此,这样。

〔7〕 鸮(xiāo消):猫头鹰。萃(cuì翠):聚集。

〔8〕 讯:警告,责问。

〔9〕 讯予:"予讯"之倒文。不顾:不理睬。

〔10〕 颠倒:狼狈不堪,陷于困境。思予:想到我。犹言等到你倒霉时才会想到我的警告。

月　出[1]

月出皎兮,佼人僚兮[2]。舒窈纠兮[3],劳心悄兮[4]!

月出皓兮[5],佼人懰兮[6]。舒忧受兮[7],劳心慅兮[8]!

月出照兮,佼人燎兮[9]。舒夭绍兮,劳心惨兮[10]!

〔1〕 这是一首对月兴怀,静夜思人的诗。望着一轮皎洁的明月,遥想所爱之人的美丽风姿,但又不能共度良宵,从而忧从中来,劳心伤怀,不能自已。

〔2〕 佼(jiǎo饺):"姣"的借字。姣人,美人。僚:同"嫽(liáo聊)",俊美好看。

〔3〕 舒:舒缓,形容女子举止从容安闲。窈纠(jiǎo

饺):联绵词并叠韵,形容步态轻盈优美。
〔4〕 劳心:忧思之心。悄:暗自忧愁的样子。
〔5〕 皓(hào 浩):形容月光明亮。
〔6〕 㑞(liú 刘):同"嬼",妩媚可爱。
〔7〕 忧受:意同"窈纠",下"夭绍"亦同。
〔8〕 慅(sāo 骚):心神不安的样子。
〔9〕 燎:明,形容女子容颜光彩照人。
〔10〕 惨:心中痛楚的样子。

桧 风

素 冠[1]

庶见素冠兮[2],棘人栾栾兮[3],劳心傅傅兮[4]。

庶见素衣兮,我心伤悲兮,聊与子同归兮[5]。

庶见素韠兮[6],我心蕴结兮[7],聊与子如一兮[8]。

〔1〕 这是一首悼念亡夫的诗。丈夫去世了,妻子极度悲伤,恨不得与丈夫同归同去。素冠:白色帽子。与"素衣"、"素韠",均系死者入殓时所穿戴。

〔2〕 庶:幸,希冀。这句是说希望最后再看一眼自己的丈夫。

〔3〕 棘:通"瘠",瘦。棘人,谓居丧妇人自称。居丧之人,哀痛至极,身体瘦弱不堪。郝懿行《诗问》:"棘人,丧人也。"栾栾(luán峦):瘦弱的样子。毛《传》:"栾栾,瘠貌。"

〔4〕 傅傅(tuán团):哀伤的样子。

〔5〕 聊:聊且。子:你,指死者。同归:即同死。

〔6〕 韠(bì毕):蔽膝。

〔7〕 蕴结:郁结。朱熹《集传》:"蕴结,思之不

解也。"

〔8〕 如一：相一致，指共死。

隰有苌楚[1]

隰有苌楚，猗傩其枝[2]。夭之沃沃[3]，乐子之无知[4]。

隰有苌楚，猗傩其华[5]。夭之沃沃，乐子之无家[6]。

隰有苌楚，猗傩其实。夭之沃沃，乐子之无室。

〔1〕 这诗写生处乱世，生活困顿，不堪其苦，反羡慕人不如草木之无知无累。隰（xí席）：洼地。苌（cháng尝）楚，植物名，又名羊桃。
〔2〕 猗傩（yī nuó 衣娜）：同"婀娜"，柔美多姿。
〔3〕 夭：初生青嫩的样子。沃沃：肥厚润泽。
〔4〕 乐：羡慕。子：指苌楚。无知：无人的知觉。
〔5〕 华：同"花"。
〔6〕 无家：与下之"无室"均指无家室之累。

匪 风[1]

匪风发兮,匪车偈兮[2]。顾瞻周道[3],中心怛兮[4]!

匪风飘兮,匪车嘌兮[5]。顾瞻周道,中心吊兮[6]!

谁能亨鱼[7],溉之釜鬵[8]。谁将西归,怀之好音[9]。

〔1〕 这诗写一个离乡背井的人,看到大路上驰驱的车马,不由得动起思乡之情,希望遇到一个西去的人,捎封家书给亲人,报告一下他的消息。匪:通"彼",那。

〔2〕 偈(jié 杰):疾驰的样子。朱熹《集传》:"偈,疾驱也。"

〔3〕 顾瞻:回头远望。周道:大道。

〔4〕 怛(dá 达):悲伤。

〔5〕 嘌(piào 票):疾驰貌。毛《传》:"无节度也。"

〔6〕 吊:哀伤的样子。

〔7〕 亨:"烹"的古字。

〔8〕 溉(gài 盖):洗涤。釜(fǔ 斧):锅。鬵(xún 旬):大锅。

〔9〕 怀:携带,捎去。好音:佳音,好消息,即平安家信。

曹 风

蜉 蝣[1]

蜉蝣之羽,衣裳楚楚[2]。心之忧矣,於我归处[3]。

蜉蝣之翼,采采衣服。心之忧矣,於我归息。

蜉蝣掘阅[4],麻衣如雪[5]。心之忧矣,於我归说[6]。

〔1〕 诗以蜉蝣的朝生暮死,比喻人生苦短,不觉忧从中来,慨叹将来不知所归何处。蜉蝣(fú yóu 浮游),昆虫名,寿命很短,朝生暮死。

〔2〕 衣裳:指蜉蝣美丽的翅羽。楚楚:明洁整齐。

〔3〕 於:古"乌"字。乌,何,何所。於我,"我於"的倒文,即我将何所的意思。归处:归宿。

〔4〕 掘:挖。阅:穴。指蜉蝣初生时,破穴而出。郑《笺》:"掘阅,掘地解,谓其始生时也。"

〔5〕 麻衣:蜉蝣翅羽上有斑纹,故称其为麻衣。如雪:洁白如雪。

〔6〕 说(shuì 税):通"税",止息。郑《笺》:"说,犹

舍息也。"

鸤 鸠[1]

鸤鸠在桑,其子七兮。淑人君子[2]。其仪一兮[3]。其仪一兮,心如结兮[4]。

鸤鸠在桑,其子在梅。淑人君子,其带伊丝[5]。其带伊丝,其弁伊骐[6]。

鸤鸠在桑,其子在棘。淑人君子,其仪不忒[7]。其仪不忒,正是四国[8]。

鸤鸠在桑,其子在榛。淑人君子,正是国人。正是国人,胡不万年[9]。

〔1〕 这是对当权者的颂赞之歌。鸤(shī 尸)鸠:布谷鸟。古代传说布谷鸟喂子时很平均、公平。
〔2〕 淑:善。君子:这里指有才德之人。
〔3〕 仪:容止仪表。一:一致,表里如一。
〔4〕 结:固结,坚定。朱熹《集传》:"如物固结而不散也。"

〔5〕 带:衣带,古代官阶不同而质地和颜色不同。伊:语助词,无实义。丝:素丝制成。

〔6〕 弁(biàn变):皮帽。骐:有花纹的马,此指帽上的杂饰。

〔7〕 忒(tè特):偏差。

〔8〕 正:标准,榜样。四国:四方邦国。

〔9〕 胡:何。胡不万年,何能不长寿万年?祝颂之词。

下 泉[1]

冽彼下泉,浸彼苞稂[2]。忾我寤叹[3],念彼周京[4]。

冽彼下泉,浸彼苞萧[5]。忾我寤叹,念彼京周。

冽彼下泉,浸彼苞蓍[6]。忾我寤叹,念彼京师。

芃芃黍苗[7],阴雨膏之[8]。四国有王[9],郇伯劳之[10]。

〔1〕 这是一首慨叹国乱民困,周道衰微,怀思西周盛世的诗。下泉:地底涌出的泉水。

110

〔2〕 苞:丛生。稂(láng郎):莠草。孔《疏》:"稂是禾之秀而不实者。"

〔3〕 忾(xì细):叹息之声。寤:醒来。

〔4〕 周京:周之京都,此指西周盛世的明君。郑《笺》:"念周京者,思其先王之明者。"

〔5〕 萧:蒿草。

〔6〕 蓍(shī师):草名,又名筮草,古代用来占卜。

〔7〕 芃芃(péng朋):茂盛的样子。

〔8〕 膏:润泽的意思。

〔9〕 四国:四方诸侯国。有王:以周天子为王。郑《笺》:"有王,谓朝聘于天子也。"

〔10〕 郇(xún旬)伯:周文王之后,封为郇国(地在今山西临猗县境内)国君。朱熹《集传》:"郇伯,郇侯,文王之后,尝为州伯,治诸侯有功。"劳:慰劳。之:指各邦国。

豳 风

七 月[1]

七月流火[2],九月授衣[3]。一之日觱发[4],二之日栗烈[5]。无衣无褐,何以卒岁[6]?三之日于耜[7],四之日举趾[8]。同我妇子[9],馌彼南亩[10],田畯至喜[11]。

七月流火,九月授衣。春日载阳[12],有鸣仓庚[13]。女执懿筐[14],遵彼微行[15],爰求柔桑[16]。春日迟迟[17],采蘩祁祁[18]。女心伤悲,殆及公子同归[19]。

七月流火,八月萑苇[20]。蚕月条桑[21],取彼斧斨[22],以伐远扬[23],猗彼女桑[24]。七月鸣鵙[25],八月载绩[26]。载玄载黄[27],我朱孔阳[28],为公子裳。

四月秀葽[29],五月鸣蜩[30]。八月其获[31],十月陨萚[32]。一之日于貉[33]，取彼狐狸，为公子裘。二之日其同[34]，载缵武功[35]。言私其豵[36]，献豜于公[37]。

五月斯螽动股[38]，六月莎鸡振羽[39]。七月在野，八月在宇，九月在户[40]，十月蟋蟀入我床下。穹窒熏鼠[41]，塞向墐户[42]。嗟我妇子[43]，曰为改岁[44]，入此室处。

六月食郁及薁[45]，七月亨葵及菽[46]。八月剥枣[47]，十月获稻。为此春酒[48]，以介眉寿[49]。七月食瓜，八月断壶[50]，九月叔苴[51]。采荼薪樗[52]，食我农夫[53]。

九月筑场圃[54]，十月纳禾稼[55]，黍稷重穋[56]，禾麻菽麦。嗟我农夫！我稼既同[57]，上入执宫功[58]。昼尔于茅[59]，宵尔索绹[60]，亟其乘屋[61]，其始播百谷[62]。

二之日凿冰冲冲[63]，三之日纳于凌阴[64]。四之日其蚤[65]，献羔祭韭[66]。九月肃霜[67]，十月涤场[68]。朋酒斯飨[69]，曰杀羔羊[70]，跻彼公堂[71]，称彼兕觥[72]，万寿无疆[73]！

〔1〕 这是一首长篇农事诗，按季节的顺序，叙说了劳动的内容和劳动者的艰辛和悲苦，真实、生动地反映了古代社会生活，是我国古代一首杰出的民间叙事诗。七月：指夏历（今亦称阴历）七月。下文所称四月至十月，均指夏历。

〔2〕 流：往下移动。火：星座名，大火星，又名心宿。每年夏历五月的黄昏，这星出现在正南方，方向最正而位置最高。六月以后，就偏西下移，所以这里说"流火"，用以表示夏去秋来。

〔3〕 授衣：把制寒衣的活交给妇女去做。闻一多《风诗类钞》："授衣，授女工使为之。九月丝麻之事已毕，始为冬衣。"

〔4〕 一之日：一月的日子。此指周历一月，相当于夏历十一月。夏历比周历晚两个月。下文"二之日"、"三之日"、"四之日"，可仿此类推。觱发（bì bō 毕拨）：形容寒风劲吹，触物有声。闻一多《风诗类钞》："觱发，寒风撼物声。"

〔5〕 栗烈：即凛冽，寒气袭人。

〔6〕 褐（hè 赫）：粗麻衣服。卒岁：终岁，度过年终。

〔7〕 于：为，从事，指修整。耜（sì 寺）：耒耜，翻土用的农具。

〔8〕 举趾：举步，指下田耕种。朱熹《集传》："举趾，举足而耕也。"

〔9〕 妇子：老婆、孩子。

〔10〕 馌（yè 业）：送饭。彼：那。南亩：南边田地，这里指田间。

〔11〕 田畯(jùn 俊)：管田的农官。毛《传》："田畯，田大夫也。"至：很，非常。

〔12〕 载阳：开始转暖。载，语助词。阳，阳光温暖。

〔13〕 仓庚：黄莺。

〔14〕 女：指采桑女。执：手提。懿(yì 义)筐：深箩筐。

〔15〕 遵：沿着。微行：小道。

〔16〕 爰(yuán 元)：于是。柔桑：嫩桑叶。

〔17〕 迟迟：指春天昼长。

〔18〕 蘩(fán 凡)：又名白蒿，据说可以煮水洒在蚕卵上，促使蚕早出。明何楷《诗经世本古义》引徐光启语："蚕之未出者，煮蘩沃之则易出。"祁祁：很多的样子。

〔19〕 殆及：将与。公子：贵族少爷。同归：携同一起归于他家。这里写出农家女无人身自由，随时有被贵族公子胁迫而去的遭遇，故说"伤悲"。

〔20〕 萑(huán 环)苇：指收芦苇，供做蚕箔用。

〔21〕 蚕月：养蚕的月份，指三月。马瑞辰《通释》："三月为蚕月。"条桑：修剪桑枝。

〔22〕 斨(qiāng 枪)：方孔斧。

〔23〕 远扬：指高远上扬的树枝。

〔24〕 猗(yǐ 以)：同"掎"，攀拉。女桑：嫩桑。

〔25〕 鵙(jú 局)：伯劳鸟。一说鵙本字作䦙(jú 局)。

〔26〕 载：语助词。绩：纺织。

〔27〕 玄：黑色。黄：黄色。这里均指丝织品所染的颜色。

〔28〕 朱：红色。孔：很。阳：鲜丽。

〔29〕 秀：生穗。葽(yāo 腰)：远志草，可入药。

〔30〕 蜩(tiáo 条)：蝉，俗名知了。

〔31〕 其：语助词。获：收获。

〔32〕 陨(yǔn 允)：落。蘀(tuò 唾)：落叶。

115

〔33〕 于:为,指猎取。貉(hé河):兽名,形似狐。

〔34〕 其同:指会合人众。

〔35〕 缵(zuǎn纂):继续。武功:武事,指打猎。这里指大规模围猎。

〔36〕 言:语助词。私:私得,个人所有。豵(zōng宗):一岁小猪。这里泛指小兽。

〔37〕 献:献出。豜(jiān尖):大兽。公:王公贵族。

〔38〕 斯螽(zhōng钟):蝗类昆虫。动股:磨擦大腿。本为振翅发声,古人误认为是两腿相切作声。

〔39〕 莎(suō梭)鸡:昆虫名,今名纺织娘。振羽:振翅发声。

〔40〕 宇:屋宇。户:门内。此皆指蟋蟀,随天气渐寒,而由野外迁入屋宇室内。

〔41〕 穹(qióng穷):空隙。窒(zhì至):堵塞。此指鼠洞。熏鼠:燃草木熏赶老鼠。

〔42〕 塞:遮堵。向:北面的窗子。毛《传》:"向,北出牖也。"墐(jìn近)户:以泥涂柴门,用以防寒。

〔43〕 嗟:哀叹。

〔44〕 曰:语助词。改岁:过年。

〔45〕 郁(yù育):植物名,果如李子。薁(yù玉):野葡萄。

〔46〕 亨:同"烹",煮。葵:葵菜。菽(shū叔):豆类。

〔47〕 剥(pū扑):打。枣:枣树果实,酿酒用。

〔48〕 春酒:冬天酿酒,春天始食用,故称春酒。

〔49〕 介:助,祈求。郑《笺》:"介,助也。"眉寿:高寿。高年老人每有毫眉,故云。

〔50〕 断:割下。壶:同"瓠",葫芦。

〔51〕 叔:拾取。苴(jū居):麻子。毛《传》:"叔,拾也。苴,麻子也。"

〔52〕 荼(tú途):苦菜。薪:柴,这里作动词用,指作

薪柴。樗(chū 出):臭椿树。

〔53〕 食(sì 寺):给食,养活。

〔54〕 场圃(pǔ 朴):打谷场。圃,菜园。陈奂《传疏》:"春夏之圃,至秋冬作场以治谷,是为'筑场圃'。"

〔55〕 纳:收入,装进。禾稼:泛指农作物。

〔56〕 黍:小米。稷(jì 计):高粱。重:同"穜"(tóng 童),后熟作物。穋(lù 陆):早熟作物。毛《传》:"后熟曰重,先熟曰穋。"

〔57〕 既同:已经聚集起来。指已将各种农作物集聚入仓。

〔58〕 上:同"尚",还要。执:从事。宫:宫室。功:事。这里指还要为贵族做室内劳役。

〔59〕 昼:白天。尔:语助词。于茅:采取茅草。

〔60〕 宵:夜晚。索绹(táo 桃):搓绳。

〔61〕 亟(jí 及):急,赶快。乘屋:登屋顶。指修理自己的草房。

〔62〕 始:岁始,年初。这里是说又要开始下田播种庄稼了。

〔63〕 冲冲:凿冰声。

〔64〕 纳:藏入。凌阴:冰室,冰窖。

〔65〕 蚤:同"早",指早朝,即下文祭祖。

〔66〕 羔:羔羊。韭:韭菜。皆祭祖所用物。古时仲春,有"献羔开冰"祭祖之礼。

〔67〕 肃霜:指秋季天气开始清肃而下降寒霜。朱熹《集传》:"肃霜,气肃而霜降也。"

〔68〕 涤场:指收完了粮食而打扫场院。

〔69〕 朋酒:双樽酒。斯:语助词。飨:同"享",享用。

〔70〕 曰:发语词。

〔71〕 跻(jī 基):登上。公堂:公众聚会场所。

〔72〕 称:举。兕(sì 四):犀牛。觥(gōng 工):酒

117

器。这里指用犀牛角制的酒杯。

〔73〕 万寿无疆:高寿无边,祝颂词。

鸱 鸮[1]

鸱鸮鸱鸮,既取我子,无毁我室[2]。恩斯勤斯[3],鬻子之闵斯[4]!

迨天之未阴雨[5],彻彼桑土[6],绸缪牖户[7]。今女下民[8],或敢侮予[9]?

予手拮据[10],予所捋荼[11],予所蓄租[12],予口卒瘏[13],曰予未有室家[14]!

予羽谯谯[15],予尾翛翛[16],予室翘翘[17],风雨所漂摇[18],予维音哓哓[19]!

〔1〕 这是一首禽言诗,借禽鸟的悲鸣自叙遭遇,表现被强暴者欺凌的忧愤。全诗连用十个"予"字,一句一呼,涕泣而道,如闻其声。鸱鸮(chī xiāo 吃消):猫头鹰。古人认为是猛禽恶鸟,这里用以代指强暴者。

〔2〕 室:此指鸟巢。

〔3〕 恩:恩爱。勤:殷勤,辛辛苦苦。两"斯"字均为语助词。

〔4〕 鬻(yù 玉):借为"育",养育。子:指雏鸟。闵(mǐn 敏):怜闵,疼爱。

〔5〕 迨(dài 代):趁着。

〔6〕 彻:取。马瑞辰《通释》:"彻与撤通。《广雅》:'撤,取也。'"桑土:桑树根和泥土,筑巢用。

〔7〕 绸缪(móu 谋):缠缚。牖(yǒu 友)户:本指窗门,此指巢穴洞口。此句谓把巢室洞口束牢。

〔8〕 女:汝,你。下民:树下人。

〔9〕 或敢侮予:谁再敢来欺侮我。

〔10〕 拮据:手口并作,犹忙乱劳苦。

〔11〕 捋(luō 罗阴平):自上向下勒取。荼:荼茅,一种开白花的茅草,垫巢用。

〔12〕 蓄:积聚。租:同"苴(jū 居)":茅草。

〔13〕 卒:同"悴",过度劳累。瘏(tú 途):生病。

〔14〕 曰:发语词。未有室家:是说巢还没有营造好。

〔15〕 谯谯(qiáo 乔):羽毛脱落稀疏的样子。

〔16〕 翛翛(xiāo 消):羽毛残破的样子。

〔17〕 翘翘(qiáo 乔):形容巢摇摇欲坠的样子。

〔18〕 漂:雨水冲击。摇:风吹摇动。

〔19〕 哓哓(xiāo 消):因惊恐而发出的哀叫声。毛《传》:"哓哓,惧也。"

东 山[1]

我徂东山,慆慆不归[2]。我来自东,零雨其濛[3]。我东曰归,我心西悲[4]。制彼裳衣[5],勿士行枚[6]。蜎蜎者蠋[7],烝在桑野[8]。敦彼独宿[9],亦在车下。

我徂东山,慆慆不归。我来自东,零雨其濛。果臝之实[10],亦施于宇[11]。伊威在室[12],蠨蛸在户[13]。町畽鹿场[14],熠燿宵行[15]。不可畏也[16]?伊可怀也[17]。

我徂东山,慆慆不归。我来自东,零雨其濛。鹳鸣于垤[18],妇叹于室[19]。洒扫穹窒[20],我征聿至[21]。有敦瓜苦[22],烝在栗薪[23]。自我不见,于今三年。

我徂东山,慆慆不归。我来自东,零雨其濛。仓庚于飞[24],熠燿其羽[25]。之子于归[26],皇驳其马[27]。亲结其缡[28],九十其仪[29]。其新孔嘉[30],其旧如之何[31]?

〔1〕 这是一首长期征战的士卒,在归途中抒发思乡之情的诗。他想象久别的家园和与妻子即将重逢时的种

种情景,表达了对和平生活的渴望。东山:指东去作战的地方。

〔2〕 慆慆:同"滔滔",形容日子长久。

〔3〕 零雨:细雨。其濛:即濛濛,形容雨天迷茫的样子。

〔4〕 西悲:西向而悲。是说当知道将要西归时,不觉遥望家乡,心中一阵酸楚。这是一种悲喜交集的复杂感情。

〔5〕 裳衣:指普通便服,即脱换下军装。

〔6〕 士:同"事",这里作动词,即从事。行枚:即横枚。古代行军,口中横衔着一根小木棍,以防出声。勿士行枚,是说不再过军旅生活。

〔7〕 蜎蜎(yuān 渊):蚕类蠕动的样子。蠋(zhú 烛):毛虫,色青,形似蚕,大如手指。

〔8〕 烝(zhēng 征):处在,置。毛《传》:"烝,置也。"一说作"久"解。

〔9〕 敦(duì 对):本为一种圆形器具,这里形容卷曲成一团。

〔10〕 果蠃(luǒ 裸):蔓生植物,即瓜蒌。

〔11〕 施(yì 异):蔓延,爬满。宇:屋檐。

〔12〕 伊威:土鳖虫。

〔13〕 蟏蛸(xiāo shāo 消梢):长脚蜘蛛。这里指门上都结了蛛网。

〔14〕 町疃(tǐng tuǎn 挺团上声):又作町疃,院旁空地。鹿场:野鹿活动的地方。朱熹《集传》:"町疃,舍旁隙地也。无人焉,故鹿以为场也。"

〔15〕 熠(yì 义)燿:光亮闪烁的样子。燿,同"耀"。宵行:即燐火,俗称鬼火。闻一多《风诗类钞》:"宵行,燐火也。"以上六句是想象自己走后家园荒凉的状况。

〔16〕 畏:可怕。

〔17〕 伊:是。怀:指值得怀念。

〔18〕 鹳(guàn 灌):水鸟名,似鹤,喜阴雨,食鱼。郑《笺》:"鹳,水鸟也。将阴雨则鸣行者。"垤(dié 迭):蚂蚁洞口的小土堆。毛《传》:"垤,蚁冢也。"

〔19〕 妇:指作者的妻子。

〔20〕 穹窒(qióng zhì 穷至):把屋墙上的破洞堵好。这里是说妻子洒扫收拾屋子,准备迎接丈夫。穹,空洞;窒,堵塞。

〔21〕 征:征人。聿(yù 玉):虚词,有"将"的意思。严粲《诗缉》:"聿者,将遂之辞,实未至也。"我征聿至,我那出征之人就将回来了。这是想象中妻子的言语。

〔22〕 有敦:即敦敦,圆圆的样子。苦:借为"瓠(hù户)"。瓜苦,即瓠瓜,也就是葫芦。古代礼俗,结婚时要将瓠瓜剖为两半,夫妻各执一瓢,舀酒漱口,称合卺之礼。故这里提到瓠瓜。

〔23〕 烝:用火烤,蒸炊。栗薪:栗木柴堆。一说栗为动词,析,劈;或说堆积。

〔24〕 仓庚:黄莺。

〔25〕 熠燿(yì yào 义耀)其羽:指飞时翅膀闪闪发光。

〔26〕 之子:这女子。于归:出嫁。

〔27〕 皇:黄色。驳:杂色。

〔28〕 亲:指母亲。结:系上。缡(lí 离):蔽膝。古时女子出嫁,由母亲给她亲手系上蔽膝。一说缡指佩巾。

〔29〕 九十:九或十,言其多,不是实数。仪:礼仪。朱熹《集传》:"九其仪,十其仪,言其仪之多也。"

〔30〕 新:指新婚,指女子做新娘时。孔:很,非常。嘉:美好。

〔31〕 旧:指婚后多年已成旧人。如之何:变成何样子了?

伐　柯[1]

伐柯如何？匪斧不克[2]。取妻如何？匪媒不得。

伐柯伐柯，其则不远[3]。我觏之子[4]，笾豆有践[5]。

〔1〕　这是一首求媒说亲娶妻的诗。《诗经》时代，民间男女婚恋相对自由，但也逐渐受到媒妁之礼的束缚，从这首诗中已可看出。柯：斧柄。此指砍伐新斧柄。

〔2〕　"伐柯"二句：不以手中所持的斧柄为榜样则做不成新斧柄。此比喻要遵从既定的礼制去做。

〔3〕　则：法则。不远：指不用远处寻求。吴闿生《诗义会通》："伐柯者要用柯，其取法不待远求。"

〔4〕　觏（gòu购）：指遇合，婚媾。之子：是子，这个人，指所欲娶之女子。

〔5〕　笾（biān边）：竹编食具。豆：木制食具。践：排列成行。毛《传》："践，行列貌。"此指古时婚礼所规定的陈设。

小 雅

鹿 鸣[1]

呦呦鹿鸣,食野之苹[2]。我有嘉宾[3],鼓瑟吹笙。吹笙鼓簧[4],承筐是将[5]。人之好我[6],示我周行[7]。

呦呦鹿鸣,食野之蒿[8]。我有嘉宾,德音孔昭[9]。视民不恌[10],君子是则是效[11]。我有旨酒[12],嘉宾式燕以敖[13]。

呦呦鹿鸣,食野之芩[14]。我有嘉宾,鼓瑟鼓琴。鼓瑟鼓琴,和乐且湛[15]。我有旨酒,以燕乐嘉宾之心。

〔1〕 这是国君宴饮群臣宾客的诗。君王礼遇群臣,既享以酒食,又赐以币帛,以换取他们修德爱民,尽忠王室之心。

〔2〕 呦呦(yōu 优):鹿的鸣叫声。苹:野生植物,俗称扫帚草。据说鹿觅得食物后,即呼叫同类,一起享用。

故两句以鹿鸣起兴,表示诚恳招饮之情。

〔3〕 嘉宾:贵宾,指群臣。

〔4〕 簧:笙管中发声的舌片。鼓簧,鼓动笙簧。

〔5〕 承:用手捧举。筐:指盛币、帛礼品的竹器。是:此。将:相送。

〔6〕 人:指群臣嘉宾。好我:爱我。

〔7〕 示:告诉。周行(háng杭):大道,引申为治国的道理,途径。

〔8〕 蒿:青蒿。蒿有香气。

〔9〕 德音:美誉。孔:很,非常。昭:昭著。

〔10〕 视:同"示"。郑《笺》:"视,古示字也。""三家诗"均作"示"。恌(tiāo佻):同"佻",轻薄,轻浮。

〔11〕 则:原则,法则。效:仿效。

〔12〕 旨酒:美酒。

〔13〕 式:语助词。燕:通"宴",宴饮。敖:同"遨",游玩。

〔14〕 芩(qín琴):黄芩,植物名。

〔15〕 和乐:和谐快乐。湛(chén沉):深,长久。此有乐而尽兴的意思。

四 牡[1]

四牡骓骓[2],周道倭迟[3]。岂不怀归?王事靡盬[4],我心伤悲!

四牡骓骓,啴啴骆马[5]。岂不怀归?王事靡盬,不遑启处[6]！

翩翩者鵻[7]，载飞载下[8]，集于苞栩[9]。王事靡盬，不遑将父[10]！

翩翩者鵻，载飞载止，集于苞杞[11]。王事靡盬，不遑将母！

驾彼四骆[12]，载骤骎骎[13]。岂不怀归？是用作歌，将母来谂[14]！

〔1〕 这是出使在外的官吏，自述奔波劳苦，并怀归思亲的诗。诗用马不停蹄，终日奔跑，写自己的劳顿；用鸟儿犹得栖息，写自己反而不得归，不能回家奉养父母，情凄意切。牡：公马。古时用四马驾车，故说"四牡"。

〔2〕 骓骓（fēi 非）：马行不止而疲惫的样子。《广雅》："骓骓，疲也。行不止则疲。"

〔3〕 周道：大路。倭（wēi 威）迟：纡回遥远的样子。朱熹《集传》："倭迟，回远之貌。"

〔4〕 王事：王家差事，官差。靡盬（gǔ 古）：没有止息，没完没了。

〔5〕 啴啴（tān 摊）：喘息的样子。骆马：白色黑鬃的马。

〔6〕 不遑（huáng 皇）：没有闲暇。启：跪。处：居，坐。古人席地而坐。跪，即双膝着地，上身挺直；坐，则臀

部下垂,坐在脚掌上。启处,指休息。

〔7〕 雎(zhuī追):鸟名,斑鸠。

〔8〕 载:或。

〔9〕 集:栖止。苞:茂盛。栩(xǔ许):柞树。

〔10〕 将:奉养。

〔11〕 杞:树名,杞柳。

〔12〕 四骆:四匹黑鬃的白马。

〔13〕 骎骎(qīn侵):奔驰的样子。

〔14〕 谂(shěn审):思念。

常　棣[1]

常棣之华,鄂不韡韡[2]。凡今之人[3],莫如兄弟。

死丧之威[4],兄弟孔怀。原隰裒矣,兄弟求矣[5]。

脊令在原[6],兄弟急难[7]。每有良朋,况也永叹[8]。

兄弟阋于墙[9],外御其务[10]。每有良朋,烝也无戎[11]。

丧乱既平,既安且宁。虽有兄弟,不如友生[12]。

傧尔笾豆[13],饮酒之饫[14]。兄弟既具[15],和乐且孺[16]。

妻子好合,如鼓瑟琴。兄弟既翕[17],和乐且湛[18]。

宜尔室家,乐尔妻帑[19]。是究是图[20],亶其然乎[21]!

〔1〕 这是一首歌咏兄弟亲情的诗,在家庭宴饮时所唱。诗中用棠棣花之花萼相依相聚比喻兄弟之间的亲密;又用与"良朋"的对比,说明手足之情更值得珍视,是一篇动人的兄弟友爱之歌。常:借为"棠"。常棣,即棠棣树。

〔2〕 鄂:借为"萼",花萼。不:通"柎",花萼的足。韡韡(wěi 伟):鲜明的样子。韡,《韩》诗作"炜"。

〔3〕 "凡今"句:犹言如今所有的人。

〔4〕 威:威胁。孔:很,最。怀:关怀,关切。这二句是说,当受到死亡、丧乱的威胁时,惟有兄弟间最关怀。

〔5〕 原隰(xí 习):本指平原洼地,此指旷野。裒(póu 抔):聚集,此指聚土成坟。求:寻找,此指寻到坟上去祭扫。

〔6〕 脊令:即鹡鸰鸟,喜相呼同群而飞。

〔7〕 急难:遇难急忙相救。

〔8〕 每:虽。况:增加。永叹:长叹。此二句说,遇有急难,朋友仅长叹而已。

〔9〕 阋(xì 细):争斗。墙:墙内,家中。指兄弟在家不和睦。

〔10〕 务:借为"侮"。句指一致对外,同心抵抗外来的侵暴,欺侮。

〔11〕 烝:朱熹《集传》以为"发语词"。无戎:不来相助。朱熹《集传》:"戎,助也。"

〔12〕 友生:友人。此说平安无事时,反觉兄弟不如朋友亲。

〔13〕 傧(bīn 宾):陈列。尔:你。笾(biān 边):盛水果、干肉的竹制器皿。豆:盛肉菜的木制器皿。

〔14〕 饫(yù 裕):满足,吃饱喝足。

〔15〕 既具:已一齐来到。

〔16〕 孺:相亲相爱。

〔17〕 翕(xī 西):和顺;协调。

〔18〕 湛:深、长久,有尽兴之意。

〔19〕 帑(nú 奴):同"孥",子女。

〔20〕 究:深思。图:考虑。此谓深虑一下兄弟之间的情义。

〔21〕 亶(dǎn 胆):诚然,确实。此句说,难道不正是这样吗!

伐 木[1]

伐木丁丁[2],鸟鸣嘤嘤[3]。出自幽谷,迁于乔木。嘤其鸣矣,求其友声[4]。相彼鸟矣[5],犹求友声。矧伊人矣[6],不求友生？神之听之[7],终和且平。

伐木许许[8],酾酒有藇[9]。既有肥羜[10],以速诸父[11]。宁适不来[12]？微我弗顾[13]。於粲洒扫[14],陈馈八簋[15]。既有肥牡[16],以速诸舅[17]。宁适不来,微我有咎[18]。

伐木于阪[19],酾酒有衍[20]。笾豆有践[21],兄弟无远[22]。民之失德[23],干糇以愆[24]。有酒湑我[25],无酒酤我[26]。坎坎鼓我[27],蹲蹲舞我[28]。迨我暇矣[29],饮此湑矣[30]。

〔1〕 这是一首宴请亲友,歌颂亲情和友谊的诗。诗的开头以伐木和鸟鸣求友起兴,呼唤真挚的友情,有一种自然纯朴的气息。主人热情的邀请,写得委婉而诚恳,丰食美酒,歌舞助兴,又写得热烈感人。因此后世每以"伐木"诗意作为友谊的象征。
〔2〕 丁丁(zhēng 争):用刀斧砍伐树木的声音。
〔3〕 嘤嘤:指鸟互相应和的叫声。朱熹《集传》:"嘤嘤:鸟声之和也。"
〔4〕 求其友声:呼求朋友的声音。
〔5〕 相:视,看。

〔6〕 矧(shěn 沈)：何况。伊人：这个人。

〔7〕 神之听之：凝神谛听。

〔8〕 许许(hǔ 虎)：象声词，指人在用力伐木时发出的呼声。

〔9〕 酾(shī 师)：滤酒，用草或竹器滤酒，去掉酒漕。有藇(xù 序)：即藇藇，形容酒味甘美。

〔10〕 羜(zhù 柱)：出生五个月的小羊，泛指羊羔。

〔11〕 速：召，邀请。诸父：宗族中的男性长辈，叔伯之属。

〔12〕 宁：宁可。适：往，去请。这句意思是说，宁可我去请他们，而他们不来。

〔13〕 微：不是。顾：顾念。这句说，绝非我不顾念他们。

〔14〕 於(wū 乌)：感叹词。粲：明净的样子。即干干净净，光亮照人。洒扫：清扫屋宇，洗净用具。

〔15〕 陈：陈设。馈(kuì 愧)：食物。簋(guǐ 鬼)：古代的食器，宴享、祭祀用。八簋：极言食物的丰盛。

〔16〕 牡：这里指公羊羔。

〔17〕 诸舅：众异姓长辈。朱熹《集传》："诸舅，朋友之异姓而尊者也。"

〔18〕 咎：过失，指失礼的地方。

〔19〕 阪(bǎn 板)：山坡。

〔20〕 衍(yǎn 演)：溢出，言其酒多。

〔21〕 笾(biān 边)：竹编的食器。豆：一种高脚木制食器。践：陈列整齐有序。毛《传》："践，行列貌。"

〔22〕 无远：勿远，不要疏远。

〔23〕 民之失德：人丧失了道德，特指交友之道。

〔24〕 干餱(hóu 喉)：干粮，这里指很普通的食品。愆(qiān 千)：过失，过错。这里指为一点极平常的事而失和反目。

131

〔25〕 湑(xǔ许)：义同"釃"，澄滤。这句是说，有酒就滤出来让我喝。

〔26〕 酤：同"沽"，买酒。这句说，没有酒就买来给我喝。

〔27〕 坎坎：击鼓的声音。鼓我：击鼓给我助兴。

〔28〕 蹲蹲(cún存)：踩着鼓点儿跳舞的样子。舞我：跳舞给我助兴。一说上四句"我"字为语尾助词。

〔29〕 迨(dài待)：及，趁着。暇：闲暇。

〔30〕 湑：清醇美酒。《玉篇·水部》："湑，清也。"朱熹《集传》解释说："故我于朋友，不计有无，但及闲暇，则饮酒以相乐也。"

采 薇[1]

采薇采薇，薇亦作止[2]。曰归曰归[3]，岁亦莫止[4]。靡室靡家[5]，玁狁之故[6]。不遑启居[7]，玁狁之故。

采薇采薇，薇亦柔止[8]。曰归曰归，心亦忧止。忧心烈烈[9]，载饥载渴。我戍未定，靡使归聘[10]。

采薇采薇，薇亦刚止[11]。曰归曰归，岁亦阳止[12]。王事靡盬[13]，不遑启处。忧心孔疚[14]，我行不来[15]！

彼尔维何[16]？维常之华[17]。彼路斯何[18]？君子之车[19]。戎车既驾[20]，四牡业业[21]。岂敢定居？一月三捷[22]。

驾彼四牡，四牡骙骙[23]。君子所依[24]，小人所腓[25]。四牡翼翼[26]，象弭鱼服[27]。岂不日戒[28]？猃狁孔棘[29]！

昔我往矣[30]，杨柳依依[31]。今我来思[32]，雨雪霏霏[33]。行道迟迟[34]，载渴载饥。我心伤悲，莫知我哀[35]！

〔1〕 这是戍边士卒归途中所唱的歌。这首诗既写士卒在出征和战斗中紧张、饥渴和劳碌的痛苦生活，同时也表达了他们能不顾安危，急国家之难的爱国热情。诗用薇菜的初生、生长、粗老，写历久不归的情景和心情，末章更抚今追昔，借自然景观以托情，全诗感情真挚，凄楚动人。薇（wēi 微）：野菜名，就是野豌豆，嫩苗可食。

〔2〕 作：初生，刚长芽。止：语助词。

〔3〕 曰：说。归：回家。

〔4〕 莫：同"暮"，指岁暮，年终。这句说，已经到年终了，仍不能回去。

〔5〕 靡室靡家:无室无家。意思是说,远离在外,等于无家。

〔6〕 狁(xiǎn yǔn 险允):古代居北方的民族,又称北狄。故:缘故。句意谓为抵御北狄侵犯而出征。

〔7〕 不遑(huáng 皇):不暇。启居:跪坐,这里指休息。意思是,没有时间安居休息。下"启处"同。

〔8〕 柔:柔嫩,正在长大的嫩茎叶。

〔9〕 烈烈:原指火势盛大,这里比喻忧心如火烧一样。

〔10〕 靡使归聘:没法托使者往回捎音讯。朱熹《集传》:"聘,问也。"

〔11〕 刚:坚硬,指薇菜长大,茎叶变硬。

〔12〕 阳:指夏历十月,秋天。《尔雅·释天》说:"十月为阳。"句意是,又到了一年的秋天。

〔13〕 王事:指王朝派的差事,即服役。靡盬(gǔ 古):没有止息,没完没了。

〔14〕 孔疚:非常痛苦。

〔15〕 行:出征远行。不来:一直不能归来。一说指出而不返,即不能生还。

〔16〕 尔:同"茶",花朵盛开的样子。《尔雅》:"荣华盛貌。"这句是说,那盛开着的花朵是什么花?

〔17〕 维常之华:是常棣之花。华,同"花"。这里喻指下文"君子之车"的华丽。

〔18〕 路:同"辂",车高大的样子。这句是说,那高大的车是什么车?

〔19〕 君子之车:这里指将帅的车。

〔20〕 戎车:战车,兵车。既驾:已经驾好,意思是已经准备开始出征。

〔21〕 四牡:四匹驾车的公马。业业:高大强壮的样子。

〔22〕 三捷:三次获胜。朱熹《集传》:"捷,胜也。"一说指多次与敌人交战。捷,通"接",指交战。

〔23〕 骙骙(kuí奎):马强壮的样子。

〔24〕 依:依靠,乘载的意思。

〔25〕 小人:指士卒。腓(féi肥):本指腿肚子,这里指士兵随从而动。方玉润《原始》:"言此车乃君子所处,小人则从而动也。"

〔26〕 翼翼:行列整齐的样子。

〔27〕 象弭:用象牙镶嵌弓的两端。鱼服:指用沙鱼皮制成的箭袋。

〔28〕 岂不:怎能不。日:每日,时时刻刻。戒:戒备,警惕。

〔29〕 孔:非常。棘:通"急",指敌情非常紧急。

〔30〕 昔:昔日出征时。往:前往,去出征。

〔31〕 依依:形容春日柳条随风飘拂的样子。

〔32〕 来:归来。思:语尾助词。

〔33〕 雨:作动词,落,降。雨雪,落雪。霏霏:大雪纷飞的样子。

〔34〕 行道迟迟:慢慢地走在归途上。

〔35〕 莫知我哀:没人知道我的哀情。

出 车[1]

我出我车,于彼牧矣[2]。自天子所[3],谓我来矣[4]。召彼仆夫[5],谓之载矣[6]。王事多难[7],维其棘矣[8]。

我出我车,于彼郊矣[9]。设此旐矣[10],建彼旄矣[11]。彼旟旐斯[12],胡不旆旆[13]?忧心悄悄,仆夫况瘁[14]。

王命南仲[15],往城于方[16]。出车彭彭[17],旂旐央央[18]。天子命我,城彼朔方。赫赫南仲[19],玁狁于襄[20]。

昔我往矣[21],黍稷方华[22],今我来思[23],雨雪载涂[24]。王事多难,不遑启居[25]。岂不怀归[26]?畏此简书[27]。

喓喓草虫[28],趯趯阜螽[29]。未见君子[30],忧心忡忡[31]。既见君子,我心则降[32]。赫赫南仲,薄伐西戎[33]。

春日迟迟[34],卉木萋萋[35]。仓庚喈喈[36],采蘩祁祁[37]。执讯获丑[38],薄言还归[39]。赫赫南仲,玁狁于夷[40]。

〔1〕 这是一首征战诗。周宣王时,玁狁犯边,南仲

奉命率兵出征,取胜而归。此诗歌颂了南仲的赫赫武功,并形象地叙写了这次出战的全过程。其中插叙了思妇念远的情节,增加了浓重的感情色彩。出:启行。车:指战车。

〔2〕 于彼牧矣:往那远郊野外。朱熹《集传》:"牧,郊外也。"

〔3〕 所:处所。这句说从天子那里。

〔4〕 谓:指下达的口头命令。这句是说,接受出征命令来到这里。

〔5〕 仆夫:指御夫,驾车人。这句是说,召集那些御车的士兵。

〔6〕 载:装载,指把战车装备起来。

〔7〕 王事:王朝的事,即指国事。多难:此指多外患。

〔8〕 维:发语词。棘:同"急",紧急。这句是说,形势十分紧急了。

〔9〕 郊:郊外。

〔10〕 设:设置。旐(zhào 兆):古代一种画有龟蛇图案的旗。

〔11〕 建:竖起。旄(máo 毛):古代一种用牦牛尾装饰旗竿顶端的旗。

〔12〕 旟(yú 鱼):绘有鸟隼的旗。斯:语气词。

〔13〕 胡不:岂不。旆旆(pèi 配):形容旗随风飘扬的样子。

〔14〕 悄悄:暗自忧愁的样子。况:同"怳",失意的样子,指情绪低沉。瘁(cuì 粹):劳苦憔悴。这二句是说,将帅因任重而忧心忡忡,卒夫因恐惧劳顿而憔悴。

〔15〕 王:指周王。南仲:宣王时大臣的名字。

〔16〕 城:作动词,筑城。方:朔方,北方。这句说,到北方去筑城设防。

137

〔17〕 彭彭(bāng邦)：车马盛多的样子。

〔18〕 旂(qí旗)：古代一种画有蛟龙的旗。央央：鲜明的样子。

〔19〕 赫赫：威名显赫的样子。

〔20〕 狁：古代北方民族，又称北狄。于：是。襄：通"攘"，扫除，驱除。这句说，把狁赶走，扫除掉。

〔21〕 昔：昔日，往日。往：指出征。

〔22〕 方华：正在开花。华，同"花"。这句是说，出征时黍稷正在开花。约是初夏的时候。

〔23〕 思：语尾助词。句谓如今我回来了。

〔24〕 雨：作动词。雨雪：下雪。载涂：满途。涂，通"途"。这句说，大雪盖满了道路。

〔25〕 不遑：不暇。启居：安居。

〔26〕 岂不怀归：难道我不想回家？

〔27〕 畏：畏惧，害怕。简书：写在竹简上的文书，这里指天子的法令。

〔28〕 喓喓(yāo腰)：虫叫的声音。草虫：指草中昆虫，蝈蝈之类。

〔29〕 趯趯(tì惕)：跳跃的样子。阜螽(zhōng终)：蚱蜢。

〔30〕 君子：此指丈夫。

〔31〕 忡忡(chōng充)：犹"冲冲"，心情不安的样子。

〔32〕 降：下，放下。我心则降，我才放下心来。以上几句，见于《召南·草虫》诗，为思妇之词，此用来表达征夫思妇之间的别情。

〔33〕 薄：发语词，有勉励、赶紧的意思。伐：征讨。西戎：周代西北的一个民族。

〔34〕 春日：春天的白昼。迟迟：迟缓的样子，指春天白昼变长了。

〔35〕 卉木:花草树木。萋萋:茂盛的样子。

〔36〕 仓庚:黄莺。喈喈:鸟叫声。

〔37〕 蘩(fán烦):白蒿。祁祁:众多的样子。

〔38〕 执:捉住。讯:审讯。获:俘获。丑:指敌人,是一种蔑称。

〔39〕 薄言:语助词,有赶紧的意思。还归:凯旋回家。

〔40〕 于夷:是夷,是平。意思是平定了猃狁。此章仍是设想南仲妻子的思念之情,谓丈夫将功成凯旋而归。

菁菁者莪[1]

菁菁者莪,在彼中阿[2]。既见君子[3],乐且有仪[4]。

菁菁者莪,在彼中沚[5]。既见君子,我心则喜。

菁菁者莪,在彼中陵[6]。既见君子,锡我百朋[7]。

泛泛杨舟[8],载沉载浮[9]。既见君子,我心则休[10]。

〔1〕 这是一首迎宾曲。喜逢佳宾,表示自己的欢乐之情。菁菁(jīng 京):草木茂盛的样子。莪(é 俄):蒿草的一种,又称萝蒿。

〔2〕 中阿:即阿中。阿,山的幽曲处。

〔3〕 君子:古时对男子的美称。这里指宾客。

〔4〕 有仪:指举止得体,美好。

〔5〕 沚(zhǐ 止):水中小洲。

〔6〕 陵:丘陵。

〔7〕 锡:赐。百朋:古人用贝壳作货币,五枚为一串,两串称一朋。王国维《观堂集林·说玨朋》:"古制贝玉皆五枚一系,二系一朋。"

〔8〕 泛泛:漂浮的样子。杨舟:杨木船。

〔9〕 载:且,又。载沉载浮,比喻心神不定。

〔10〕 休:休止安定。此指心踏实下来。

鸿 雁[1]

鸿雁于飞,肃肃其羽[2]。之子于征[3],劬劳于野[4]。爰及矜人[5],哀此鳏寡[6]。

鸿雁于飞,集于中泽。之子于垣,百堵皆作[7]。虽则劬劳,其究安宅[8]?

鸿雁于飞,哀鸣嗷嗷[9]。维此哲人[10],谓我劬劳〔11〕;维彼愚人,谓我宣骄〔12〕。

〔1〕 这是一首倾诉徭役痛苦和怨愤不平的诗。用哀鸿遍野,形象地比喻离乡背井、成群结队的劳苦征人形象。鸿雁:大雁,栖息水边的候鸟。
〔2〕 肃肃:拍翅声。羽:羽翼,翅膀。
〔3〕 之子:那些人,指服役者,包括作者自己在内。征:出征,去服役。
〔4〕 劬(qú渠)劳:辛苦劳累。野:指在野外劳作。
〔5〕 爰:语助词,无实义。及:加给。矜(jīn今)人:苦人。这句是说,劳役都加在可怜的受苦人身上。
〔6〕 鳏(guān官):无妻或有妻而分离者。寡:无依无靠者。
〔7〕 垣(yuán元):墙,此作动词,指筑墙。堵:墙。作:起,筑起来。
〔8〕 究:究竟。安:何,何处。宅:住宅,安身之处。这句是说,究竟哪里是我们安身的地方?
〔9〕 嗷嗷(áo熬):通"嗸嗸",哀鸣声。
〔10〕 维:只有。哲人:明白事理的人。
〔11〕 谓:说。
〔12〕 宣骄:放纵,傲慢不逊的意思。意谓这些服役的人,不受管束,不肯低头隐忍。

沔　水〔1〕

沔彼流水,朝宗于海〔2〕。鴥彼飞隼〔3〕,载飞载止[4]。嗟我兄弟[5],邦人诸友。莫肯念乱[6],谁无父母[7]?

沔彼流水,其流汤汤[8]。鴥彼飞隼,载飞载扬[9]。念彼不迹[10],载起载行[11]。心之忧矣,不可弭忘[12]。

鴥彼飞隼,率彼中陵[13]。民之讹言[14],宁莫之惩[15]?我友敬矣[16],谗言其兴[17]。

〔1〕 这是一首伤时闵乱的诗。作者是位朝臣,他感到社会动荡不安,大乱将至,从而忧心忡忡,并劝戒兄弟友人,提防奸佞谗言的中伤。沔(miǎn 免):流水漫漫,很大很满的样子。毛《传》:"沔,水流满也。"

〔2〕 朝宗:本指诸侯朝见天子。这里借指百川所归。

〔3〕 鴥(yù 玉):鸟飞迅速的样子。隼(sǔn 损):鹰类猛禽。

〔4〕 载:语助词,有"则","又"的意思。

〔5〕 嗟:哀叹。

〔6〕 莫肯:不肯。念乱:忧念国事荒乱。

〔7〕 谁无父母:哀闵父母将跟着遭难。

〔8〕 汤汤(shāng 伤):水流浩大。

〔9〕 扬:高飞。

〔10〕 彼:指当权的坏人。不迹:不跟从前人踪迹而

142

行,意谓不能正道直行。毛《传》:"不迹,不循道也。"

〔11〕 载起载行:谓坐立不安,彷徨无主。

〔12〕 弭(mǐ米):消除,停止。弭忘,忘不掉。

〔13〕 率:沿着。中陵:即陵中。陵,山陵。这里指沿着山陵高飞。

〔14〕 讹(é俄)言:胡言乱语,谣言。

〔15〕 宁:为什么。惩:制止。朱熹《集传》:"惩,止也。"

〔16〕 敬:借为"儆",警戒,警惕。

〔17〕 其兴:将要兴起,即谗言大作,会遭中伤的意思。

鹤 鸣[1]

鹤鸣于九皋[2],声闻于野。鱼潜在渊[3],或在于渚[4]。乐彼之园[5],爰有树檀[6],其下维萚[7]。它山之石[8],可以为错[9]。

鹤鸣于九皋,声闻于天。鱼在于渚,或潜在渊。乐彼之园,爰有树檀,其下维榖[10]。它山之石,可以攻玉[11]。

〔1〕 这是一首赞赏湖山园林自然景观的诗,最后借石咏怀,富于哲理。旧说或解为规劝宣王求贤才的诗,全

143

诗皆为隐喻。鹤：仙鹤，一种大型涉禽，鸣声嘹亮。

〔2〕 九：虚数，说明极其曲折蜿蜒。皋(gāo 高)：沼泽。方玉润《原始》引韩婴曰："九皋，九折之泽。"

〔3〕 潜：深藏。渊：深水潭。

〔4〕 渚(zhǔ 主)：水中小洲。这里指洲边浅水。

〔5〕 乐：喜爱。

〔6〕 爰：语助词，有"乃"意。树檀：种植的檀树。

〔7〕 萚(tuò 唾)：落叶。

〔8〕 它山：别的山。

〔9〕 错：借为"厝"，磨石，砺石。

〔10〕 榖(gǔ 谷)：木名，又名楮树。

〔11〕 攻玉：治玉，雕磨玉石。

黄　鸟[1]

黄鸟黄鸟，无集于榖[2]，无啄我粟。此邦之人，不我肯榖[3]。言旋言归[4]，复我邦族[5]。

黄鸟黄鸟，无集于桑，无啄我粱。此邦之人，莫可与明[6]。言旋言归，复我诸兄。

黄鸟黄鸟，无集于栩[7]，无啄我黍。此邦之人，不可与处。言旋言归，复我诸父[8]。

〔1〕 这是一首流亡者的悲歌。他离乡背井到异国谋生,但同样受到欺凌和压榨,于是又思归乡土。黄鸟:黄雀,比喻剥削者、掠夺者。

〔2〕 榖(gǔ古):楮树。毛《传》:"榖,恶木也。"

〔3〕 不我肯榖:"不肯榖我"的倒文。榖,善待。毛《传》:"榖,善也。"

〔4〕 言:语助词,无实义。旋:回转。归:归去。

〔5〕 复:返,回到。邦族:邦国家族。

〔6〕 明:晓喻。这句是说,不可同他们讲道理,即有理难明的意思。

〔7〕 栩(xǔ许):柞树。

〔8〕 诸父:同姓叔、伯等长辈。

我 行 其 野[1]

我行其野,蔽芾其樗[2]。昏姻之故[3],言就尔居[4]。尔不我畜[5],复我邦家[6]。

我行其野,言采其蓫[7]。昏姻之故,言就尔宿。尔不我畜,言归斯复[8]。

我行其野,言采其葍[9]。不思旧姻[10],求尔新特[11]。成不以富,亦只以异[12]。

145

〔1〕 这是一首弃妇诗。女子远嫁他乡,丈夫另有新欢而弃旧,她在回归故家时唱出了这首哀怨、决绝之歌。

〔2〕 蔽:遮蔽。芾(fèi费):草木茂盛的样子。欧阳修《诗本义》:"蔽者,蔽风日也。芾,茂盛貌。"樗(chū初):臭椿树。

〔3〕 昏:同"婚"。故:缘故。

〔4〕 言:语助词,此处有"乃"义。就:相从。这句是说,乃相从到你家居住。

〔5〕 我畜:即畜我,养活我。毛《传》:"畜,养也。"

〔6〕 复:返回。邦家:指家乡娘家。

〔7〕 蓫(zhú逐):草名,又名羊蹄菜。

〔8〕 言、斯:皆语助词。

〔9〕 葍(fú福):多年生蔓草,可食。

〔10〕 旧姻:旧日婚姻关系,犹言夫妻的情意。

〔11〕 特:配偶。朱熹《集传》:"特,匹也。"

〔12〕 成:同"诚",诚然,确实。以富:因为富有。异:异心,二心。这两句意思是说,如果因为新人富有,能改善你的生活,我虽被弃,也就认了;但情况并非这样,你只不过是喜新厌旧,见异思迁罢了。

无 羊[1]

谁谓尔无羊?三百维群[2]。谁谓尔无牛?九十其犉[3]。尔羊来思[4],其角濈濈[5]。尔牛来思,其耳湿湿[6]。

或降于阿[7],或饮于池,或寝或讹[8]。尔牧来思,何蓑何笠[9],或负其餱[10]。三十维物[11],尔牲则具[12]。

尔牧来思,以薪以蒸[13],以雌以雄[14]。尔羊来思,矜矜兢兢[15],不骞不崩[16]。麾之以肱[17],毕来既升[18]。

牧人乃梦,众维鱼矣[19],旐维旟矣[20]。大人占之[21]:"众维鱼矣,实维丰年;旐维旟矣,室家溱溱[22]。"

〔1〕 这是一首牧者之歌。牧者自喜牛羊蕃盛,并祈求来年丰收,家室兴旺。诗中写牛羊的动态,牧者的形象,生动逼真。
〔2〕 三百:泛指其多。维:为。
〔3〕 九十:也泛指其多,犹言上百头。犉(chún纯):肥大的牛。《尔雅》:"牛七尺为犉。"
〔4〕 思:语气词。
〔5〕 濈濈(jí及):形容群羊在一起羊角聚集的样子。
〔6〕 湿湿:湿润的样子。牛肥壮则耳朵润泽有光。朱熹《集传》:"牛病则耳燥,安则润泽也。"
〔7〕 或:有的。降:下来。阿:小丘陵。
〔8〕 讹(é鹅):通"吪",动。朱熹《集传》:"讹,

147

动也。"

〔9〕 何:通"荷",披戴。蓑:蓑衣。笠:斗笠。

〔10〕 负:背着。餱(hóu猴):干粮。

〔11〕 三十:泛指多。物:指毛色。郑《笺》:"物,色也。"

〔12〕 牲:牺牲,供祭祀用的家畜。具:具备,全备。古代祭祀用牲,毛色要求不同。

〔13〕 以:有。蒸:细柴。郑《笺》:"粗曰薪,细曰蒸。"这句是说,牧人放牧时还兼打柴草。

〔14〕 雌、雄:指捕得鸟兽雉兔等野味,雌雄都有。朱熹《集传》:"雌雄,禽兽也。"

〔15〕 矜矜兢兢:形容牧人赶牛羊时小心谨慎的样子。

〔16〕 骞(qiān千):亏损,走失。崩:散群,走散。

〔17〕 麾:挥。肱(gōng工):臂膀。这里指挥臂驱赶牛羊群。

〔18〕 毕:全。既:都。朱熹《集传》:"既,尽也。"升:指进圈。毛《传》:"升,入牢也。"

〔19〕 众:"螽"的借字,蝗虫。维:语助词,此有变化之意。古人认为蝗虫化为鱼,为丰年的吉兆。

〔20〕 旐(zhào兆):画有龟蛇的旗。旟(yú于):画有鹰隼的旗。旐化为旟,为家室兴旺的吉兆。

〔21〕 大人:占卜之官。

〔22〕 溱溱(zhēn真):形容子孙众多兴旺。孔《疏》:"室家溱溱,是男女众多之象。"

节 南 山 [1]

节彼南山,维石岩岩[2]。赫赫师尹[3],民具尔瞻[4]。忧心如惔[5],不敢戏谈[6]。国既卒斩[7],何用不监[8]?

节彼南山,有实其猗[9]。赫赫师尹,不平谓何[10]!天方荐瘥[11],丧乱弘多[12]。民言无嘉[13],憯莫惩嗟[14]。

尹氏大师,维周之氐[15],秉国之均[16],四方是维[17],天子是毗[18],俾民不迷[19]。不吊昊天[20],不宜空我师[21]!

弗躬弗亲[22],庶民弗信[23]。弗问弗仕[24],勿罔君子[25]。式夷式已[26],无小人殆[27]。琐琐姻亚[28],则无膴仕[29]。

昊天不傭[30],降此鞠讻[31]!昊天不惠[32],降此大戾[33]!君子如届[34],俾民心阕[35]。君子如夷,恶怒是违[36]。

不吊昊天,乱靡有定[37]。式月斯生[38],俾民不宁[39]!忧心如酲[40],谁秉国成[41]?不自为政,卒劳百姓[42]。

驾彼四牡,四牡项领[43]。我瞻四方,蹙蹙靡所骋[44]!

方茂尔恶[45],相尔矛矣[46]。既夷既怿[47],如相酬矣[48]。

昊天不平,我王不宁[49]!不惩其心,覆怨其正[50]。

家父作诵[51],以究王讻[52]。式讹尔心[53],以畜万邦[54]。

〔1〕 这是一首周王朝大臣作的怨刺诗。诗中控诉执政者的暴虐以及周王的不明,表现了忧国伤时、直言敢谏的精神。节:山势高峻的样子。南山:镐京以南的终南山。

〔2〕 岩岩:山石重叠的样子。

〔3〕 赫赫:势位显赫的样子。师:太师,周代三公(太师、太傅、太保)中最尊的官。尹:指尹氏,任太师之职。

〔4〕 具:俱。瞻:视,瞧着。这句是说太师尹氏权位烜赫,是人民所关注的对象,人人都看着你。

〔5〕 忧心:忧苦之心。惔(tǎn坦):"炎"的借字,如

惔,如火烧。

〔6〕 戏谈:随便戏谑谈论。郑《笺》:"畏汝之威,不敢相戏而言语。"

〔7〕 国:指周国,周王朝。卒:尽,完了。斩:断绝。这句说周的国运已将尽了,即亡国在即。

〔8〕 何用:何以。不监:不觉察。

〔9〕 有实:即实实,布满的样子,指草木多而盛。猗:长,指草木长茂。

〔10〕 谓何:还有何可说呢! 是说尹氏为政不公平,有目共见,已用不着说了。

〔11〕 方:正在。荐:加。瘥(cuó 错阳平):疫病等灾难。

〔12〕 丧乱:死丧祸乱。弘多:大而多。

〔13〕 民言:百姓的议论。无嘉:没好话。

〔14〕 憯(cǎn 惨):曾,乃。惩:惩戒,儆戒。嗟:语尾叹词。这句说师尹仍不知自我戒惧。

〔15〕 氐:同"柢",根柢,根本。言是王朝重臣。

〔16〕 秉:掌握,执掌。均:同"钧",制陶器模子下的转盘。制陶器的人需要掌握陶钧,比喻治国者运用政柄。

〔17〕 维:维系。句意是说全国四方都靠尹氏太师来维系。

〔18〕 毗(pí 皮):辅佐。郑《笺》:"毗,辅也。"

〔19〕 俾:使。迷:指无所适从。

〔20〕 不吊:不善,不体恤。昊(hào 浩)天:上天。此怨天之词,兼怨责周王。

〔21〕 空:困乏。毛《传》:"空,穷也。"师:众民。这句是说不该将困苦加给我们众民。

〔22〕 弗躬弗亲:指尹氏不亲身管理国事。

〔23〕 弗信:不信从。

〔24〕 弗问:不过问,指不过问国政。弗仕:不办理

政事。

〔25〕 勿:语助词。罔:欺罔,蒙骗。君子:指贤臣。

〔26〕 式:语助词,无实义。夷:平除。已:制止。指上述现象得到消除、制止。

〔27〕 无:勿。殆:危殆。这句是说不要因小人弄权而使国家陷于险境。

〔28〕 琐琐:卑微渺小的样子。姻亚:指亲属,裙带关系。

〔29〕 膴(wǔ 五):厚。膴仕,高官厚禄。这句意谓不要弄权让无能的亲属享受官禄。

〔30〕 不傭:不公平。毛《传》:"傭,均也。"

〔31〕 鞫:同"鞠",穷。讻:凶,祸害。鞫讻,穷凶,极大的灾祸。

〔32〕 不惠:不仁惠。

〔33〕 戾:暴戾,指暴政。

〔34〕 届:至,来临。这句设语说,如果由君子来亲临政事。

〔35〕 俾:使。阕(què 确):止息。这句说民怨就可以平息了。

〔36〕 夷:平。违:远离,去掉。毛《传》:"违,去也。"这句说君子若无不平,民怨众怒也就没有了。

〔37〕 靡:无,没有。定:止。

〔38〕 式:语助词。月:"刖"字的省借,扼杀。生:生灵,指民命。月斯生,扼杀众民之命。

〔39〕 宁:安宁。

〔40〕 酲(chéng 呈):醉酒。

〔41〕 秉:执掌。国成:国政的成规,即按常规治国。

〔42〕 不自:不亲自。卒:"瘁"的省字,病痛。这二句是说,尹氏不亲理政事,小人专权,致使百姓劳苦疲惫。

〔43〕 四牡:四匹公马。项领:马颈粗壮。

〔44〕 蹙蹙:局缩不伸。靡:无。骋:驰骋。这句说用壮马跑不起来,喻贤才不能施展。

〔45〕 方茂尔恶:正作恶多端。

〔46〕 相尔矛矣:以矛相对。这句说将遭武力反抗。

〔47〕 夷:平,做事公平。怿(yì义):喜悦。这句说公平做事百姓就会欢颜相待。

〔48〕 酬:劝酒,指如劝酒那样友善。

〔49〕 王:指周王。宁:安宁。

〔50〕 惩:惩戒。覆:又,反而。这二句是说,不去惩戒自己的邪恶之心,反而怨恨纠正他行为的人。

〔51〕 家父:又称嘉父、嘉甫,周大夫,亦即作诗的人。诵:讽诵,作诗讽谏。

〔52〕 究:举发,追究。王讻:王左右的凶恶之人,指尹氏。

〔53〕 式:语助词。讹:"吪"的借字,动,感动,改变。尔:你,指周王。

〔54〕 畜:养。万邦:各诸侯国,即天下。

正　月[1]

正月繁霜[2],我心忧伤。民之讹言,亦孔之将[3]。念我独兮,忧心京京[4]。哀我小心[5],癙忧以痒[6]。

父母生我,胡俾我瘉[7]？不自我先,不自我后[8]。好言自口,莠言自口[9]。忧心愈愈,是以有侮[10]。

忧心惸惸,念我无禄[11]。民之无辜,并其臣仆[12]。哀我人斯,于何从禄[13]?瞻乌爰止,于谁之屋[14]?

瞻彼中林,侯薪侯蒸[15]。民今方殆,视天梦梦[16]。既克有定,靡人弗胜[17]。有皇上帝,伊谁云憎[18]?

谓山盖卑,为冈为陵[19]。民之讹言,宁莫之惩[20]!召彼故老,讯之占梦[21]。具曰"予圣"[22],谁知乌之雌雄[23]!

谓天盖高,不敢不局。谓地盖厚,不敢不蹐[24]。维号斯言[25],有伦有脊[26]。哀今之人,胡为虺蜴[27]?

瞻彼阪田,有菀其特[28]。天之扤我,如不我克[29]。彼求我则,如不我得[30]。执我仇仇,亦不我力[31]。

心之忧矣,如或结之[32]。今兹之正[33],胡然厉矣[34]?燎之方扬,宁或灭之?赫赫宗周,褒姒灭之[35]!

终其永怀[36],又窘阴雨[37]。其车既载,乃弃尔辅[38]。载输尔载,将伯助予[39]!

无弃尔辅,员于尔辐[40]。屡顾尔仆,不输尔载[41]。终踰绝险,曾是不意[42]。

鱼在于沼,亦匪克乐[43]。潜虽伏矣[44],亦孔之炤[45]。忧心惨惨,念国之为虐[46]!

彼有旨酒,又有嘉殽[47]。洽比其邻,昏姻孔云[48]。念我独兮,忧心慇慇[49]。

佌佌彼有屋[50],蔌蔌方有谷[51];民今之无禄,天夭是椓[52]。哿矣富人,哀此惸独[53]!

155

〔1〕 这是一首长篇政治咏怀诗,大约产生于西周末年幽王时期。作者是一位周王朝的官吏。诗中写他生逢乱世,又加天时不正,谣言四起,精神上感到万分压抑、忧惧和痛苦。既慨叹自己生不逢时,又忧虑国之将亡,于是痛斥时政,揭露幽王信奸佞,宠褒姒,荒淫无道,乃是致乱之由。诗人从感时伤遇,扩及忧国忧民,除直陈外,还运用许多生动比喻,是我国早期文人政治抒情诗的名篇。正月:"正阳之月"的简称,指周历六月,夏历四月,其时阳气正盛,故称"正阳"。

〔2〕 繁霜:多霜,屡降大霜,此乃天时反常现象,古人以为是灾祸将临的凶兆。

〔3〕 孔之将:很盛。

〔4〕 独:独自一人。京京:忧心不止的样子。毛《传》:"京京,忧不去也。"这二句是说,想到担忧国事的只我一人,就更加心忧不止了。

〔5〕 小心:惴惧不安,警惕遭祸的意思。

〔6〕 癙(shǔ鼠)、痒(yáng羊):都是病的意思。这句是说,既因忧成病,病而愈忧,以至痛苦不堪。

〔7〕 胡:为何。俾:使。瘉(yù玉):病,痛苦。

〔8〕 "不自"二句:言自己生不逢时,忧患之来不先不后,正让我碰上。

〔9〕 莠言:恶言,坏话。两句说:好话坏话都可以从口中出来,是人言可畏,反复无常的意思。

〔10〕 愈愈:日益加重的意思。有侮:遭人欺侮。两句说,自己为国事担忧,反被小人视为眼中钉,而遭欺侮。

〔11〕 惸惸(qióng穷):忧虑的样子。毛《传》:"惸惸,忧意也。"无禄:无福气,不幸。朱熹《集传》:"无禄,犹言不幸尔。"二句说心中忧愁痛苦,想到我真是不幸。

〔12〕 臣仆:奴仆,奴隶。两句说,世乱国亡,无罪平民都将被虏,沦为臣仆。朱熹《集传》:"古者以罪人为臣

仆,亡国所虏,亦以为臣仆。"

〔13〕 斯:语尾词。于何:在何处。从:从仕,做官。禄:俸禄。作者是周士大夫,两句谓因乱亡国后,我也将失官无禄,无以为生了。

〔14〕 瞻:看。爰:语助词。止:止息,停落。二句是说,自己将像乌鸦一样,不知落在谁人的屋顶上。表示将无依无靠,无落足之地。

〔15〕 中林:林中。侯:维,语助词。薪:粗柴。蒸:细柴。这二句用林中无成材之木,皆是些薪柴,比喻朝中布满无德无用的小人。

〔16〕 殆:危殆,指百姓生计艰难,处境危险。梦梦:昏昧不明。朱熹《集传》:"梦梦,不明也。"

〔17〕 克:能够。定:平定。靡:无。这两句承上转下,是说小人们把天看成是昏昧无知的,但天终究能主宰一切,小人们终逃不脱天谴。

〔18〕 有皇:即皇皇,光明的样子,形容上帝无所不察。伊、云:皆语助词。憎:憎恶。谁憎,憎谁?二句说,皇皇上帝,所憎何人?言外之意是说上帝能明辨是非善恶,所憎必是那些小人。

〔19〕 盖:同"盍",何。卑:低。冈:山脊。陵:大陵。二句是说,高山何尝变低,它不仍然是高大的么!意谓谣言无据。

〔20〕 宁:乃。惩:戒止。朱熹《集传》:"惩,止也。"

〔21〕 召:指周王召见。故老:老臣。讯:问。占梦:掌管占梦的官。

〔22〕 具:同"俱"。予圣:自己是圣人,最高明。

〔23〕 乌之雌雄:乌鸦的毛色,雌雄无别,喻说故老和占梦官被周王召讯,他们各执己见,很难辨别他们谁是谁非。此写朝中是非纷纭,莫衷一是。

〔24〕 盖:"盍"之借字,何,如何。局:或作"跼",弯

157

曲着身子。蹐(jí极):小步走路。这四句是说虽天高地厚,但不敢直身迈大步,喻环境险恶,只能小心委曲作人,时刻自危。

〔25〕 维:发语词。号(háo豪):呼叫。斯言:指上面"谓天盖高"等四句话。

〔26〕 伦:道理。脊:一作"迹",踪迹。意谓所说既有道理,又是事实。

〔27〕 胡为:为何成了。虺、蜴(huǐ yì悔易):毒蛇、蜥蜴。虺、蜴见人就逃避,比喻人生活得局促不安,战战兢兢。

〔28〕 阪(bǎn板)田:山坡上的田。有菀(wǎn晚):即菀菀,茂盛的样子。特:独特。作者自比是高田中一棵苗壮的苗。

〔29〕 扤(wù务):摇动,摧残折磨。毛《传》:"扤,动也。"如:如恐,惟恐。克:制胜。这二句是说上天要有意摧残我,惟恐不能把我制伏。

〔30〕 彼:指周王。则:语尾助词。不我得:"不得我"倒文。二句说,周王当初求我时,惟恐得不到我。

〔31〕 执:掌握,到手。仇仇:坚固,牢固的样子。朱熹《集传》:"及其得之,则又执我坚固如仇雠然,然终亦不能用也。二句意思是说,既把我牢牢地掌握到手,却又并不重用我。

〔32〕 结:绳扣儿,疙瘩。形容忧心郁结之状。

〔33〕 正:通"政"。

〔34〕 胡然:何以如此。厉:暴厉,残暴。

〔35〕 燎:野火。方:正在。扬:旺盛。宁:乃。灭:熄灭。赫赫:兴盛的样子。宗周:周王室。褒姒:西周末幽王的宠妃,因受宠幸,胡作非为,终导致国亡。这四句意思是说,燎原大火,竟可被扑灭;周室虽盛,竟也可亡在褒姒之手,应引以为鉴戒。

〔36〕 终:既。永怀:长久忧伤。

〔37〕 窘:困窘,窘迫。阴雨:比喻多难。

〔38〕 载:装载货物。弃:抛弃。辅:大车两旁的拦板。句中用车喻国,用载喻治国,用辅喻辅佐的贤臣。

〔39〕 载:前是语助词,后指所盛载之物。输:堕,掉下来。将:请求。伯:对男子的泛称。这两句连上所言,载物之车,弃辅之后,自然会将物掉下来,那么只有再求人来帮助了。言外之意是说,大祸降临了,才又想起贤者来。

〔40〕 员(yún 云):增益,指加粗,加固。辐,车辐。

〔41〕 仆:指赶车的人。不输:不落下。载:所载之物。

〔42〕 逾:同"逾",越过,度过。绝险:极大的危险,危机。不意:不放在心上。这两句以御车比喻治国,本来险关是可以想法度过的,但执政者却毫不加以考虑。

〔43〕 沼:水池。匪:非,不。克:能够。这两句作者以鱼自比。

〔44〕 潜虽伏:即"虽潜伏"。潜伏,深藏水底。

〔45〕 孔:很。炤:同"昭",明白,显著。

〔46〕 惨惨:深忧不安的样子。虐:黑暗暴虐。这二句说,想到国政的暴虐,则不禁忧虑不安。

〔47〕 旨酒:美酒。嘉殽:美味的菜肴。

〔48〕 洽:和谐,融洽。比:亲近。邻:同类人。昏姻:指裙带关系。云:周旋。毛《传》:"云,旋也。"孔云,大事周旋。以上二句指当权者既享受美酒佳食,又勾结亲眷,往来周旋,朋比为奸。

〔49〕 慇慇(yīn 殷):痛心的样子。

〔50〕 佌佌(cǐ 此):细小的样子,比喻猥琐小人。

〔51〕 蔌蔌(sù 速):卑陋的样子。谷:粮食。

〔52〕 无禄:无生活之资。天夭:自然灾害。朱熹《集传》:"夭,祸。"椓(zhuó 酌):打击。

159

〔53〕 哿(gě 舸):快乐。惸独:无依无靠的人。这两句将当权者的富有和享乐,与百姓的困苦相对照。

十月之交[1]

十月之交,朔月辛卯[2]。日有食之[3],亦孔之丑[4]。彼月而微[5],此日而微[6]。今此下民,亦孔之哀[7]。

日月告凶,不用其行[8]。四国无政,不用其良[9]。彼月而食,则维其常[10]。此日而食,于何不臧[11]。

烨烨震电[12],不宁不令[13]。百川沸腾[14],山冢崒崩[15]。高岸为谷[16],深谷为陵[17]。哀今之人[18],胡憯莫惩[19]!

皇父卿士[20],番维司徒[21],家伯维宰[22],仲允膳夫[23]。棸子内史[24],蹶维趣马[25],楀维师氏[26],艳妻煽方处[27]。

抑此皇父[28]，岂曰不时[29]？胡为我作[30]，不即我谋[31]？彻我墙屋[32]，田卒汙莱[33]。曰，予不戕[34]，礼则然矣[35]。

皇父孔圣[36]，作都于向[37]。择三有事[38]，亶侯多藏[39]。不憖遗一老[40]，俾守我王[41]。择有马车[42]，以居徂向[43]。

黾勉从事[44]，不敢告劳[45]。无罪无辜[46]，谗口嚣嚣[47]。下民之孽[48]，匪降自天。噂沓背憎[49]，职竞由人[50]。

悠悠我里[51]，亦孔之痗[52]。四方有羡[53]，我独居忧[54]。民莫不逸[55]，我独不敢休[56]。天命不彻[57]，我不敢效我友自逸[58]。

〔1〕 周幽王六年（前776）出现一次日蚀，这在古代认为是不祥之兆，是天怨人怒、天下将大乱的表现。一位忧国伤时的朝臣，写了这首指斥昏君佞臣的政治抒情诗。诗中对倒行逆施的皇父等七个用事大臣，做了指名的揭露，表现了诗人疾恶如仇和正直大胆的政治态度。十月：指周历十月，即夏历八月。交：正交十月开头，即刚进入十月的意思。

161

〔2〕 朔月:指月之朔,即初一。辛卯:古人以干支纪日,初一这一天,为辛卯日。

〔3〕 食:即"蚀"字,这句说,辛卯这天发生了日蚀。这是我国历史上关于日蚀的最早记载,与我国现代天文学家推算的结果相合。

〔4〕 孔:很。丑:凶恶。句意是说,这是种很凶恶的征兆。

〔5〕 彼:那次。微:昏暗无光,指月蚀。

〔6〕 此:这次。日微:指日蚀。

〔7〕 下民:天下百姓。哀:可悲,指将遭祸殃,陷于悲惨境地。

〔8〕 告凶:预示凶兆。不用:不由,不遵循。行(háng杭):常轨,正道。二句谓日月以其异常做出警告。

〔9〕 四国:四方,意指全国,全天下。无政:政治无序,混乱。良:贤良。这二句说,政治混乱乃是不任用贤良来治国的缘故。

〔10〕 则维:乃是。常:平常。二句意思是说,月蚀的发生是常事。

〔11〕 于何:奈何。臧:善。不臧,大不吉利。

〔12〕 烨烨(yè夜):电光闪闪的样子。震电:旧注多以为指雷霆闪电。但由下文看,应指地震前发出的地声和地光。

〔13〕 不令:不善,不是好兆头,指下文将发生的巨大地震之灾。

〔14〕 百川:众河流。沸腾:翻腾激荡如沸水。

〔15〕 山冢(zhǒng肿):山顶。崒(zú族)崩:碎裂崩塌。

〔16〕 高岸为谷:高岸塌陷变为深谷。

〔17〕 深谷为陵,深谷隆起变为丘陵。

〔18〕 哀:可叹。今之人:指今之当权者,即诗下章所

说皇父等人。

〔19〕 胡憯(cǎn惨)：何曾。惩：警戒。这句是说,当权者为何不曾引起警戒？即以天灾示警为戒,终止其胡作非为。

〔20〕 皇父：人名。卿士：官名,掌管朝政。

〔21〕 番(pó婆)：是姓氏。司徒：官名,掌管国家的土地和人民。

〔22〕 家伯：人名。宰：官名,掌管王室内部事务。

〔23〕 仲允：人名。膳夫：掌管王的饮食。

〔24〕 棸(zōu邹)子：人名。内史：掌管爵禄、赏罚等。

〔25〕 蹶(guì贵)：姓氏。趣马：官名,掌管王的马匹。

〔26〕 楀(jǔ举)：姓氏。师氏：官名,掌管监察之职。

〔27〕 艳妻：美妻,指受幽王宠幸的褒姒。煽：炽盛,指正得势,气焰嚣张。方处：并处,指与上述七人勾结一起,同居高位,把持国政。

〔28〕 抑：叹词,同"噫"。郑《笺》："抑之言噫。噫是皇父,疾而呼之。"

〔29〕 岂曰：难道说。不时：不使民以时,即役使人民不在农闲的时候。朱熹《集传》："时,农隙之时也。"这句的意思是说,皇父作为一个执政者,难道说不知道役民以时的道理？

〔30〕 胡为：为何,为什么。我作：派遣我去做事。

〔31〕 即：就。这句是说,不前来跟我商量。

〔32〕 彻：同"撤",拆毁。

〔33〕 卒：完全。汙：积水。莱：长草。句意是说,使我的田地荒芜。大约是皇父曾派遣诗人做某事,诗人有异议,而受到这样的惩处。

〔34〕 戕(qiāng腔)：残害。这句是皇父的话,说不

163

是我要加害你。

〔35〕 礼:礼法,制度。然:如此。这句说,按照礼法才这样做的。这是皇父借礼压人,文过饰非之词。

〔36〕 孔圣:很圣明,讽刺语,反话。

〔37〕 作:修建。都:指封邑中的都城。向:地名。朱熹《集传》:"向,地名,在京畿之内。"

〔38〕 择:选用。有事:有司,这句是说,皇父选用了三个大臣。毛《传》:"有事,有司,国之三卿。"

〔39〕 亶(dǎn 胆):的确,实在。侯:是。多藏:有很多财货,即富有。句意谓都是些贪婪的赃官。

〔40〕 不慭(yìn 印):不肯。遗一老:留用一个元老大臣。

〔41〕 俾:使。守:守护,辅佐。我王:我周天子。

〔42〕 有车马:指有车有马的富人,贵族。

〔43〕 以居徂向:即"徂向以居"。徂,往,到。郑《笺》:"以往居于向也。"这句是说,迁往新都向地去居住。

〔44〕 黾(mǐn 敏):努力,竭尽全力。从事:办事,为王朝效力。

〔45〕 告劳:诉说劳苦。

〔46〕 辜(gū 姑):过失,罪过。

〔47〕 谗口:指进谗言,说坏话的人。嚣嚣:众口喧嚷的样子。

〔48〕 孽:灾难。

〔49〕 噂(zǔn 尊上声)沓:当面谈笑。背憎:背后憎恨。郑《笺》:"噂噂沓沓,相对谈语,背则相憎逐。"

〔50〕 职竞:专力争做。由人:指由谗人所为。

〔51〕 悠悠:忧思漫长的样子。里:《尔雅》引作"悝",忧思。

〔52〕 痗(mèi 妹):心病。这句是说,我忧思不止,以至成为严重的心病。

〔53〕 四方：四方之人。羡：富裕。毛《传》："羡，馀也。"
〔54〕 居忧：陷于忧苦之中。
〔55〕 逸：安逸，舒适快乐。
〔56〕 休：休息。
〔57〕 不彻：不公平。朱熹《集传》："彻，均也。"
〔58〕 效：效法。我友：指诗人的同僚。这句是说，我不敢仿效我的朋僚那样自求安逸。

雨　无　正[1]

浩浩昊天，不骏其德[2]。降丧饥馑[3]，斩伐四国[4]。旻天疾威[5]，弗虑弗图[6]。舍彼有罪，既伏其辜；若此无罪，沦胥以铺[7]。

周宗既灭[8]，靡所止戾[9]。正大夫离居[10]，莫知我勚[11]。三事大夫[12]，莫肯夙夜[13]；邦君诸侯[14]，莫肯朝夕[15]。庶曰式臧，覆出为恶[16]。

如何昊天[17]，辟言不信[18]。如彼行迈，则靡所臻[19]。凡百君子[20]，各敬尔身[21]。胡不相畏[22]，不畏于天[23]？

165

戎成不退[24],饥成不遂[25]。曾我暬御[26],憯憯日瘁[27]。凡百君子,莫肯用讯[28]。听言则答,谮言则退[29]。

哀哉不能言[30]!匪舌是出[31],维躬是瘁[32]。哿矣能言[33]!巧言如流,俾躬处休[34]!

维曰于仕,孔棘且殆[35]。云不可使,得罪于天子;亦云可使,怨及朋友[36]。

谓尔迁于王都[37],曰予未有室家[38]。鼠思泣血[39],无言不疾[40]。昔尔出居[41],谁从作尔室[42]?

〔1〕 这是一首政治讽刺诗,写于西周末年。诗人是周王侍臣,目睹了当时的天灾人祸,内忧外患,对幽王的昏暗暴虐,小人的弄权误国进行了揭露,并如实地反映了国破后的混乱局面,为西周之亡唱出了这首无可奈何的挽歌。按宋本《韩诗》,此诗开头有"雨无其极,伤我稼穑"二句,当为本篇诗题所本,《毛诗》佚。说见朱熹《诗集传》,可备参考。

〔2〕 不骏其德:即"其德不骏"。骏,长。即天之德不恒长久远的意思。

〔3〕 丧:死丧。饥馑:指谷菜不收的荒年。毛《传》:

"谷不熟曰饥,蔬不熟曰馑。"

〔4〕 斩伐四国:残害四方的诸侯国。

〔5〕 旻(mín民)天:苍天。疾威:暴虐。

〔6〕 弗虑弗图:指不为下民着想。

〔7〕 "舍彼"四句:言上天放过有罪之人,而使无罪之人陷于灾难。既,尽,全。伏,隐瞒。辜,罪过。沦胥,相继陷入。朱熹《集传》:"沦,陷;胥,相也。"铺,通"痡",病。

〔8〕 周宗既灭:指西戎攻破镐京。

〔9〕 靡所止戾(lì力):无处可定居。朱熹《集传》:"戾,定也。"

〔10〕 正大夫:上大夫,朝中六官之长。离居:离开住处,逃往他方。

〔11〕 勚(yì义):劳苦。这句说,没人知晓我的劳苦。

〔12〕 三事大夫:指周王朝的三公大夫。

〔13〕 莫肯夙夜:不肯日夜为国事操劳。

〔14〕 邦君诸侯:各诸侯国的君主。

〔15〕 莫肯朝夕:不肯朝暮勤理国政。

〔16〕 庶:幸,希望。曰:语助词。式:用。臧:善,好。两句言本希望他们能做些好事。但他们反而更加作恶行使暴政。

〔17〕 如何:如何是好的意思。

〔18〕 辟:法,法度。朱熹《集传》:"辟,法。"辟言,指合乎法度的正确的话。不信:不听信。

〔19〕 "如彼"二句:设譬言好像所行虽远,却无法到达要去的地方。

〔20〕 凡百君子:指群臣百官。

〔21〕 敬:恭谨。尔身:你们自身。即应自爱的意思。

〔22〕 胡不相畏:为何不相戒惧?

〔23〕 不畏于天:难道也不畏于天吗?

〔24〕 戎:兵,指兵祸。成:已形成,就是战乱已经发

生。不退：不消歇。

〔25〕 饥成：饥荒已形成。不遂：不能安生。

〔26〕 曾：何，为何。暬（xiè 泄）御：侍御，近侍。暬，同"亵"。

〔27〕 憯憯（cǎn 惨）：忧伤的样子。朱熹《集传》："憯憯，忧貌。"日瘁（cuì 粹）：一天天忧劳成疾。

〔28〕 讯：告。句言对周王不肯直言相告。

〔29〕 答：对答。朱熹《集传》："亦答之而已，不敢尽言也。"潜言：逸言。退：回避。二句指群臣中有些人只抱着明哲保身的态度。

〔30〕 不能言：不善于说话。郑《笺》："不能言，言之拙也。"

〔31〕 匪：不是。出：通"拙"。句言并不是我的舌头拙笨，不善于说话。

〔32〕 维：语助词。躬：自身。瘁：忧病。句意是，说出话会自身受害。

〔33〕 哿（gě 舸）：毛《传》："可也。"

〔34〕 巧言：乖巧谀媚的话。如流：像流水一样不绝。俾（bǐ 比）：使。躬：自身。两句言小人以巧言使自己处于安乐之地。

〔35〕 维：语助词。曰：说。于仕：作官。孔：很。棘：通"急"。两句言作官的处境是促迫而危险的。

〔36〕 "云不"四句：谓直言得罪天子，曲言招怨于友人。意思是在朝中为官进退两难。

〔37〕 迁于王朝：指迁往洛邑新都。这是诗人劝说离居众臣追随平王东迁。

〔38〕 曰：说。指离居人的回答。予未有室家：是说那里没有我的住宅。

〔39〕 鼠：通"癙"（shǔ 鼠），忧病。思：语助词。泣血：泪尽继以血，形容极度伤痛。

〔40〕 无言不疾:言每一句话都是痛心疾首之言。

〔41〕 昔尔出居:当初你们离开王都居往别处。

〔42〕 谁从作尔室:谁跟从你们去,为你们筑造房屋呢?这句是驳斥离居者,以没有住宅为托词,不肯迁都。

小　旻[1]

旻天疾威,敷于下土[2]。谋犹回遹[3],何日斯沮[4]?谋臧不从[5],不臧覆用[6]。我视谋犹[7],亦孔之邛[8]。

潝潝訿訿[9],亦孔之哀。谋之其臧,则具是违。谋之不臧,则具是依[10]。我视谋犹,伊于胡厎[11]!

我龟既厌[12],不我告犹[13]。谋夫孔多,是用不集[14]。发言盈庭,谁敢执其咎[15]?如匪行迈谋[16],是用不得于道[17]。

哀哉为犹[18],匪先民是程[19],匪大犹是经[20]。维迩言是听[21],维迩言是争。如彼筑室于道谋,是用不溃于成[22]。

169

国虽靡止[23]，或圣或否[24]。民虽靡膴[25]，或哲或谋[26]，或肃或艾[27]。如彼泉流[28]，无沦胥以败[29]。

不敢暴虎[30]，不敢冯河[31]。人知其一，莫知其他。战战兢兢，如临深渊，如履薄冰[32]。

〔1〕 这是一首政治讽谕诗。周幽王昏庸无道，任用非人，策谋多误，使国家危在旦夕。诗人对此深怀忧虑和恐惧，并希望能纠正这种严重局势。但一切已难力争，失望之馀，只好兀自战战兢兢地过日子。诗篇名称《小旻》，据朱熹称，是为了与《大雅》中的《召旻》相区别。

〔2〕 疾威：暴虐。敷：布，普降。两句是说，老天施威暴虐，普降灾难于大地。

〔3〕 谋犹：谋略，谋划。这里指经谋划而做出的政策法令。回遹（yù 玉）：邪僻不正。

〔4〕 沮（jǔ 举）：止。句言，不知哪天才能终止。

〔5〕 谋臧：就是"臧谋"，好的策谋。不从：不采用。

〔6〕 不臧：不善，不好的策谋。覆用：反而采用。

〔7〕 我视谋犹：我看王朝施行的策谋。

〔8〕 邛（qióng 穷）：病，弊端。

〔9〕 潝潝（xì 戏）：互相附合。朱氏《集传》："潝潝，相合也。"訿訿（zǐ 子）：互相诽谤。朱熹《集传》："訿訿，相诋也。"

〔10〕 具：俱，完全。违：违背。依：依从。以上四句

是说,谋略是好的,却违而不用;谋略不正确,却依照执行。

〔11〕 伊:语助词。于:往。胡:何,何处。厎(dǐ 底):至。郑《笺》:"厎,至也。"这句是说,不知道要把国家弄到什么境地。

〔12〕 我龟:我用龟甲占卜。既厌:神龟已经厌烦。意是占卜次数太多了。朱熹《集传》:"卜筮数则渎而龟厌之。"

〔13〕 不我告犹:即"不告我犹",毛《传》:"犹,道也。"不再告诉我凶吉之道。

〔14〕 是用:因此。不集:意见不能集中。两句言谋士多,不能拿出一致意见。

〔15〕 "发言"二句:言发议论者盈满朝庭,但无人敢担当过错。咎,过错。

〔16〕 如匪行迈:如同不去远行。谋:这里指空谋划远行之事。

〔17〕 不得于道:不能走过一定的路程。意思是没有任何结果。

〔18〕 为犹:作这样的谋划。

〔19〕 先民:指古代贤人。程:本义是度量的标准,这里作动词,取法的意思。这句是说,不把古代先贤作为取法的标准。

〔20〕 大犹:大道。陈奂《传疏》:"犹训道,大犹,大道也。"经:行,遵循。

〔21〕 维:惟,只。迩言:指无关治国宏旨的浅近薄识之言。

〔22〕 筑室:盖房子。于道谋:跟道路上的行人谋议。不溃:不遂,不能达到。成:成功。两句言筑室谋于路人,歧说不一,肯定盖不成。

〔23〕 靡止:孔《疏》:"犹言狭小无所居止。"此指国土狭小。

〔24〕 或圣或否：有圣贤的人，有不是圣贤的人。

〔25〕 靡：不。膴（wǔ 舞）：美。靡膴，指素质不好。

〔26〕 或哲或谋：有明哲的人，有善于谋划的人。

〔27〕 肃：指严肃，品德端庄的人。艾：通"乂"，治。指有治事才干的人。

〔28〕 如彼泉流：像那泉水流泻而去。指国事日非，虽有上述各种人材，也将无法挽回。

〔29〕 沦：沦没，陷入。胥：相。这句说，无不率相陷于失败。

〔30〕 暴虎：空手搏虎。朱熹《集传》："徒搏曰暴。"

〔31〕 冯（píng 平）河：徒步过河。连上句，意思是说因担心危险而不敢去做。

〔32〕 "战战"三句：言政局动荡，危机四伏，故深表戒惧。

小　宛[1]

宛彼鸣鸠，翰飞戾天[2]。我心忧伤，念昔先人[3]。明发不寐[4]，有怀二人[5]。

人之齐圣[6]，饮酒温克[7]。彼昏不知[8]，壹醉日富[9]。各敬尔仪[10]，天命不又[11]。

中原有菽[12]，庶民采之[13]。螟蛉有子，蜾蠃负之[14]。教诲尔子，式穀似之[15]。

题彼脊令[16],载飞载鸣[17]。我日斯迈[18],而月斯征[19]。夙兴夜寐[20],毋忝尔所生[21]。

交交桑扈[22],率场啄粟[23]。哀我填寡[24],宜岸宜狱[25]。握粟出卜[26],自何能穀[27]?

温温恭人[28],如集于木[29]。惴惴小心[30],如临于谷[31]。战战兢兢,如履薄冰[32]。

〔1〕 这是一首兄弟间相悯相诫的诗。诗人遭逢乱世,对社会的黑暗险恶不满,故而告诫自己的弟弟要谨慎处事。诗中明显地表现出诗人悯时伤乱,忧生惧祸的心态。宛(wǎn 晚):小的样子。

〔2〕 翰飞:高飞。戾天:至天,上摩云天。

〔3〕 先人:祖先。

〔4〕 明发:指天已放亮。不寐:睡不着。句言彻夜难眠。

〔5〕 有怀二人:怀念父母二人。朱熹《集传》:"二人,父母也。"

〔6〕 齐圣:正派而明智。

〔7〕 温克:能够保持温文恭谨。

〔8〕 彼昏不知:那昏庸无知之辈。

〔9〕 壹醉:一经醉酒。日富:整日放纵骄恣,夸耀富有。郑《笺》:"饮酒一醉,自谓日益富,夸淫自恣,以财

骄人。"

〔10〕 敬:指敬重。仪:仪容举止。

〔11〕 不又:去而不可复得的意思。毛《传》:"又,复也。"

〔12〕 中原:原野中。菽:大豆。

〔13〕 庶民:众民。

〔14〕 螟蛉:桑树上螟蛾的幼虫。蜾蠃:一种细腰的土蜂。负之:指背负螟蛉。土蜂捕螟蛉来喂自己的幼虫,古人误以为是土蜂代养螟蛉为子。两句用蜾蠃养子,引起下文的"教诲尔子"。

〔15〕 式:发语词。榖:善,指善道。似之:像你。这句是说,用善德教子,使他像你。

〔16〕 题:借为"睼",谛视,细看。脊令:鸟名,即鹡鸰。

〔17〕 载飞载鸣:边飞边鸣叫。

〔18〕 我日斯迈:我天天在远行。

〔19〕 而:尔,你。月斯征:月月在奔波。

〔20〕 夙兴夜寐:早起晚睡,指日夜服役奔波。

〔21〕 毋忝:不要有愧于。尔所生:你的生身父母。

〔22〕 交交:往来飞翔的样子。桑扈:鸟名。

〔23〕 率:相率,相继不断的意思。场:打谷场。啄粟:啄食谷子。

〔24〕 填:通"痶(tiǎn 腆)",病苦。寡:孤寡无依。

〔25〕 宜:乃。岸:通"犴(àn 岸)",牢狱。狱:讼事。二字义同,都指遭到诉讼的牢狱之灾。

〔26〕 握粟出卜:意思是拿着米作为报酬,出去问卜。

〔27〕 自何:从何,怎么。能榖:能得吉利。这是卜问之词。

〔28〕 温温:秉性温和的样子。恭:恭谨。

〔29〕 如集于木:如同栖息在树上的鸟,即恐惧不小

心坠下来的意思。
〔30〕 惴惴(zhuì坠):恐惧不安的样子。
〔31〕 临:临近。谷:深谷。
〔32〕 履:踩,踏。

小 弁[1]

弁彼鸒斯,归飞提提[2]。民莫不穀[3],我独于罹[4]。何辜于天[5]?我罪伊何[6]?心之忧矣,云如之何[7]?

踧踧周道[8],鞫为茂草[9]。我心忧伤,惄焉如捣[10]。假寐永叹[11],维忧用老[12]。心之忧矣,疢如疾首[13]。

维桑与梓[14],必恭敬止[15]。靡瞻匪父[16],靡依匪母[17]。不属于毛[18]?不离于里[19]?天之生我,我辰安在[20]?

菀彼柳斯[21],鸣蜩嘒嘒[22]。有漼者渊[23],萑苇淠淠[24]。譬彼舟流[25],不知所届[26]。心之忧

175

矣,不遑假寐[27]。

鹿斯之奔[28],维足伎伎[29]。雉之朝雊[30],尚求其雌[31]。譬彼坏木[32],疾用无枝[33]。心之忧矣,宁莫之知[34]。

相彼投兔[35],尚或先之[36]。行有死人[37],尚或墐之[38]。君子秉心[39],维其忍之[40]。心之忧矣,涕既陨之[41]。

君子信谗,如或酬之[42]。君子不惠[43],不舒究之[44]。伐木掎矣,析薪扡矣[45]。舍彼有罪[46],予之佗矣[47]。

莫高匪山,莫浚匪泉[48]。君子无易由言,耳属于垣[49]。无逝我梁[50],无发我笱[51]。我躬不阅[52],遑恤我后[53]?

〔1〕 这是一篇被逐者的哀音。诗中说"君子"听信了谗言,加罪于己,以至蒙冤被逐,怨情莫伸。诗人既自伤命运不济,又埋怨"君子"居心冷酷,有忧深情重,依恋不舍之意。一说为弃妇词,一说是兄弟被逐。弁(pán 盘):通

"般",快活的样子。

〔2〕 鸒(yù 预):乌鸦。斯:语助词。归:回巢。提提:悠闲的样子。朱熹《集传》:"提提,群飞安闲之貌。"两句反喻自己被逐无家,命不如鸟。

〔3〕 民莫不穀:别人生活无不幸福美好。穀,善。

〔4〕 独:唯独。罹(lí 离):遭逢忧患。

〔5〕 辜:罪,冒犯。这句说,我对于天有什么冒犯的地方?这是反诘语气。

〔6〕 伊:是。句言:我的罪过是什么?

〔7〕 云:发语词。如之何:如何是好。

〔8〕 踧踧(dí 敌):道路平坦的样子。毛《传》:"踧踧,平易也。"周道:大道。

〔9〕 鞫(jū 居):当作"鞠",生满。《尔雅·释言》:"鞠,生也。"茂草:茂盛的野草。

〔10〕 惄(nì 逆)焉:忧思、难过的样子。如捣:好像用杵捣心一样难受。

〔11〕 假寐:和衣而卧,打盹儿。

〔12〕 维:发语词。用老:因而衰老。句言由于忧愁过多而容颜早衰。

〔13〕 疢(chèn 趁)如:即疢然,病苦的样子。如:形容词词尾。疾首:头痛。

〔14〕 维:语助词。桑、梓(zǐ 子):树名。这两种树古人常栽于庭中,以供后人养蚕、作器具之用。故古人又用"桑梓"喻家园、故乡。

〔15〕 止:之,代指桑、梓。这句意思是说,因父母所栽,所以一定敬重这些树。

〔16〕 靡:不,没有。瞻:敬仰。匪:非,不。这里用两个否定词,表示肯定。句意是说没有儿子不敬仰父亲的。

〔17〕 靡依匪母:没有儿子不依恋母亲的。

〔18〕 属(zhǔ 主):连着。毛:指肌肤毛发,外在形

体。这句表示反问,难道我不连着父母的肌肤?

〔19〕 离:通"丽",附着,附属。里:和毛相对,指内在气血,心腹。这句意思是,难道我不附着父母的气血心腹?

〔20〕 辰:时辰,这里指时运。安在:何在,在什么地方?这二句埋怨天之生我,而又生不逢时。

〔21〕 菀(wǎn宛):茂盛的样子。斯:语气词。

〔22〕 蜩(tiáo条):蝉。嘒嘒(huì慧):蝉鸣声。

〔23〕 有漼(cuǐ璀):即漼漼,水深的样子。渊:深潭,这里指苇塘。

〔24〕 萑(huán环):荻。苇:芦苇。淠淠(pì僻):茂盛的样子。后周沈重《毛诗义疏》:"《鲁》说曰:淠淠,茂也。"

〔25〕 譬彼舟流:好像那小船随水漂流。

〔26〕 届:至,止。

〔27〕 不遑:无暇,顾不上。这句说,连打个盹儿都办不到,形容忧愁更重了。

〔28〕 奔:奔跑,指觅群。

〔29〕 维:语助词。伎伎(qí其):疾速奔跑的样子。马瑞辰《通释》:"伎伎,实速行之貌。"

〔30〕 雉(zhì至):山鸡。朝雊(gòu够):山鸡早晨鸣叫。

〔31〕 尚求其雌:尚且寻求它的雌性配偶。

〔32〕 坏木:伤病的树。

〔33〕 疾用:即用疾,因为伤病。无枝:没有枝条。这里用"枝"谐音"知",双关词。

〔34〕 宁:乃。莫之知:即"莫知之",指没人知道我心忧。

〔35〕 相彼:看那。投兔:投到网里的兔子。

〔36〕 尚:尚且。或:有人。先之:开网放掉它。马瑞辰《通释》:"先之,即开其所塞也。"

〔37〕 行:路上。

〔38〕 堇(jìn 近):掩埋。

〔39〕 君子:指在位的掌权者。秉心:持心,居心。

〔40〕 维其:何其,有多么。忍:残忍,狠心。

〔41〕 涕:眼泪。陨(yǔn 允):落。

〔42〕 如或:好像有人。酬:敬酒。这句是说,就如同有人向他敬酒一样乐于接受。

〔43〕 惠:爱心,同情心。

〔44〕 舒究:仔细慢慢地考察。

〔45〕 掎(jǐ 己):牵引,拉引。析薪:劈木柴。扡(chǐ 齿):顺着木材的纹理往下劈。这二句比喻听言、做事要顺乎情合乎理。

〔46〕 舍:抛开,放过。有罪:真正有罪者。

〔47〕 予之佗:即"佗之于予"。佗(tuó 驼),加给。朱熹《集传》:"佗,加也。"指加罪在我的身上。

〔48〕 匪:非,不是。浚(jùn 俊):深。这二句用山高、水深,比喻作人应该严峻、深沉。

〔49〕 易:轻易、轻率。由言:随口而言。属(zhǔ 主):附着,贴近。垣(yuán 元):墙。这二句意思是说,君子切勿轻率地乱说,倘若墙外有窃听的人,就会成为他们利用来献媚或进谗的资料。胡承珙《毛诗后笺》:"君子苟轻其言,耳属者必将迎合风旨,而交构其间矣。"

〔50〕 无逝:不要去。梁:鱼梁,为拦水捕鱼而设的堤坝。

〔51〕 无发:不要乱动。笱(gǒu 苟):捕鱼的竹篓,口细肚大,鱼游进去出不来。

〔52〕 我躬不阅:即"不阅我躬"。不阅,不为人所容。躬,身。

〔53〕 遑:何。恤:忧虑,顾及。后:今后的事。按:"无逝"以下四句,又见于《邶风·谷风》。彼表示弃妇不能

见容,此借以表示自己遭谗被逐,情如弃妇一般。

巧 言[1]

悠悠昊天,曰父母且[2]。无罪无辜,乱如此怃[3]。昊天已威[4],予慎无罪[5]。昊天泰怃[6],予慎无辜。

乱之初生,僭始既涵[7]。乱之又生,君子信谗。君子如怒[8],乱庶遄沮[9]。君子如祉[10],乱庶遄已[11]。

君子屡盟[12],乱是用长[13]。君子信盗[14],乱是用暴[15]。盗言孔甘[16],乱是用餤[17]。匪其止共[18],维王之邛[19]。

奕奕寝庙[20],君子作之[21]。秩秩大猷[22],圣人莫之[23]。他人有心[24],予忖度之[25]。跃跃毚兔[26],遇犬获之[27]。

荏染柔木,君子树之[28]。往来行言[29],心焉数之[30]。蛇蛇硕言[31],出自口矣。巧言如簧[32],颜之厚矣[33]。

彼何人斯[34]？居河之麋[35]。无拳无勇[36],职为乱阶[37]。既微且尰[38],尔勇伊何[39]？为犹将多[40],尔居徒几何[41]？

〔1〕 这是一首政治讽刺诗。讽刺那些朝中佞臣,无他本领,只知耍阴谋,花言巧语地用谗言害人,而周王又偏信任他们,致使国政混乱不堪。诗人对周王不能明察,感到惋惜,而对巧言者表现出极为深恶痛绝的态度。

〔2〕 悠悠:远大的样子。昊天:苍天。曰:维,是。且(jū居):语气词。这二句是情急无奈的呼告语,意思是说上天本是下民的父,下民的母啊!

〔3〕 怃(hū忽):本义为覆盖,引申为大。这句说,却遭到这样的大乱!

〔4〕 已威:甚威,施威太甚,即太暴虐。

〔5〕 慎:诚然,确实。毛《传》:"慎,诚也。"

〔6〕 泰怃:大怃,指太大的祸乱。郑《笺》:"已、泰,皆言甚也。"

〔7〕 僭(jiàn箭):通"譖(zèn怎去声)",指进谗言。涵:容纳,宽容。这句说,从宽容谗言开始。

〔8〕 如怒:如果怒责那些进谗言的人。

〔9〕 庶:差不多。遄沮(chuán jǔ船举):很快被制止。

181

〔10〕 祉(zhǐ 止):福。句意是说,如果当初慎重行事自求多福的话。

〔11〕 已:止,止住。

〔12〕 屡盟:多次结盟,指与谗人勾结。

〔13〕 用:是以、因此。长:延长,延续。

〔14〕 信盗:相信如盗贼一样的谗人。

〔15〕 暴:猛烈。

〔16〕 盗言:指谗人说的害人的话。孔:很。甘:甜美动听。

〔17〕 餤(dàn 淡):同"啖",本来是进食的意思,这里引申为增多、加剧的意思。

〔18〕 匪:非,没有。止:指阻止祸乱。共:共同。这句说,当初没有共同阻止祸乱发生。

〔19〕 王:王朝。邛(qióng 穷):病,指祸患。这句是说终于酿成王朝大祸。

〔20〕 奕奕:高大的样子。寝庙:宗庙。

〔21〕 作:兴建。

〔22〕 秩秩:宏大,宏伟的样子。大猷(yóu 由):大谋,指治国方略。

〔23〕 莫:通"谟",谋划的意思。毛《传》:"莫,谋也。"

〔24〕 有心:有什么想法。

〔25〕 忖度:揣度,指推测而知道。

〔26〕 跃跃:跳跃的样子。毚(chán 谗)兔:狡兔。朱熹《集传》:"毚,狡也。"

〔27〕 获:擒获,捉住。指兔被犬捉住。此喻指小人终会受惩罚。

〔28〕 荏(rěn 忍)染:柔弱的样子。树:植,栽。两句有君子喜欢听柔顺之言的意思。

〔29〕 往来行言:指传来传去的流言蜚语。

〔30〕 数:算计。这句的意思是说,小人在心中总盘算着如何进谗。

〔31〕 蛇蛇(yí夷):弯弯曲曲,即委婉的意思。硕言:骗人的大话。

〔32〕 巧言:花言巧语。如簧:像那笙簧一样动听。

〔33〕 颜之厚:即厚颜无耻的意思。

〔34〕 彼何人斯:那是些什么样的人啊!

〔35〕 麋:借为"湄",水边。

〔36〕 无拳无勇:无力无勇。即无能之辈的意思。

〔37〕 职:专主。乱阶:祸乱之阶,祸乱的由来,即专门导致祸乱的意思。

〔38〕 微:指小腿湿疹之类。尰(zhǒng肿):脚肿。这句意思是说,毛病很多,惹人嫌恶。

〔39〕 尔勇伊何:你的勇力表现在何处?

〔40〕 为犹:指制造的阴谋诡计。将多:大而多。毛《传》:"将,大也。"

〔41〕 居:陈奂《传疏》:"居,读为'其',语助词。"徒:徒众,指同伙。几何:有多少?意指很多。

何 人 斯[1]

彼何人斯?其心孔艰[2]。胡逝我梁[3],不入我门?伊谁云从[4]?维暴之云[5]。

二人从行[6],谁为此祸[7]?胡逝我梁,不入唁我[8]?始者不如今[9],云不我可[10]。

彼何人斯？胡逝我陈[11]？我闻其声,不见其身[12]。不愧于人,不畏于天[13]？

彼何人斯？其为飘风[14]。胡不自北？胡不自南？胡逝我梁？祇搅我心。

尔之安行[15],亦不遑舍[16]。尔之亟行,遑脂尔车[17]？壹者之来[18],云何其盱[19]。

尔还而入[20],我心易也[21]。还而不入,否难知也[22]。壹者之来,俾我祇也[23]。

伯氏吹埙,仲氏吹篪[24]。及尔如贯[25],谅不我知[26]。出此三物[27],以诅尔斯[28]。

为鬼为蜮[29],则不可得[30]。有靦面目[31],视人罔极[32]。作此好歌[33],以极反侧[34]。

〔1〕 这是一女子怀念和埋怨旧日情人的诗。诗中写二人曾经过往密切,后来却过门不入。诗人既指责对方

不念旧情,反复无常,又作歌好言相劝,希望恢复旧好。

〔2〕 孔:非常。艰:艰深难测。

〔3〕 胡:为什么。逝:到,走过。梁:桥梁,或鱼梁,捕鱼的坝。

〔4〕 伊谁云从:他听从了谁的话?云,说。这里指挑拨的话。

〔5〕 维暴之云:说起话来这样粗暴。

〔6〕 从行:相从而行,此指一起相处。

〔7〕 祸:祸患,此指反目不再来往。

〔8〕 唁(yàn 燕):慰问。

〔9〕 始者:昔者,过去。不如今:不像今天,意思是说今天对我不像过去那么好了。

〔10〕 云:语气词。不我可:即"不可我",不跟我要好。

〔11〕 陈:堂前的通道,由堂下至大门的这一段。

〔12〕 身:身影。

〔13〕 不愧:不感到羞愧。不畏:不畏惧。这二句是说,你在人前不羞愧,难道也不畏惧天吗?

〔14〕 飘风:旋风。

〔15〕 安行:平稳而行,即慢走缓行。

〔16〕 不遑:无暇。舍:停息。

〔17〕 亟行:即急行,快走。脂:作动词,指给车轴上加油,使其润滑。两句意思是说,你只顾急行,连停下来给车加油的时间都没有吗?

〔18〕 壹者:前次,往日。来:此指来而不入门。

〔19〕 云:语助词。盱(xū 虚):通"吁",忧伤。

〔20〕 尔还而入:你返回来进入家门。

〔21〕 易:平,和悦。

〔22〕 否:此指不入门来。难知:指难以知道你的用心。

〔23〕 俾：使。祇：借为"疧(qí其)"，病。

〔24〕 伯氏：老大。埙(xūn勋)：古代陶制的一种吹奏乐器。仲氏：老二。篪(chí池)：古代竹制乐器。这二句是说，我与你相应相和情如兄弟。

〔25〕 及尔：同你。如贯：像贯穿在一起。

〔26〕 谅不我知：即"谅不知我"。谅，诚然。朱熹《集传》："谅，诚。"不知我，不理解我。

〔27〕 三物：就是盟诅用的牺牲，指鸡、犬、豕。

〔28〕 诅：盟誓，对天发誓。这句是说，和你对神盟誓。

〔29〕 蜮：传说中一种能含沙射影暗害人的妖邪。

〔30〕 不可得：即不得见。

〔31〕 靦(tiǎn舔)：面目可见的样子。意思是你的面目昭然可见。

〔32〕 视：通"示"，表现出。罔极：没有准则。这句意思是说，你作为一个有面目的人，却又表现得多变无常，令人莫测。

〔33〕 好歌：表达善意的歌。

〔34〕 极：深究，此有纠正的意思。反侧：反复无常。朱熹《集传》："反侧，反复不正直也。"

巷　伯[1]

萋兮斐兮，成是贝锦[2]。彼谮人者[3]，亦已大甚[4]！

哆兮侈兮[5],成是南箕[6]。彼谮人者,谁适与谋[7]?

缉缉翩翩[8],谋欲谮人[9]。慎尔言也[10],谓尔不信[11]。

捷捷幡幡[12],谋欲谮言。岂不尔受[13]?既其女迁[14]。

骄人好好[15],劳人草草[16]。苍天苍天!视彼骄人,矜此劳人[17]。

彼谮人者,谁适与谋?取彼谮人,投畀豺虎[18]!豺虎不食,投畀有北[19]!有北不受[20],投畀有昊[21]!

杨园之道,猗于亩丘[22]。寺人孟子[23],作为此诗。凡百君子[24],敬而听之。

〔1〕 这是一首政治抒情诗。诗人光明磊落地自道其名,公开表明了作者对谗巧奸人的深恶痛绝态度。其坚

持正义的批判精神以及痛快淋漓的表达方式使这首诗对后世产生很大影响。巷伯:官名,掌管宫内道路。

〔2〕 萋(qī妻)、斐(fěi匪):都是形容花纹交错的样子。毛《传》:"萋、斐,文章相错也。"成是:构成这。贝锦:有贝壳花纹的锦缎。此二句喻谗佞迷惑人的花言巧语。

〔3〕 谮(zèn怎去声)人:进谗言的奸人。

〔4〕 大甚:太厉害、猖狂。

〔5〕 哆(chǐ齿):张开嘴的样子。侈(chǐ齿):张大。这句是说,把嘴巴张得大大的。

〔6〕 南箕(jī基):南天的箕星宿,共四星,其排列成梯形,似张大口的簸箕,因此古人认为箕星主宰人间口舌是非。这里用来比喻谗人。

〔7〕 适(dí弟):主,专。朱熹《集传》:"适,主也。"谁适与谋,谁专与他共谋。

〔8〕 缉缉(jī积):形容附耳私语时唧唧咕咕的声音。翩翩:急急忙忙,往来串通的样子。

〔9〕 谋欲谮人:谋划想要谗害人。

〔10〕 慎:小心慎重。尔:指谗人。

〔11〕 谓尔不信:人们会说,你的话不足信。

〔12〕 捷捷:口舌便捷,能言善辩的样子。幡幡(fān帆):反复煽动的样子。

〔13〕 受:接受,指听信谗言。

〔14〕 既:既而,不久。迁:离去。意思是说,人们会很快知道受骗而避开你。

〔15〕 骄人:指骄横的谗人。好好:志得意满的样子。

〔16〕 劳人:忧劳之人。草草:假借为"慅慅(cǎo草)",忧愁苦闷的样子。

〔17〕 视:察看,指审察骄人的罪过。矜(jīn今):可怜。两句是呼告苍天的话。

〔18〕 投畀(bì闭):投给。毛《传》:"畀,予也。"

〔19〕 有北:指极北方的荒漠之地。
〔20〕 不受:不收留。表示谗佞人是共所厌恶的。
〔21〕 有昊:即苍天。这句是说,交付上天去处治。
〔22〕 杨园:园名,或因种植杨树而称杨园。猗(yī衣):依,连接。亩丘:有田亩的高丘。二句是指诗人往来吟哦创作此诗的地方。
〔23〕 寺人:宫内侍御小臣。孟子:寺人之名,即此诗的作者。
〔24〕 凡:所有的。百:代指多数。君子:指朝官。

谷 风[1]

习习谷风,维风及雨[2]。将恐将惧[3],维予与女[4]。将安将乐,女转弃予。

习习谷风,维风及颓[5]。将恐将惧,寘予于怀[6]。将安将乐,弃予如遗。

习习谷风,维山崔嵬。无草不死,无木不萎。忘我大德,思我小怨。

〔1〕 这是一首弃妇诗。诗中反复以"谷风"起兴,用经风经雨比喻曾经共过大患难。不料日子过好了,丈夫却变了心,把自己遗弃了。她指斥丈夫忘大德而记小怨,太

无情义。三章复沓,感情逐步加深。谷风:山谷中的大风。

〔2〕 维:发语词。风及雨:连风带雨。比喻生活中出现的大变故。

〔3〕 将:又。这句说,在那担惊受怕的日子里。

〔4〕 女:同"汝",你。

〔5〕 颓:指摧毁性的暴风。

〔6〕 寘(zhì 置):放。这句是说,把我保护在怀里。

蓼 莪[1]

蓼蓼者莪,匪莪伊蒿[2]。哀哀父母,生我劬劳[3]!

蓼蓼者莪,匪莪伊蔚[4]。哀哀父母,生我劳瘁[5]!

瓶之罄矣,维罍之耻[6]。鲜民之生[7],不如死之久矣[8]!无父何怙[9]?无母何恃[10]?出则衔恤[11],入则靡至[12]。

父兮生我,母兮鞠我[13]。拊我蓄我[14],长我育我[15],顾我复我[16],出入腹我[17]。欲报之德,昊天罔极[18]?

南山烈烈[19]，飘风发发[20]。民莫不穀[21]，我独何害[22]！南山律律[23]，飘风弗弗[24]。民莫不穀，我独不卒[25]！

〔1〕 这是一首儿子哀痛和悼念父母的诗。诗人深情地回忆起父母的种种养育之恩，而自己却未能报答万一，心中悲苦，从而呼天落泪，诗中连下九个"我"，述说父母对自己的鞠育之劳。蓼（lù 路）：长大的样子。莪（é 俄）：莪蒿。因茎抱根而生，又称抱娘蒿。

〔2〕 匪：不是。伊：是。蒿：指一般的青蒿。这里用不是我蒿而是青蒿为喻，表示自己长大后，辜负了父母的期望，有自责的意思。

〔3〕 哀哀：可怜可叹。劬（qú 渠）劳：辛苦劳累。

〔4〕 蔚：牡蒿，蒿的一种。喻义同上。

〔5〕 劳瘁（cuì 粹）：因劳累过度而成病。

〔6〕 罄（qìng 庆）：尽，空。罍（léi 雷）：古代青铜器，盛酒或水。较瓶为大。两句言小瓶空空的，罍自然也什么都没有。比喻儿子无力赡养父母，使父母缺衣少食，备尝艰辛耻辱。

〔7〕 鲜民：指失去父母的孤子。毛《传》："鲜，寡。"马瑞辰《通释》："孤、寡一声之转，寡民犹言孤子。"生：活着。

〔8〕 不如死之久矣：不如早点儿死了好。

〔9〕 怙（hù 户）：依靠。何怙，依靠谁呢？

〔10〕 恃：同"怙"。

〔11〕 衔恤：含忧，怀着忧伤。

〔12〕 入：指入家门。靡至：无至，如未归家一样，言

191

没有着落。

〔13〕 鞠(jū居):养育。
〔14〕 拊(fǔ甫):抚爱。畜(xù绪):通"慉",喜爱。
〔15〕 长、育:皆为哺养长大的意思。
〔16〕 顾:看顾。复:借为"覆",庇护的意思。
〔17〕 腹:指搂抱在怀里。
〔18〕 昊天:苍天。罔极:无极,没有准则。两句言苍天太不公正,使父母早丧,不得报养育之恩,心中憾恨至极。
〔19〕 烈烈:高大而险峻的样子。
〔20〕 飘风:暴风。发发:大风呼啸的声音。
〔21〕 穀:善,这里指善待,赡养。这句意思是说,人人没有不赡养父母的。
〔22〕 我独何害:惟独我为何竟遭这样的祸害。害,指失去父母。
〔23〕 律律:突兀高耸的样子。
〔24〕 弗弗(fú扶):大风声。
〔25〕 不卒:不得终养父母。朱熹《集传》:"卒,终也。言终养也。"

大 东[1]

有饛簋飧,有捄棘匕[2]。周道如砥[3],其直如矢[4]。君子所履[5],小人所视[6]。睠言顾之[7],潸焉出涕[8]。

小东大东[9],杼柚其空[10]。纠纠葛屦,可以履霜[11]？佻佻公子[12],行彼周行[13]。既往既来[14],使我心疚[15]。

有冽氿泉[16],无浸获薪[17]。契契寤叹[18],哀我惮人[19]。薪是获薪,尚可载也[20]。哀我惮人,亦可息也。

东人之子,职劳不来[21]。西人之子[22],粲粲衣服[23]。舟人之子[24],熊罴是裘[25]。私人之子[26],百僚是试[27]。

或以其酒[28],不以其浆[29]。鞙鞙佩璲[30],不以其长[31]。维天有汉[32],监亦有光[33]。跂彼织女[34],终日七襄[35]。

虽则七襄,不成报章[36]。睆彼牵牛[37],不以服箱[38]。东有启明[39],西有长庚[40]。有捄天毕[41],载施之行[42]。

维南有箕[43],不可以簸扬[44]。维北有斗[45],不可以挹酒浆[46]。维南有箕,载翕其舌[47]。维北有斗,西柄之揭[48]。

〔1〕 这首怨诗是名篇。描写了当时东、西方人之间的苦乐悬殊和劳逸不均。它诉说了西方周贵族对东方各国人民的无止境的掠夺。诗以巧妙的构思,丰富的想象,生动的对比和象征等手法,抒发了诗人的怨恨和不满,在内容和艺术表现上均独具一格。

〔2〕 有饛(méng 萌):即饛饛,食物盈满的样子。簋(guǐ 轨):古代一种食器。飧(sūn 孙):熟食。这里是说,簋中装着满满的食物。有捄(qiú 求):即捄捄,长而弯曲的样子。棘匕(jí bǐ 急比):用酸枣木制成的勺。这二句写食物本已很多,但还用长勺不停地舀,比喻周贵族的贪心和掠夺。

〔3〕 砥(dǐ 底):磨刀石。这里形容大道平坦。

〔4〕 如矢:形容道路像箭一样直。

〔5〕 君子:指西周贵族官员。履:行走。

〔6〕 小人:指东国的平民。视:注视,指看在眼里。

〔7〕 睠(juàn 眷)言:眷然,眷恋的样子。顾:反顾。这里指舍不得周人从周道上往西运送东人的财货。

〔8〕 潸(shān 山):流泪的样子。涕:眼泪。此写望而生悲。

〔9〕 小东大东:指东方的大小诸侯国。

〔10〕 杼(zhù 柱):织布机上的梭子。柚(zhú 竹):织布机上的卷布的大轴。通"轴"。这句说,织布机上的布帛都被搜刮一空了。

〔11〕 纠纠:绳索缠绕的样子。葛屦(jù 巨):葛麻编制成的草鞋。可以:何以,怎能。履(lǚ 吕):动词,踩。这里写东民的贫穷痛苦。

〔12〕 佻佻(tiāo 挑):轻狂而安逸的样子。朱熹《集传》:"佻,轻薄不耐劳苦之貌。"公子:指周的贵族子弟。

〔13〕 行彼周行(háng 杭):行走在那大道上。

〔14〕 既往既来:又往又来,川流不息。

〔15〕 疚(jiù 救):忧伤。

〔16〕 有冽(liè 列):即冽冽,寒凉冰冷的样子。氿(guǐ 轨)泉:指从侧面涌出的泉水。

〔17〕 无浸(jìn 近):不要浸泡。获薪:已砍下来的柴薪。此比喻东人遭受摧残。

〔18〕 契契(qì 气):忧愁痛苦的样子。寤叹:不寐而叹,就是愁苦得睡不着觉而叹息不止。

〔19〕 哀:哀叹。惮(dàn 旦)人:疲病劳苦的人。

〔20〕 薪:动词,烧,这里指可供燃烧的薪柴。是:这。获薪:指砍下的柴薪。尚可载也:还可以把它用车载走。二句用移走柴薪,比喻下面所说劳苦之人,也将避开去休息一下。

〔21〕 职劳:专门从事劳役。来:通"勑(lài 赖)",慰劳。这里指却无人来慰劳。

〔22〕 西人:指西周王朝贵族。

〔23〕 粲粲:形容衣服鲜明华丽的样子。

〔24〕 舟人:指供西人役使的船夫。毛《传》:"舟人,舟楫之人。"

〔25〕 罴(pí 皮):兽名,似熊而体大,俗称人熊。这里指穿着用熊罴皮做成的皮衣。

〔26〕 私人:指西周贵族家的私家奴隶。

〔27〕 百僚:各种官位。试:任用。句意是说,连西人的舟人家奴都十分富有、飞黄腾达。

〔28〕 或:有的人。以其酒:饮用那美酒,指西人。

〔29〕 不以其浆:不用其薄酒,意思是有的人连薄酒也喝不上。指东人。

195

〔30〕 鞙鞙(xuān 宣)：形容玉佩的绶带长长的样子。璲(suì 隧)：瑞玉名。这句是说，有的人佩带的是宝玉。

〔31〕 不以其长：不用其长佩。长，指长佩带，是用杂碎小玉缀成不值钱不贵重的佩带物。这句是说，有人连长佩也带不起。

〔32〕 维：发语词。汉：云汉，即天空的银河。

〔33〕 监：同"鉴"，这里有照的意思。是说天河也有光可照人。

〔34〕 跂(qí 其)：通"歧"，分歧，分叉。织女：指织女三星，分立成三角状。

〔35〕 终日：一整天，从朝到暮。七襄：七次变更位置，即一天的自卯至酉共七个时辰中，织女星每一个时辰移位一次。

〔36〕 报：反复往来的意思。章：花纹，指布帛。织布时是梭子引线经纬交织而成布帛。织女星一天七次移动，只向西而不回来向东，不能反复，因此空有织女其名，而织不成布。

〔37〕 睆(huǎn 缓)：星光明亮的样子。牵牛：牵牛星。

〔38〕 服：驾。箱：车箱。这里代指车。这句是说，牵牛星空有牵牛之名，而不能用来驾车载物。

〔39〕 启明：启明星，即金星，又名太白星。太阳出来之前在东方出现，故名。

〔40〕 长庚：长庚星，也是金星别名。傍晚落日之后出现在西方，故名。古人误认为启明与长庚是二星。

〔41〕 毕：星宿名，共八星，形状像古代捕兔用的毕网。

〔42〕 载：则。施：张设。行(háng 杭)：道路。指把网张设在道路上。

〔43〕 维：语助词。箕：星宿名，共八星，排列成簸

箕状。

〔44〕 不可以簸扬：不能用来簸扬谷糠。

〔45〕 斗：北斗星，共七星，排列成斗形。斗是古代用来舀物的器具。

〔46〕 挹(yì义)：取，舀取。按以上十二句，乃借上天星辰的有名无实，谴责周王室的官员尸位素餐，徒有虚名。

〔47〕 载：乃。翕(xī吸)：向内缩，指用力吸取的样子。这里是说箕星的形状口大底小，状如缩舌吸引，有吞噬的样子。

〔48〕 西柄：斗柄指向西方。揭：上扬，高举。这句是说，斗星的斗柄向西方高举，有向东挹取的样子。以上四句暗示西方周人向东方贪心不止地掠夺财物。

四　月[1]

四月维夏，六月徂暑[2]。先祖匪人[3]，胡宁忍予[4]？

秋日凄凄[5]，百卉具腓[6]。乱离瘼矣[7]，爰其适归[8]？

冬日烈烈[9]，飘风发发[10]。民莫不穀[11]，我独何害[12]？

197

山有嘉卉[13],侯栗侯梅[14]。废为残贼[15],莫知其尤[16]!

相彼泉水[17],载清载浊[18]。我日构祸[19],曷云能榖[20]?

滔滔江汉[21],南国之纪[22]。尽瘁以仕[23],宁莫我有[24]?

匪鹑匪鸢[25],翰飞戾天[26]。匪鳣匪鲔[27],潜逃于渊。

山有蕨薇[28],隰有杞桋[29]。君子作歌[30],维以告哀[31]!

〔1〕 这是一个无过而受害的士大夫,在行役南国的途中所作的咏怀诗。诗中借景抒情,蕴含了伤时畏祸、欲逃无所的种种复杂的内心活动。
〔2〕 徂:到。徂暑,已到了盛暑季节。
〔3〕 先祖:即祖先。匪:非。这句是说,我的祖先不是别家人。意思是理应顾念自己的子孙后代。
〔4〕 胡宁:何乃。为什么如此。忍予:忍心对待我。
〔5〕 凄凄:形容凉风。

〔6〕 百卉(huì 惠):指各种花草。具:同"俱",皆。腓(féi 肥):枯萎,凋残。毛《传》:"腓,病也。"

〔7〕 离:借为"罹",遭受。瘼(mò 末):疾苦。这句是说,由于朝政混乱使我遭此病苦。

〔8〕 爰:何。适:往。爰其适归,归往何处?意思是说,令人无处可逃避。

〔9〕 烈烈:同"洌洌",寒风劲吹的样子。

〔10〕 飘风:暴风。发发:狂风呼啸声。

〔11〕 穀:善,此指生活好。这句是说,人人生活都没什么不好。

〔12〕 我独何害:我为什么偏偏受到祸殃。

〔13〕 嘉卉:美好的草木。

〔14〕 侯:同"维",是。栗、梅:均为树名,果实可食。

〔15〕 废:大。毛《传》:"废,大也。"残贼:残害,此用树木被人大为摧残,比喻自己受害。

〔16〕 尤:过失。莫知其尤:意思是,不知道有什么过失。自喻无过而受害。

〔17〕 相彼:看那。

〔18〕 载清载浊:有时清有时浊。

〔19〕 日:天天。构祸:遭祸。

〔20〕 曷:何。云:语助词。能穀:能善,能好。这句是说,什么时候能有好日子过?

〔21〕 滔滔:滚滚而来的样子。江汉:指长江、汉水。

〔22〕 南国:指南方各条河流。纪:纲纪,总汇的意思。

〔23〕 尽瘁:尽心竭力不怕病苦。仕:任职,从事王事。

〔24〕 宁:乃。有:通"友",亲善、善待。这句是说,乃竟不善待我。

〔25〕 匪:非。鹑(tuán 团):老雕。鸢(yuān 冤):鹞

鹰。两种猛禽均善飞。这句是说,我不是老雕,不是鹞鹰。

〔26〕 翰飞:高飞。戾(lì力)天:至天。

〔27〕 鳣(zhān毡):又名鲤鱼。鲔(wěi委):又名鲟鱼。渊:深渊。此是羡慕鸟、鱼可逃,而自己却无处可逃。

〔28〕 蕨薇:蕨菜和薇菜。

〔29〕 隰(xí习):低洼的地方。杞:枸杞。椴(yí移):树名。

〔30〕 君子:作者的自称。

〔31〕 告哀:诉说悲哀。

北　山[1]

陟彼北山,言采其杞[2]。偕偕士子[3],朝夕从事。王事靡盬[4],忧我父母[5]。

溥天之下,莫非王土[6]。率土之滨,莫非王臣[7]。大夫不均[8],我从事独贤[9]。

四牡彭彭,王事傍傍[10]。嘉我未老,鲜我方将[11]。旅力方刚[12],经营四方[13]。

或燕燕居息[14],或尽瘁事国[15]。或息偃在床[16],或不已于行[17]。

或不知叫号[18]，或惨惨劬劳[19]。或栖迟偃仰[20]，或王事鞅掌[21]。

或湛乐饮酒[22]，或惨惨畏咎[23]。或出入风议[24]，或靡事不为[25]。

〔1〕 这是一首周王朝下层官吏述说自己的痛苦与不平的诗。他为王事四方奔波，艰苦备尝，连父母也无法侍奉。但那些大吏宠臣，却安然过着优裕安闲的生活。全诗连用十二个"或"字，将劳逸对举，有力地表现了怨愤难平的心情。北山：泛指北方之山，非实称。

〔2〕 杞：枸杞，子可食，入药。两句用登山采杞，兴起从事的辛劳。

〔3〕 偕偕：强壮的样子。《说文》："偕，强也。"士子：诗人自称。

〔4〕 靡盬：无止境，没完没了。

〔5〕 忧我父母：不能侍奉父母，而忧念不止。

〔6〕 溥：同"普"，全，整个。莫非：莫不是，全部皆是的意思。

〔7〕 率：自。土：土地，领土。滨：水边。古人相信大地四周环海，此犹言四海之内。王臣：王的臣民。

〔8〕 大夫：高层官吏，指当政者。不均：不公平。

〔9〕 独贤：唯独我最劳苦。毛《传》："贤，劳也。"

〔10〕 傍傍：紧急繁忙的样子。毛《传》："傍傍然，不得已也。"

〔11〕 嘉：夸奖。鲜：称美之词。郑《笺》："嘉、鲜，皆

201

善也。"将:壮。毛《传》:"将,壮也。"两句说夸我不老,赞美我方壮,所以屡派给我王差。

〔12〕 旅:通"膂"。膂力,力气。刚:强健。

〔13〕 经营:往来奔走劳作。

〔14〕 或:有的人。燕燕:安逸的样子。居息:居家休息。

〔15〕 瘁:劳。尽瘁,竭尽身心,不留馀力。

〔16〕 偃:卧。

〔17〕 行(háng 杭):道路。这句是说,在路上奔走不停。

〔18〕 叫号:呼喊哭叫。这句是说,那些深居安逸者不知人间有痛苦之事,哀伤之声。

〔19〕 惨惨:忧虑不安的样子。劬劳:辛苦操劳。

〔20〕 栖迟:居息。偃仰:仰卧,舒服而卧,自在的样子。

〔21〕 鞅掌:忙乱的样子。陈奂《传疏》:"鞅掌,叠韵连绵字。鞅掌失容,犹言仓皇失据耳。"

〔22〕 湛(dān 丹)乐:沉醉于享乐。

〔23〕 咎:罪责。

〔24〕 风议:空发议论。

〔25〕 靡事不为:无事不做,犹言为公家什么都得去干,万分劳苦。

无将大车[1]

无将大车,祇自尘兮[2]。无思百忧[3],祇自疧兮[4]。

无将大车,维尘冥冥[5]。无思百忧,不出于颎[6]。

无将大车,维尘雝兮[7]。无思百忧,祇自重兮[8]。

〔1〕 诗人感时伤乱,百忧并集,咏诗以自遣。将:用手推车。郑《笺》:"将,犹扶进也。"大车:用牲畜拉的载重之车。
〔2〕 尘:作动词,招致尘土。此比喻无济于事,徒惹麻烦。
〔3〕 百忧:多忧,忧事多端。
〔4〕 疧(qí 其):因忧成病。
〔5〕 维:发语词。冥冥:昏暗,形容尘土蒙蒙的样子。
〔6〕 颎(jiǒng 窘):光。不出于颎,意谓心中不亮堂。毛《传》:"颎,光也。"郑《笺》:"思众小事以为忧,使人蔽阍不得出于光明之道。"
〔7〕 雝(yōng 拥):同"壅",堵塞。
〔8〕 重:沉重。

小　明[1]

明明上天,照临下土[2]。我征徂西[3],至于艽野[4]。二月初吉,载离寒暑[5]。心之忧矣,其毒大苦[6]！念彼共人[7]，涕零如雨。岂不怀归？畏此罪罟[8]！

昔我往矣，日月方除[9]。曷云其还[10]？岁聿云莫[11]。念我独兮，我事孔庶[12]。心之忧矣，惮我不暇[13]。念彼共人，睠睠怀顾[14]！岂不怀归？畏此谴怒！

昔我往矣，日月方奥[15]。曷云其还？政事愈蹙[16]。岁聿云莫，采萧获菽[17]。心之忧矣，自诒伊戚[18]！念彼共人，兴言出宿[19]。岂不怀归？畏此反覆[20]！

嗟尔君子，无恒安处[21]！靖共尔位[22]，正直是与[23]。神之听之[24]，式穀以女[25]。

嗟尔君子，无恒安息！靖共尔位，好是正直[26]。神之听之，介尔景福[27]。

〔1〕 一个久役在外的官员,欲归不得,唱出了这首忧时、念友、怀归之歌。

〔2〕 照临下土:以高视下,察照人间。这句是说上天是察照一切的,联系下文,则意谓独不见我的苦处。

〔3〕 征:出征,行役。徂:往。西:西方,周时西部边境,常受外族入侵,多有边患。

〔4〕 芎(qiú 求)野:荒远之地。朱熹《集传》:"芎野,地名,盖荒远之地也。"

〔5〕 初吉:初一。取郑《笺》说。载:则。离:经历。寒暑:表示寒暑交替,指一年。

〔6〕 毒:指药毒。这句说,心中如有药毒般苦。郑《笺》:"忧之甚,心中如有药毒也。"

〔7〕 共:通"恭",恭人,崇敬的人,指后文的"君子",诗人的友人。

〔8〕 罪罟(gǔ 古):法网。

〔9〕 除:除旧,指除旧岁迎新年。

〔10〕 曷:何时。云:语助词。

〔11〕 聿:语助词。莫:通"暮",指年底。

〔12〕 孔庶:很多。

〔13〕 惮我不暇:"我惮不暇"之倒装句。惮(dàn 旦),通"瘅",劳。不暇,不得休闲。

〔14〕 睠睠:即眷眷,依恋不舍的样子。

〔15〕 奥:通"燠"(yù 玉),暖。

〔16〕 蹙(cù 促):急促,紧急。

〔17〕 萧:香蒿。菽:大豆。

〔18〕 诒:通"贻",留下。伊:是,此。戚:凄苦忧伤。

〔19〕 兴:起来。言:语助词。出宿:该睡而不成眠,走出户外。朱熹《集传》:"至于不能安寝,而出宿于外也。"

〔20〕 反覆:指随意加罪。郑《笺》:"反覆,谓不以正罪见罪。"

〔21〕 恒:常。处:居处。句谓不要总贪安逸。

〔22〕 靖共:《韩诗外传》作"靖恭",恭谨。尔位:你

的本职,职位。

〔23〕 与:亲近。这句是说,要与正直人相亲近。

〔24〕 听之:听从你的祈求。

〔25〕 式:乃。榖:善,此指福禄。朱熹《集传》:"榖,禄也。"女:通"汝"。意谓赐福禄给你。

〔26〕 好:喜爱。

〔27〕 介:助,赐给。景福:大福。

鼓　钟[1]

鼓钟将将,淮水汤汤[2]。忧心且伤。淑人君子[3],怀允不忘[4]。

鼓钟喈喈[5],淮水湝湝[6]。忧心且悲。淑人君子,其德不回[7]。

鼓钟伐鼛[8],淮有三洲[9]。忧心且妯[10]。淑人君子,其德不犹[11]。

鼓钟钦钦[12],鼓瑟鼓琴[13]。笙磬同音[14]。以雅以南[15],以籥不僭[16]。

〔1〕 这是一首伤今思古的咏怀诗。在一场鼓钟奏乐、琴瑟并作的盛会上,诗人缅怀起古圣先贤的德业懿行,引起盛世不再的感伤。旧说以为是刺幽王之作,无据。但作者的忧伤,是由对现实的不满引起,这是可以推知的。鼓:动词。鼓钟,敲钟。

〔2〕 将将:即"锵锵",形容钟声清亮悦耳。淮水:淮河,源出河南,流经安徽、江苏,入洪泽湖。汤汤(shāng伤):水盛流急的样子。此指盛会在淮水上举行。

〔3〕 淑:贤德。郑《笺》:"淑,善也。"

〔4〕 怀:思念。允:信,确实。不忘:令人难忘。

〔5〕 喈喈(jiē皆):形容钟声和谐悦耳。

〔6〕 湝湝(jiē皆):大水流淌的样子。

〔7〕 回:邪曲。不回,正直不阿。

〔8〕 伐:敲击。鼛(gāo高):大鼓。

〔9〕 洲:水中陆地,小岛。

〔10〕 妯(chōu抽):悲悼、伤痛。郑《笺》:"妯之言悼也。"

〔11〕 犹:欺诈。不犹,诚实无欺。《广雅》:"犹,欺也。"

〔12〕 钦钦:形容钟声悠远。

〔13〕 鼓:动词,弹奏。瑟、琴:均古代弦乐器。

〔14〕 笙:古代带簧的管乐器。磬(qìng庆):古代的打击乐器。同音:音声相配相合。

〔15〕 以:为,演奏。雅:雅乐,京师附近乐调。南:南国的乐调。一说雅、南,均为乐器名。

〔16〕 籥(yuè岳):乐器名,乐舞名。朱熹《集传》:"籥,籥舞也。"僭(jiàn见):乱。不僭,舞姿协调,队列井然不乱。

207

大 田[1]

大田多稼,既种既戒[2]。既备乃事[3],以我覃耜[4]。俶载南亩[5],播厥百谷[6]。既庭且硕[7],曾孙是若[8]。

既方既皂[9],既坚既好[10],不稂不莠[11]。去其螟螣[12],及其蟊贼[13],无害我田稚[14]。田祖有神[15],秉畀炎火[16]。

有渰萋萋[17],兴雨祁祁[18]。雨我公田[19],遂及我私[20]。彼有不获稚[21],此有不敛穧[22];彼有遗秉[23],此有滞穗[24],伊寡妇之利[25]。

曾孙来止,以其妇子。馌彼南亩,田畯至喜[26]。来方禋祀[27],以其骍黑[28],与其黍稷[29]。以享以祀[30],以介景福[31]。

〔1〕 这是一首农事诗。既详细描写了方春始种,夏耘除害,秋成收获的各种农业劳动情状,又叙述了祭神祈

年活动的场面。大田:广大的农田。

〔2〕 种(zhǒng 肿):选种。戒:通"械",指修理农具。朱熹《集传》:"种,择其种也。""戒,饬其具也。"

〔3〕 既备:指已备齐了种子、农具。乃事:这些事。

〔4〕 以我:用我的。覃(yǎn 眼):通"剡",锐利。耜(sì 四):翻土用的农具,古代的一种犁。

〔5〕 俶(chù 触):开始。载:从事劳作,指耕地翻土。南亩:泛指农田。

〔6〕 播:播种。厥:其。百谷:各种庄稼。

〔7〕 庭:借为"挺",指挺直。毛《传》:"庭,直也。"硕:大。此形容禾苗长得挺拔粗壮。

〔8〕 曾孙:孝孙,主祭人周王对其祖先神灵的自称。若:顺应。朱熹《集传》:"若,顺也。"这句是说,顺应曾孙的心意。

〔9〕 方:通"房",指谷粒含苞。皂:籽粒刚长成。朱熹《集传》:"实未坚称皂。"

〔10〕 坚:指籽粒的外壳变坚硬。好:完好,指饱满。

〔11〕 稂(láng 郎):指谷物生穗但不结籽。莠(yǒu 有):长得很像谷子的杂草。

〔12〕 螟(míng 冥)、螣(tè 特):吃庄稼的害虫。毛《传》:"食心曰螟,食叶曰螣。"

〔13〕 蟊(máo 矛)、贼:也是吃庄稼的害虫。毛《传》:"食根曰蟊,食节曰贼。"

〔14〕 稚:指嫩禾,幼苗。

〔15〕 田祖:农神。有神:有灵。

〔16〕 秉:持,拿。畀(bì 毕):付与,投入。炎火:烈火。此指烧死害虫之火。古人治虫,用的方法是,夜间在田边举火,加以诱杀。

〔17〕 有渰(yǎn 眼):即渰渰,阴云兴起的样子。萋萋(qī 妻):盛多。

〔18〕 兴雨:作雨,即下雨。祁祁:徐徐,细雨不停的

209

样子。毛《传》:"祁祁,徐也。"

〔19〕 雨:动词,下雨。公田:由农奴出劳役代耕的农奴主的田。

〔20〕 私:指私田。

〔21〕 不获稚:尚未收获的晚熟庄稼。

〔22〕 不敛:尚未敛起来。穧(jì 记):指捆好的禾把。朱熹《集传》:"穧,束也。"

〔23〕 遗秉:失落的禾把。

〔24〕 滞穗:遗留在田里的禾穗。

〔25〕 伊:是。寡妇:这里指穷苦无依无靠的妇女。利:好处。句意是说,寡妇们可以拾取来充饥。

〔26〕 曾孙:参见注〔8〕。此指农奴主。来:来到田间。止:语助词。妇子:农夫的妻和子。馌(yè 夜):送饭。田畯(jùn 俊):田官,管农事的官。至喜:甚喜,很高兴。

〔27〕 方:祭名,作动词,即祭祀四方之神。禋(yīn 因)祀:指祭天的仪式。

〔28〕 骍(xīng 星):枣红色的牛。黑:黑色的猪、羊。毛《传》:"黑,羊、豕也。"

〔29〕 黍稷(jì 季):皆为谷类。

〔30〕 以享以祀:用来献祭。

〔31〕 介:祈求。景福:大福。

青　　蝇[1]

营营青蝇,止于樊[2]。岂弟君子[3],无信谗言!

营营青蝇,止于棘[4]。谗人罔极[5],交乱四国[6]。

营营青蝇,止于榛[7]。谗人罔极,构我二人[8]。

〔1〕 这是一首斥责谗人误国害人,劝戒当政者勿轻信谗言的诗。用青蝇比喻龌龊可厌的谗佞小人,毕见厌恶之情。青蝇:青头苍蝇。
〔2〕 止:停留。樊:篱笆。
〔3〕 岂弟(kǎi tì 恺悌):同"恺悌",和气平易。
〔4〕 棘:酸枣树,亦泛指带刺灌木。
〔5〕 罔极:无极,无原则,无定准,即反复无常。
〔6〕 交:俱。四国:四方诸国。此谓遍扰天下。
〔7〕 榛(zhēn 珍):榛树,灌木。
〔8〕 构:陷害,构织罪名。二人:指作者自己和听信谗言者。朱熹《集传》:"己与听者二人。"

宾之初筵[1]

宾之初筵,左右秩秩[2]。笾豆有楚[3],殽核维旅[4]。酒既和旨[5],饮酒孔偕[6]。钟鼓既设,举酬逸逸[7]。大侯既抗[8],弓矢斯张[9]。射夫既同[10],献尔发功[11]。发彼有的[12],以祈尔爵[13]。

龠舞笙鼓[14],乐既和奏。烝衎烈祖[15],以洽百礼[16]。百礼既至[17],有壬有林[18]。锡尔纯嘏[19],子孙其湛[20]。其湛曰乐[21],各奏尔能[22]。宾载手仇[23],室人入又[24]。酌彼康爵[25],以奏尔时[26]。

宾之初筵,温温其恭[27]。其未醉止,威仪反反[28]。曰既醉止,威仪幡幡[29]。舍其坐迁[30],屡舞僊僊[31]。其未醉止,威仪抑抑[32]。曰既醉止,威仪怭怭[33]。是曰既醉,不知其秩[34]。

宾既醉止,载号载呶[35]。乱我笾豆[36],屡舞僛僛[37]。是曰既醉,不知其邮[38]。侧弁之俄[39],屡舞傞傞[40]。既醉而出,并受其福[41]。醉而不出,是谓伐德[42]。饮酒孔嘉[43],维其令仪[44]。

凡此饮酒,或醉或否[45]。既立之监[46],或佐之史[47]。彼醉不臧[48],不醉反耻[49]。式勿从谓[50],无俾大怠[51]。匪言勿言[52],匪由勿语[53]。由醉之言[54],俾出童羖[55]。三爵不识[56],矧敢多又[57]?

212

〔1〕 这是一首讽刺贵族酗酒失仪、败德的诗。诗中写一群贵族,借射礼、祭礼之际,狂欢滥饮,醉后失态,衣冠不整,东倒西歪,吵闹喧嚣,全不顾一点体面。诗有讽刺,有劝谏,其中对醉态人物的刻画,由初醉到大醉,以至丑态百出,可谓穷形尽相,入木三分。筵:筵席。初筵,初入席就坐。

〔2〕 左右:或坐于左,或坐于右。秩秩:井然有序的样子。朱熹《集传》:"秩秩,有序也。"

〔3〕 笾(biān边):一种竹制食具。豆:形似高足盘的食具。有楚:即楚楚,陈列齐整的样子。

〔4〕 殽:肉类食品;核:干果类食品,二类分别盛在豆、笾器中。旅:排列成行。

〔5〕 和旨:纯正味美。

〔6〕 孔:很。偕:亲密欢乐。

〔7〕 举酬:举杯敬酒。逸逸:从容有序的样子。王夫之《诗经稗疏》:"逸逸者,缓词也。"

〔8〕 大侯:大射的箭靶。古代射礼分大射、宾射、燕射,所用靶不同。抗:举起。毛《传》:"抗,举也。"

〔9〕 斯:乃。张:指张弓搭箭,准备射出。

〔10〕 射夫:指众射手。同:排齐。

〔11〕 献:表现。发:发矢,射箭。功:功力,本领。

〔12〕 有的:射中靶心。

〔13〕 祈:求,希望。尔爵:指射中后罚对方饮酒。

〔14〕 籥(yuè月):一种古乐器。籥舞,执籥而舞,古代属于文舞。笙鼓:吹笙敲鼓。这句是说,应和着笙鼓声跳起文舞。

〔15〕 烝:进献。衎(kàn瞰):娱悦。朱熹《集传》:"衎,乐也。"烈祖:有光辉功业的祖先。这句是说,进献乐舞以娱悦祖先神灵。

〔16〕 洽:配合。百礼:各种礼仪。

〔17〕 至:周全的意思。

〔18〕 壬:大,指礼仪的规模、场面宏大。林:众多,指礼仪繁多。

〔19〕 锡:赐。纯嘏(gǔ古):大福。

〔20〕 湛(dān丹):欢乐。

〔21〕 曰:语助词。这句说,都获得欢乐。

〔22〕 奏:献。能:技能,指射礼上射箭的技巧才能。

〔23〕 载:则。手:选取。毛《传》:"手,取也。"仇:匹偶,这里指比赛射箭的对手。

〔24〕 室人:主人。入:加入。又:通"侑"。《说文》:"侑,偶也。"这句是说,宾客配对比赛,主人也加入进来,配对儿比赛。

〔25〕 酌:斟酒。康爵:大杯。

〔26〕 奏:指进酒。时:指射中者。毛《传》:"时,中者也。"这句意思是说,用大杯斟酒交给射中者,以表庆贺。

〔27〕 温温:温和有礼的样子。

〔28〕 反反:庄重、谨慎的样子。毛《传》:"反反,言重慎也。"

〔29〕 幡幡(fān帆):举止轻浮的样子。

〔30〕 舍:舍弃。坐:同"座",座位。迁:移往他处。这句是说,离开座位到处乱走动。

〔31〕 屡:屡次。僊僊(xiān仙):形容舞态轻浮的样子。

〔32〕 抑抑:自我约束而慎重、严谨的样子。

〔33〕 怭怭(bì必):轻狂亵慢的样子。

〔34〕 秩:秩序,规矩。

〔35〕 载:则。号(háo豪):呼号,大声叫嚷。呶(náo挠):喧闹。

〔36〕 乱:搅乱,弄乱。

〔37〕 僛僛(qī 欺):倾倒歪斜的样子。

〔38〕 邮:通"尤",过失。

〔39〕 侧弁(biàn 变):歪戴帽子。俄:倾斜的样子。郑《笺》:"俄,倾貌。"

〔40〕 傞傞(suō 梭):醉后舞个不停的样子。毛《传》:"傞傞,不止也。"

〔41〕 出:离去。并:一并,普遍。二句是说,喝醉酒的人能主动离去,对大家都有好处,即普得安宁的意思。

〔42〕 伐德:败坏美德。

〔43〕 孔嘉:很美好。

〔44〕 令仪:美仪,指遵礼有节。

〔45〕 否:不是,没有。这句是说有的醉了有的没醉。

〔46〕 监:酒监,负责监察酒宴上醉酒失礼的人。

〔47〕 佐:辅佐。史:酒史,负责酒宴事务的人。朱熹《集传》:"监、史,司正之属。燕礼乡射,恐有懈倦失礼者,立司正以监之,察仪法也。"

〔48〕 不臧:不善。这句是说,那些喝醉酒的人不知好歹。

〔49〕 不醉反耻:反以喝酒不醉为耻。

〔50〕 式:发语词。勿从谓:指切勿听从他们的酒后昏话。

〔51〕 俾:使。大怠:严重懈怠失礼。

〔52〕 "匪言"句:谓不该说的话就不要说。

〔53〕 "匪由"句:没来由的话本不该讲。

〔54〕 由:从。这句是说,从喝醉酒者口中讲出的话。

〔55〕 童:指无角。羖(gǔ 古):黑色公羊。朱熹《集传》:"童羖,无角之羖,必无之物也。"公羊本有角,醉酒后使他说出秃头无角公羊的事,以此比喻醉酒人一派胡言妄语。

〔56〕 三爵:三杯。不识:不知。这句是说,三杯酒下

肚就昏昏然神志不清了。

〔57〕 矧（shěn 审）：何况，怎么。又：通"侑"，劝酒。这句是说，怎敢再多劝饮呢？

角　弓[1]

骍骍角弓，翩其反矣[2]。兄弟昏姻[3]，无胥远矣[4]。尔之远矣，民胥然矣[5]。尔之教矣，民胥傚矣[6]。

此令兄弟[7]，绰绰有裕[8]。不令兄弟，交相为瘉[9]。

民之无良[10]，相怨一方[11]。受爵不让[12]，至于己斯亡[13]。

老马反为驹[14]，不顾其后[15]。如食宜饇，如酌孔取[16]。

毋教猱升木，如涂涂附[17]。君子有徽猷[18]，小人与属[19]。

雨雪瀌瀌[20]，见晛曰消[21]。莫肯下遗[22]，式居娄骄[23]。

雨雪浮浮[24]，见晛曰流[25]。如蛮如髦[26]，我是用忧[27]。

〔1〕 这首诗的内容是讽谏王室贵族不要骨肉相疏，兄弟相怨。否则，其严重后果将是人们的上行下效，造成内乱。因此诗人告诫他们，要和睦相处，为下民做出榜样。角弓：两端用牛角镶嵌装饰的弓。

〔2〕 骍骍（xīng 星）：形容弓弦调和得松紧得宜的样子。翩其：即翩然。弓拉紧的时候，两端向内而曲，放松时，两端向外放开。此指松弦。两句用来比喻兄弟之间的关系。

〔3〕 昏姻：即婚姻，这里指亲戚。

〔4〕 胥：互相。郑《笺》："胥，相也。"远：疏远。

〔5〕 "尔之"二句：你们如果疏远，人们就都会如此了。

〔6〕 教：施教。二句谓只有以身作则施行教化，才能做人们的榜样。

〔7〕 令：善，指友善，和好。

〔8〕 绰绰（chuò 辍）：本指衣服宽舒的样子。此指兄弟间宽容和睦。裕：宽裕，指互相容纳。

〔9〕 瘉（yù 玉）：病。此句指互相诟病残害。

〔10〕 无良：不善良。

〔11〕 相怨一方：互相怨恨对方。

〔12〕 受爵：受爵禄。不让：不谦让。

〔13〕 斯:这样。亡:通"忘",指善忘。这句意思是,曾怨别人不让自己,至于临到自己身上,就这样善忘,也不让别人了。

〔14〕 老马反为驹:老马反而自以为是少壮的马驹。比喻无自知之明。

〔15〕 不顾其后:不顾念以后的事。

〔16〕 饫(yù 裕):饱。指过饱。意思是,应该量腹而食。酌:饮酒。孔取:多取,意思是总想多喝。两句比喻"不顾其后"的贪心。

〔17〕 毋:无。猱(náo 挠):猿猴的一种。升木:爬树。这句是说,不要教猿猴去爬树。意思是这是它的本性,本不用教。涂:指抹泥。涂附,指再涂则容易附着。这两句是比喻人按其本性来说,是容易从善的。

〔18〕 君子:指在上的统治者。徽:善。猷:谋略、方法。这句是说,君子如果用善美的方法来诱导。

〔19〕 小人:指下层民众。与属(zhǔ 主):就会随从依附。

〔20〕 雨雪:下雪。瀌瀌(biāo 标):雪很大的样子。

〔21〕 晛(xiàn 现):即日晛,太阳的热气。毛《传》:"晛,日气也。"这句是说,见太阳的热气就消融了。

〔22〕 下遗:加给下面之人的意思。

〔23〕 式:发语词。居:安于。娄:借为"屡",常常。句谓高位之人常安于自骄。意即骄纵者必不能长久。

〔24〕 浮浮:同"瀌瀌"。

〔25〕 流:指消融成水。

〔26〕 蛮:指南方的部族。髦(máo 毛):西夷的别名。这两个部族在周代不开化,受周人歧视。此句指责周竟沦为蛮、夷一样。

〔27〕 我是用忧:我因此而忧愁。

菀　柳[1]

有菀者柳,不尚息焉[2]。上帝甚蹈[3],无自瘵焉[4]。俾予靖之,后予极焉[5]!

有菀者柳,不尚愒焉[6]。上帝甚蹈,无自瘵焉[7]。俾予靖之,后予迈焉[8]!

有鸟高飞,亦傅于天[9]。彼人之心,于何其臻[10]?曷予靖之,居以凶矜[11]!

〔1〕 这首诗写周大臣怨刺周王对他先用后逐,赏罚不公。菀(yù 遇):枯萎。马瑞辰《通释》:"菀,枯病也。"菀,又作茂盛讲,则音 wǎn。

〔2〕 不尚:不可。此句谓枯柳不能遮荫,不可止息。喻周王不可依靠。

〔3〕 上帝:亦双关指周王。蹈:《韩诗外传》引作"慆",借为"滔",水大横流,指无道。

〔4〕 瘵(nì 逆):病。《广雅·释诂》:"瘵,病也。"此句说,不要自招祸患。意有悔在昏君下做官的意思。

〔5〕 俾:使。靖:治理。极:借为"殛",惩罚。二句是说:当初用我治理国政,后来又处罚我。

〔6〕 愒(qì 气):休息。

219

〔7〕 瘥(zhài 债):病,祸咎。
〔8〕 迈:远行,指被逐远离朝廷。
〔9〕 傅:至,到。郑《笺》:"傅、臻,皆至也。"
〔10〕 彼人:指周王。臻:至。两句谓周王的心不着边际,难测所至。
〔11〕 曷:何,为什么。凶矜:凶险。两句谓为何令我从政治理国事,又要我处于凶恶危险境地?

都 人 士[1]

彼都人士,狐裘黄黄[2]。其容不改[3],出言有章[4]。行归于周[5],万民所望[6]。

彼都人士,台笠缁撮[7]。彼君子女[8],绸直如发[9]。我不见兮,我心不说[10]。

彼都人士,充耳琇实[11]。彼君子女,谓之尹吉[12]。我不见兮,我心苑结[13]。

彼都人士,垂带而厉[14]。彼君子女,卷发如虿[15]。我不见兮,言从之迈[16]。

匪伊垂之[17],带则有馀[18]。匪伊卷之[19],发则有旟[20]。我不见兮,云何盱矣[21]!

〔1〕 这是送别贵族人士和贵族女子返归京都的诗。诗中盛赞他们的衣着和举止。特别是对女子的装束打扮之美,作了生动描绘,并表现出依依别情。都:京都。

〔2〕 狐裘:指身穿狐狸皮袍。黄黄:形容毛色黄亮的样子。

〔3〕 容:容止,仪容举止。不改:不改常态,即容态自如。

〔4〕 出言有章:谈吐有文采。

〔5〕 行归:行将返回。于周:到周的京都。

〔6〕 望:景慕,仰望。

〔7〕 台笠:用台草作的笠。台,通"苔",又名沙草。缁(zī 资)撮:黑色的系带。

〔8〕 君子女:贵族之女。

〔9〕 绸直如发:即"发如绸直"的倒文。意思是说,美发如绸丝一样密直。

〔10〕 说:通"悦",愉悦。

〔11〕 充耳:古冠垂于耳旁的装饰物,用玉或美石制成。琇(xiù 秀):美石。实:指美石坚实,质地上品。

〔12〕 尹吉:指尹氏、姞(jí 吉)氏,均贵族大姓,此指君子女出身极高贵。

〔13〕 苑(yù 郁)结:郁结,忧郁成结,即忧闷。

〔14〕 垂带:下垂的衣带。厉:垂而有馀,喻其长。毛《传》:"厉,垂带之貌。"

〔15〕 虿(chài 柴去声):蝎子。尾部曲而上翘,此用来形容女子卷发高高翘起的样子。

〔16〕 言:语助词。从之迈:愿跟着她远行。形容君子女极美而有吸引力。

221

〔17〕 匪:彼。伊:语助词。垂之:佩带下垂。
〔18〕 有馀:形容衣带极长。
〔19〕 卷:指卷发。
〔20〕 旟(yú 于):高高扬起的样子。毛《传》:"旟,扬也。"
〔21〕 云:语助词。何:多么。盱(xū 需):忧伤的样子。

隰 桑[1]

隰桑有阿,其叶有难[2]。既见君子[3],其乐如何[4]?

隰桑有阿,其叶有沃[5]。既见君子,云何不乐?

隰桑有阿,其叶有幽[6]。既见君子,德音孔胶[7]。

心乎爱矣,遐不谓矣[8]!中心藏之,何日忘之!

〔1〕 这是一首短小优美的爱情诗。一个女子爱着一个男子,相逢时有说有笑,但对他的爱意又羞于表达,只有埋藏在心底,苦受折磨。隰(xí 席)桑:长在低湿地方的桑树。

〔2〕 有难(nuó 挪):即"有娜",与前句之"有阿"并为婀娜多姿之意。

〔3〕 君子:指女子的情侣。

〔4〕 其乐如何:该是如何的快乐。

〔5〕 沃:肥厚润泽的样子。

〔6〕 幽:黑黝黝的颜色。形容桑叶黑绿壮茂。

〔7〕 德音:好听的话。这里指亲密的情话。孔:很。胶:融洽,亲密。毛《传》:"胶,固也。"

〔8〕 遐:何。朱熹《集传》:"遐,与何同。"谓:说出来。

渐渐之石[1]

渐渐之石,维其高矣。山川悠远,维其劳矣[2]。武人东征[3],不遑朝矣[4]。

渐渐之石,维其卒矣[5]。山川悠远,曷其没矣[6]?武人东征,不遑出矣[7]。

有豕白蹢,烝涉波矣[8]。月离于毕[9],俾滂沱矣[10]。武人东征,不遑他矣[11]。

〔1〕 这是一首兵役诗。诗人着力描写将士们行军的艰险劳苦,作战的危险紧张,最后说,无暇他顾,表现出

223

悲壮之情。渐渐:通"巉巉",形容山石高峻的样子。

〔2〕 劳:指行军劳苦。

〔3〕 武人:指将士。东征:出征东方。

〔4〕 不遑:不暇。朝(zhāo招):早晨。句谓从没有过一个早晨的闲暇。

〔5〕 卒:借为"崒"(zú族),山石高险的样子。

〔6〕 曷:何。没:穷尽。这句说,什么时候才能走到头儿。

〔7〕 出:出险。即不计能否生还的意思。

〔8〕 豕:猪。白蹢(dí敌):白色的蹄子。烝:众多。涉波:渡河。二句写群豕渡河。古人认为群猪过河,是将要下雨的征兆。

〔9〕 离:借为"罹",遭遇。毕:星宿名。毕星形状如兔网。这句是说,月亮被毕星所掩盖。古人认为这也是下雨的征兆。孔《疏》:"月离历于毕之阴星,在天为将雨之候。"朱熹《集传》:"豕涉波,月离毕,将雨之验也。"

〔10〕 俾:使,使得。滂沱:大雨的样子。

〔11〕 他:其他。二句谓冒雨前行,无暇他顾。

苕 之 华[1]

苕之华,芸其黄矣[2]。心之忧矣,维其伤矣!

苕之华,其叶青青。知我如此,不如无生!

牂羊坟首[3],三星在罶[4]。人可以食[5],鲜可以饱[6]。

〔1〕 这是大灾之年饥民自伤命运的诗。诗人感伤人不如花,生不如死,并以羊瘦、鱼尽,形容饥荒的严重。苕(tiáo条):藤本植物,一名凌霄花。华:即花。

〔2〕 芸(yún云):花深黄色。清王引之《经义述闻》:"芸其黄矣,言其盛,非言其衰也。"此用花的繁茂,反衬自己的困顿忧伤。

〔3〕 牂(zāng赃)羊:母羊。坟:大。母羊本身大头小,今因饥饿身体变瘦,反而显得头大。

〔4〕 三星:即参星。罶(liǔ柳):捕鱼竹器。朱熹《集传》:"罶,筍也。罶中无鱼而水静,但见三星之光而已。"

〔5〕 人可以食:谓人即使可以勉强得到些食物。

〔6〕 鲜:少。此句言很少能够吃饱。朱熹《集传》:"言饥馑之馀,百物凋耗如此,苟且得食足矣,岂可望其饱哉!"

何草不黄[1]

何草不黄?何日不行[2]?何人不将[3]?经营四方[4]。

何草不玄[5]?何人不矜[6]?哀我征夫[7],独为匪民[8]?

匪兕匪虎[9],率彼旷野[10]。哀我征夫,朝夕不暇。

有芃者狐[11],率彼幽草[12]。有栈之车[13],行彼周道[14]。

〔1〕 这是一首征夫诗。诗以野草的枯萎喻征人的劳苦憔悴,说他们像野兽一样,经年奔走在外,被驱来赶去,过着非人的生活,怨恨统治者根本不把他们当人看待,情词激忿。何草不黄:犹言无草不枯萎。
〔2〕 行:奔走。
〔3〕 将:朱熹《集传》:"亦行也。"句言无人能免于行役。
〔4〕 经营四方:往来劳碌走遍四面八方。
〔5〕 玄:赤黑色,这里形容草枯烂的颜色。
〔6〕 矜(jīn 今):通"鳏(guān 关)",无妻之人。这里指不能成家,过正常人的生活。
〔7〕 哀我征夫:可怜我这个征夫。
〔8〕 独:唯独。匪民:非人,不被当人看。
〔9〕 匪:非。兕(sì 四):犀牛。
〔10〕 率:循着,沿着。
〔11〕 有芃(péng 蓬):即芃芃,蓬松的样子。这里形容狐狸的尾毛。
〔12〕 幽草:深草,密草丛。
〔13〕 有栈(zhàn 站):即栈栈,高高的样子。车:指役车。
〔14〕 周道:大道。

大 雅

文 王[1]

文王在上,於昭于天[2]!周虽旧邦[3],其命维新[4]。有周不显[5],帝命不时[6]。文王陟降[7],在帝左右。

亹亹文王[8],令闻不已[9]。陈锡哉周[10],侯文王孙子[11]。文王孙子,本支百世[12]。凡周之士[13],不显亦世[14]。

世之不显,厥犹翼翼[15]。思皇多士[16],生此王国[17]。王国克生[18],维周之桢[19]。济济多士[20],文王以宁。

穆穆文王[21],於缉熙敬止[22]。假哉天命[23]!有商孙子[24]。商之孙子,其丽不亿[25]。上帝既命[26],侯于周服[27]。

侯服于周,天命靡常[28]。殷士肤敏[29],祼将于京[30]。厥作祼将,常服黼冔[31]。王之荩臣[32],无念尔祖[33]。

无念尔祖,聿修厥德[34]。永言配命[35],自求多福[36]。殷之未丧师[37],克配上帝[38]。宜鉴于殷[39],骏命不易[40]。

命之不易,无遏尔躬[41]。宣昭义问[42],有虞殷自天[43]。上天之载[44],无声无臭[45]。仪刑文王[46],万邦作孚[47]。

〔1〕 这是一首歌颂周文王的诗。诗中对文王"受命作周"充满了颂美的激情,又带有勉励告诫的语气。因此后人多认为是周公颂美文王并告诫成王的诗,其中心内容是"敬天法祖",并以殷亡为鉴。诗中句式上下衔接,起落相承,是后世"蝉联格"(亦称"顶真格")修辞法的滥觞。文王:姓姬,名昌。是季历之子,武王姬发之父,在周执政约五十年,虽未得灭商,但天下归心,已取了天下的三分之二,被周的后人看作开国之君。

〔2〕 於(wū乌):语气词,表赞叹。昭:明。二句谓周文王死后升天,光明显耀于天上。

〔3〕 旧邦:古老的邦国。相传周始祖后稷发明农业,后传至太王迁岐开始定居建国,到文王时已有悠久历史,故称旧邦。

〔4〕 命:受天之命。新:新兴,指代商建立新的王国。

〔5〕 有:发语词。不显:显耀。不,通"丕",大的意思。

〔6〕 帝:天帝。不:与上句同,通"丕"。丕时,正当其时的意思。

〔7〕 陟:升。降:下。这里有上下往来的意思。

〔8〕 亹亹(wěi伟):勤勉自强的样子。

〔9〕 令闻:美好的声誉。不已:不止,永世留传。

〔10〕 陈:同"申",重复。锡:赐给。陈锡,指厚赐。哉:通"在",于省吾《诗经新证》:"'陈锡哉周',应读作'陈锡在周'。'在'犹'于'也。谓申锡于周也。"

〔11〕 侯:语助词,同"维"。孙子:指子孙后代。

〔12〕 本:本宗。支:支庶。百世:百世不衰的意思。

〔13〕 士:指臣子。

〔14〕 亦世:奕世,就是累世,世世代代。句意是说周的臣子世代显贵。

〔15〕 厥:其,指周的臣子。犹:同"猷",谋,指谋划。翼翼:形容忠敬勤勉的样子。

〔16〕 思:语助词。皇:美,形容俊美贤能。多士:指众多的士。

〔17〕 生:生长,出现。王国:指周文王的国家。

〔18〕 克:能。克生,指周文王的国家能够生长出很多贤士。

〔19〕 维:是。桢(zhēn珍):本指墙柱。这里指周王朝的支柱、骨干。

〔20〕 济济:形容众多而美好的样子。

〔21〕 穆穆:形容仪表端庄肃穆的样子。

〔22〕 於(wū乌):叹美词。缉熙:光明。止:语气词。此指周文王光明正大行止恭谨。

〔23〕假:大。

〔24〕"有商"句:意思是说,天命也曾保佑过商,使其子孙繁衍。但现已改易,命周为王。见下文。

〔25〕丽:数目。毛《传》:"丽,数也。"不亿:周代称十万为亿,这里形容非常多。

〔26〕既命:已经降命。

〔27〕侯于周服:乃臣服于周。侯,语助词,乃。

〔28〕靡常:无常,没有一定,指会有变迁。这句用天命可以变换改易,说明周之代殷的合理性。

〔29〕殷士:指殷朝归服过来的故臣、后人。肤:读为"薄",《方言》:"薄,勉也。"薄敏,敏勉努力。(用高亨说,见《诗经今注》)

〔30〕祼将:"将祼"的倒文。将,举行。毛《传》:"将,行也。"祼(guàn贯),古代的一种祭礼,称"灌鬯礼"。王在祭祀时,在神主面前用玉制的酒器盛酒,再把酒洒在白茅上,表示神在饮酒。京:周京师。

〔31〕常服:经常穿。黼(fǔ府):黼裳,指有黑白相间花纹的殷商礼服。冔(xǔ许):殷商礼帽。以上用殷人参加周京的典礼,表示殷人对周的臣服。

〔32〕王:指成王。荩(jìn浸)臣:忠臣。这里说成王之臣,实际也委婉地在告诫成王。

〔33〕"无念"句:岂能不念你们的祖先。朱熹《集传》:"无念,犹言岂得无念也。"尔祖:指文王。

〔34〕聿:发语词。这句说,不忘祖先就要修德。

〔35〕永:常,长。言:语助词。配命:配合天命。

〔36〕"自求"句:自我求取盛多的福。这里有要自强的意思。

〔37〕师:众。丧师,指丧失群众,即失去人心。

〔38〕克配:能配合上帝之命。

〔39〕宜:应该。鉴:镜子。这里指应以殷亡为鉴戒,

吸取教训。

〔40〕 骏(jùn俊)命：大命，天命。不易：不容易。指周人得受天之大命来之不易。

〔41〕 遏：遏止，断绝。这句是说，不要在你身上断绝了天命。

〔42〕 宣：宣扬。昭：明。义问：好名誉。孔《疏》："问，声闻也。"这里是说要宣扬光大你的美誉。

〔43〕 有：又。虞：度，审察。这句意思是说，要从殷人的灭亡揣度天意。

〔44〕 载：事，行事。

〔45〕 臭(xiù袖)：气味、气息。这句是说天道无声无息，难知难识。

〔46〕 仪刑：效法。

〔47〕 万邦：指各诸侯国。孚：信，指心悦诚服。

思 齐[1]

思齐大任[2]，文王之母。思媚周姜，京室之妇[3]。大姒嗣徽音[4]，则百斯男[5]。

惠于宗公[6]，神罔时怨[7]，神罔时恫[8]。刑于寡妻，至于兄弟，以御于家邦[9]。

雍雍在宫[10]，肃肃在庙[11]。不显亦临[12]，无射亦保[13]。肆戎疾不殄，烈假不瑕[14]。不闻亦式[15]，不谏亦入[16]。

肆成人有德[17]，小子有造[18]。古之人无斁[19]，誉髦斯士[20]。

〔1〕 诗颂文王之德，但角度比较特殊。先从颂扬圣母贤妃入笔，歌颂了太任、太姜、太姒的美德，点出文王之有"圣德"的原因。后人认为是一首歌颂文王齐家、治国的诗。思：语首助词。齐（zhāi 摘）：通"斋"，端庄、肃敬。

〔2〕 大任：就是太任，王季的妻子，文王的母亲。

〔3〕 媚：和悦柔顺，充满爱意。毛《传》："媚，爱也。"周姜：就是太姜，太王之妃，王季的母亲，文王的祖母。京室：王室。妇：贵妇。

〔4〕 大姒（sì 四）：就是太姒，文王之妃。嗣：继承。徽：美。音：指德音美誉。这句是说太姒继承了太任、太姜的美德声誉。

〔5〕 百斯男：极言生子之多。百，泛指多，不是实指。

〔6〕 惠：爱，这里指顺从。郑《笺》："惠，顺也。"宗公：宗庙中的列祖先公。

〔7〕 神：指先公的神灵。罔：无。时：所。马瑞辰《通释》："时，所也。"怨：怨尤，不满。

〔8〕 恫（tōng 通）：难过，伤痛。

〔9〕 刑：同"型"，示范。寡妻：国君妻子的谦称。以：而。御：治理。三句是说，文王成为妻子的榜样，再推广至兄弟之间，更推及治理整个家邦。

〔10〕 雍雍：和睦貌。

〔11〕 肃肃：恭敬貌。庙：宗庙。

〔12〕 不:同"丕",大。显:明。亦:以。临:临视,指省察民事。

〔13〕 无射(yì易):不厌倦。陆德明《释文》:"射,厌也。"保:指保民。

〔14〕 肆:语助词,这里有所以的意思。戎疾:大难。朱熹《集传》:"戎,大也。疾,犹难也。"不殄(tiǎn 舔):不绝。烈:指辉煌的功业。假:广大。毛《传》:"烈,业;假,大也。"瑕:瑕疵,指缺点、过失。二句是说,故大难(指被囚羑里、西戎入侵等)虽然不绝,而其功业亦光大无缺。

〔15〕 不闻:前所未闻的事。式:法度。此谓虽处理无前例的事,也能合于法度。

〔16〕 谏:诤谏。此句谓虽无谏劝者,亦能入于善境,作出美善的事。

〔17〕 成人:成年之人。有德:有好品德。

〔18〕 小子:未成年之人。有造:有造就,指能上进而有成。

〔19〕 古之人:此指文王。无斁(yì易):不已。闻一多《风诗类钞》:"无斁,谓无已时也。"这里是说文王总是积极造就人才不止。

〔20〕 誉:美名。髦斯士:就是髦士,英俊之士。这句是说,使众多的英俊之士享誉于世。

灵　台[1]

经始灵台,经之营之[2]。庶民攻之[3],不日成之[4]。经始勿亟[5],庶民子来[6]。

233

王在灵囿[7],麀鹿攸伏[8]。麀鹿濯濯[9],白鸟翯翯[10]。王在灵沼[11],於牣鱼跃[12]。

虡业维枞[13],贲鼓维镛[14]。於论鼓钟[15],於乐辟廱[16]。

於论鼓钟,於乐辟廱。鼍鼓逢逢[17],矇瞍奏公[18]。

〔1〕 这是一首颂德诗。写文王兴建灵台、灵囿、灵沼而庶民相助的情景,又以祥和欢乐的笔调描写了文王畅游灵台的盛况;鸟兽温顺,鱼跃逍遥,各随其性。鸣鼓奏乐,其乐陶陶,一片升平气象。因而这首诗曾被后人美化为文王"与民偕乐"之诗。灵台:高台。"灵"为美辞。

〔2〕 经:测量,毛《传》:"经,度之也。"营:营造。

〔3〕 庶民:民众。攻:治,这里指全力修造。

〔4〕 不日:不数日,没有多久。

〔5〕 勿亟:不急迫。这里有不急迫扰民的意思。

〔6〕 子来:指如儿子乐于为父母效劳那样,自愿前来建筑灵台。郑《笺》:"众民各以子成父事而来攻之。"

〔7〕 囿(yòu又):圈养鸟兽的园林。

〔8〕 麀(yōu优):母鹿。鹿:指公鹿。攸:语助词。伏:不惊动,形容鹿温顺不怕人。

〔9〕 濯濯:形容肥硕而毛有光亮的样子。

〔10〕 白鸟:指白鹤、白鹭之类。翯翯(hè鹤):形容羽毛洁白的样子。

〔11〕 沼:池沼。

〔12〕 於(wū乌):语气词,表叹美,下同。牣(rèn刃):满,指不胜其多。

〔13〕 虡(jù巨):古代悬挂钟、磬的木架。业:是木架上的横板。枞(cōng匆):是指"崇牙"。即业上悬挂钟、磬的地方。毛《传》:"枞,崇牙也。"孔《疏》:"以彩色为大牙,其状隆然,谓之崇牙。"

〔14〕 贲(fén坟):大。镛(yōng庸):大钟。

〔15〕 论:借为"伦",次序,此形容奏乐节奏井然有序。

〔16〕 辟廱:又作辟雍,西周天子所设大学,圆如璧,围以水池,取雍和之义。诸侯之制半之,而称泮宫。汉代是太学的别称。

〔17〕 鼍(tuó驼)鼓:鳄鱼皮蒙制的鼓。逢逢:象声词,形容鼓声。

〔18〕 矇(méng萌)、瞍(sǒu叟):盲人。有眼珠而失明叫矇,无眼珠的盲人叫瞍。古代多用盲人为乐工。奏公:奏乐于公庭。公,或作"功",是功成作乐的意思。

生　民[1]

厥初生民,时维姜嫄[2]。生民如何?克禋克祀[3],以弗无子[4]。履帝武敏歆[5],攸介攸止[6]。载震载夙[7],载生载育[8],时维后稷[9]。

诞弥厥月[10],先生如达[11]。不坼不副[12],无菑无害[13]。以赫厥灵[14],上帝不宁。不康禋祀,居然生子[15]。

诞寘之隘巷[16],牛羊腓字之[17]。诞寘之平林,会伐平林。诞寘之寒冰,鸟覆翼之[18]。鸟乃去矣,后稷呱矣[19]。实覃实讦[20],厥声载路[21]。

诞实匍匐[22],克岐克嶷[23],以就口食[24]。艺之荏菽[25],荏菽旆旆[26]。禾役穟穟[27],麻麦幪幪[28],瓜瓞唪唪[29]。

诞后稷之穑,有相之道[30]。茀厥丰草[31],种之黄茂[32]。实方实苞[33],实种实褎[34],实发实秀[35],实坚实好[36],实颖实栗[37]。即有邰家室[38]。

诞降嘉种[39],维秬维秠[40],维穈维芑[41]。恒之秬秠[42],是获是亩[43]。恒之穈芑,是任是负[44],以归肇祀[45]。

诞我祀如何? 或舂或揄[46],或簸或蹂[47]。释之叟叟[48]，烝之浮浮[49]。载谋载惟[50]，取萧祭脂[51]。取羝以軷[52]，载燔载烈[53]，以兴嗣岁[54]。

卬盛于豆[55]，于豆于登[56]。其香始升，上帝居歆[57]，胡臭亶时[58]！后稷肇祀，庶无罪悔，以迄于今[59]。

〔1〕 这首带有神话色彩的古老史诗，叙述了周始祖后稷的诞生和发明农业的历史，反映了周人是一个较早从事农业生产的民族。诗中写后稷的灵异，写他的丰功伟绩，实际上是对自己民族勤劳、智慧的歌颂。全诗结构严密，语汇丰富，贯注畅达，富有气势。民：指周民。

〔2〕 时维：犹言"这就是"。姜嫄（yuán原）：周始祖后稷的母亲。

〔3〕 克：能够。禋祀（yīn sì 因寺）：祭天祭神之礼。

〔4〕 弗：借为"祓（fú扶）"，通过祭祀除去不祥。句意谓祭祀上帝以求有子。

〔5〕 履：践踏。帝：上帝。武：足迹。敏：借为"拇"，足拇趾，《尔雅》："敏，拇也。"郭璞注曰："拇，迹大指处。"歆：同"欣"，欣喜，欣然有所动。

〔6〕 攸（yōu优）：乃，于是。介：通"愒（qì泣）"：休息。林又光《诗经通解》："介读为愒。《说文》：'愒，息也。'"止：止息。此句是说姜嫄休息下来。

〔7〕 载：则。震：同"娠"，怀孕。夙：同"肃"，生活肃谨。

〔8〕 生:分娩。育:哺育。

〔9〕 后稷:周人始祖,名弃。因他发明农业,故尊称"后稷"。稷(jì既),谷类。

〔10〕 诞:发语词。弥厥月:指怀孕足月。

〔11〕 先生:指生头胎。如:同"而"。达:顺达,指胎儿生得很顺利。

〔12〕 坼(chè彻):破裂。副(pì譬):裂开。此句是说分娩时产门没有破裂,没有伤害母体。

〔13〕 菑:古"灾"字,此句是说母子都平安。

〔14〕 赫:显示。厥:其,指后稷。灵:灵异。

〔15〕 不宁:不安。引申为不悦。康:安,指安享。居然:惊遽之词(用魏源《诗古微》说)。这三句都是姜嫄疑问之词:莫非上帝心中不悦,不安享我的祭祀吗?姜嫄以为因履迹生子,事属不祥。

〔16〕 寘:同"置",弃置。隘巷:狭窄小巷。

〔17〕 腓(féi肥):庇护。字:哺乳。

〔18〕 覆翼:用翅膀覆盖。

〔19〕 呱(gū姑):小儿啼哭声。

〔20〕 实:同"是",语助词。覃(tán谈):长。讦(xū虚):大。此句说后稷哭声气长而声音洪亮。

〔21〕 载路:犹言声闻于路。

〔22〕 匍匐:伏地爬行。

〔23〕 岐:知意,会解人意。嶷(nì逆):能识别事物。毛《传》:"岐,知意也;嶷,识也。"郑《笺》:"其貌嶷嶷然有所别也。"

〔24〕 就:趋往。口食:不需人喂养,自能进食。

〔25〕 艺:种植。荏(rěn忍)菽:大豆。

〔26〕 旆旆(pèi配):枝叶扬起的样子。

〔27〕 禾役:借为"禾颖",禾穗。《小尔雅》:"禾穗谓之颖。"穟穟(suì遂):禾苗美好。

〔28〕 幪幪(měng 猛):茂密的样子。

〔29〕 瓞(dié 迭):小瓜。唪唪(běng 绷):同"菶菶",果实累累的样子。

〔30〕 穑(sè 瑟):种植庄稼。相:助。道:方法。两句说后稷种植庄稼有帮助它们生长的方法。

〔31〕 茀(fú 弗):拔除。丰草:茂盛的杂草。

〔32〕 黄茂:嘉谷。

〔33〕 方:始,指刚吐芽。苞:含苞。

〔34〕 种(zhǒng 肿):与"肿"义相近,指禾苗肥大粗壮(用孔颖达说)。褎(yòu 又):指禾苗渐渐长高。

〔35〕 发:禾茎舒展发育。秀:禾苗吐穗开花。

〔36〕 坚:谷粒坚实饱满。好:指谷粒形美色正。

〔37〕 颖:禾穗饱满下垂。栗:谷粒繁多。

〔38〕 即:就,往。邰(tái 台):地名,在今陕西省武功县西南。家室:安家定居。此句说后稷在邰地定居。相传后稷在帝尧时代,因有功于民,封于邰。

〔39〕 降:天降,天赐。嘉种:好品种。

〔40〕 秬(jù 巨):黑黍。秠(pī 披):孔《疏》:"黑黍之中有二米者,别名为之秠。"

〔41〕 穈(mén 门):红苗的谷类。芑(qǐ 起):白苗的谷类。孔《疏》:"维是赤苗之穈,维是白苗之芑。"

〔42〕 恒:通"亘",遍,满。此句说田里种满了秬秠。

〔43〕 获:收割。亩:收割后的庄稼堆放在田亩中。

〔44〕 任:抱。郑《笺》:"任,犹抱也。"负:背。此句说把庄稼从田亩中抱负回来。

〔45〕 归:指把谷物收回家。肇(zhào 兆):开始。祀:祭祀。

〔46〕 或:有的人。舂:舂米。揄(yóu 由):舀取,把舂好的米从臼中舀出。

〔47〕 簸:扬去米中的糠皮。蹂:通"揉",揉搓,使米

239

与糠皮分离。

〔48〕 释:淘米。叟叟(sōu 搜):淘米声。

〔49〕 烝:即蒸。浮浮:蒸煮时热气升腾的样子。

〔50〕 谋:商量。惟:思考。

〔51〕 萧:香蒿。脂:指牛肠脂。此句说祭祀时以香蒿与牛肠脂合烧,取其香气。

〔52〕 羝(dī 低):公羊。軷(bá 拔):祭祀路神的礼仪。古人在郊祀上帝前,先祭路神。

〔53〕 燔(fán 凡):烧:这里指把萧、脂放在火上烧。烈:烤,指把羝羊架在火上烤。

〔54〕 兴:兴旺。嗣岁:来年。

〔55〕 卬(áng 昂):我。豆:古代高脚食器。

〔56〕 登:食器,似豆而浅。

〔57〕 居:安。歆:享。此句说上帝安然享受祭品。

〔58〕 胡:大。臭(xiù 秀):气味。胡臭,指浓烈的香气。亶:确实。时:善,好。

〔59〕 庶:幸。迄:至。三句是说后稷开始祭祀以来,幸蒙神祐,没有发生获罪于天的过失,直至今天。

公　刘[1]

笃公刘,匪居匪康[2]。乃场乃疆[3],乃积乃仓[4];乃裹餱粮[5],于橐于囊[6],思辑用光[7]。弓矢斯张,干戈戚扬[8],爰方启行[9]。

笃公刘,于胥斯原[10]。既庶既繁[11],既顺乃宣[12],而无永叹[13]。陟则在巘[14]。复降在原。何以舟之[15]?维玉及瑶[16],鞞琫容刀[17]。

笃公刘,逝彼百泉[18],瞻彼溥原[19];乃陟南冈,乃觏于京[20]。京师之野,于时处处[21],于时庐旅[22],于时言言[23],于时语语。

笃公刘,于京斯依[24]。跄跄济济[25],俾筵俾几[26],既登乃依[27]。乃造其曹[28],执豕于牢[29],酌之用匏[30]。食之饮之[31],君之宗之[32]。

笃公刘,既溥既长[33]。既景乃冈[34],相其阴阳[35],观其流泉,其军三单[36];度其隰原[37],彻田为粮[38];度其夕阳[39],豳居允荒[40]。

笃公刘,于豳斯馆[41]。涉渭为乱[42],取厉取锻[43]。止基乃理[44],爰众爰有[45]。夹其皇涧[46],溯其过涧。止旅乃密[47],芮鞫之即[48]。

〔1〕 这是叙述周族开国历史的诗篇之一。诗中歌

241

咏了周人在远祖公刘的率领下,由邰迁豳(今陕西彬县附近),以及到豳地以后,开垦荒地、营造居室的经过。诗句整练,文意贯注,富有感情。公刘:后稷的曾孙。

〔2〕 笃:笃实忠厚。匪:通"非",不。居:安。康:宁。这句说公刘在邰受戎狄侵扰不能安居。

〔3〕 埸(yì亿)、疆:指划定田界。方玉润《原始》:"埸,田小界也。疆,田大界也。"此句谓公刘于是整治田地。

〔4〕 积:积存谷粮。

〔5〕 裹:包起来。餱(hóu侯)粮:干粮。

〔6〕 橐(tuó驼):无底的口袋,盛物时扎住两头。囊:有底的口袋。

〔7〕 辑:和睦。用:因而。光:光大。朱熹《集传》:"思以辑和其民人而光显其国家。"

〔8〕 干:盾。戈:平头戟。戚:斧。扬:举起。

〔9〕 爰(yuán元):于是。方:开始。启行:出发。此指开始从邰地迁往豳地。

〔10〕 胥:观察。这句是说,察看豳地这块高原。

〔11〕 庶、繁:众多的意思,指随公刘迁豳的人很多。

〔12〕 顺:和顺,顺心。宣:舒畅。马瑞辰《通释》:"言民心既顺,其情乃宣畅也。"

〔13〕 永叹:长叹。此句说没人会痛苦叹息。

〔14〕 陟:登。巘(yǎn演):小山。

〔15〕 舟:佩带。马瑞辰《通释》:"舟者,……字通作周,带周于身,故舟得训带。"这句说他身上佩带了什么?

〔16〕 瑶:似玉的美石。

〔17〕 鞞(bǐng柄):刀鞘。琫(běng绷去声):刀柄上的饰物。容刀:容饰之刀。或说容纳鞘中之刀。

〔18〕 逝:往。百泉:地名,因有众多的泉流而得名,在古泾州西三十里,今宁夏固原市东南。

〔19〕 溥（pǔ普）原：广阔的平原。

〔20〕 觏（gòu构）：看。

〔21〕 于时：于是。处处：安居。

〔22〕 庐旅：借为"旅旅"，寄居之意。马瑞辰《通释》："庐、旅，古同声通用。……旅，寄也。"

〔23〕 言言：与下句"语语"指欢声笑语的样子。《广雅》："言言、语语，喜也。"

〔24〕 依：安居。朱熹《集传》："依，安也。"此句说公刘定居京师。

〔25〕 跄跄（qiāng抢）：指步履从容有节的样子。济济：指仪容庄重的样子。郑《笺》："跄跄、济济，士大夫之威仪也。"

〔26〕 俾：使。筵：竹席。古人以席铺地，就席而坐。几：一种小案桌。句指铺席设几。

〔27〕 "既登"句：言登席后依几而坐。

〔28〕 造：借为"祰（gào告）"，告祭。曹：借为"褿（cáo曹）"，祭猪神。马瑞辰《通释》："造者，祰之假借。《说文》：'祰，告祭也。'……曹者，褿之省借。……《玉篇》：'褿，豕祭也。'"此句指在杀猪前先祭猪神。

〔29〕 执：捉。豕（shǐ矢）：猪。牢：猪圈。此句是说去圈里捉猪杀了做菜肴。

〔30〕 酌：斟酒。匏（páo袍）：葫芦。把葫芦一剖为二作酒器。

〔31〕 食（sì四）之饮之：请他们（众宾客）吃喝。

〔32〕 君之：做他们的君主。宗之：做他们的宗族之长。此句是说众人共推公刘做他们的君主和族长。

〔33〕 溥：广大。此句是说开垦出的土地宽广辽阔。

〔34〕 景：同"影"，日影。古人视日影测定方向。冈：山冈。

〔35〕 相：视察。阴：山的北面。阳：山的南面。

〔36〕 单:通"禅",更番轮流。三单,三军轮流服役,以节省民力。

〔37〕 度(duó夺):测量。隰(xí席)原:低湿和高平之地。

〔38〕 彻:治,开垦土地。为粮:生产粮食。

〔39〕 夕阳:夕阳所照之处,即山的西面。《尔雅》:"山西曰夕阳。"

〔40〕 允:确实。荒:大。

〔41〕 馆:指建筑房屋。

〔42〕 渭:渭水。为:而。乱:横流而渡。朱熹《集传》:"乱,舟之截流横渡者也。"

〔43〕 厉:同"砺",磨刀石。锻:借为"碫",石质坚硬的石头。此二石为磨制工具用。

〔44〕 止:既。基:基地。理:整治田地。

〔45〕 众:指人多。有:指物丰。

〔46〕 皇涧:涧名。此句说人们居住在皇涧两岸。

〔47〕 止:指定居的人。旅:指暂居的人。

〔48〕 芮(ruì锐):通"汭",水边向内弯曲处。鞫(jū居):水边向外弯曲处。这里泛指水边。即:就,靠近。此句是说,陆续迁来的人就靠着水边居住。

民　劳[1]

民亦劳止,汔可小康[2]。惠此中国[3],以绥四方[4]。无纵诡随,以谨无良[5]。式遏寇虐,憯不畏明[6]。柔远能迩[7],以定我王。

民亦劳止,汔可小休。惠此中国,以为民逑[8]。无纵诡随,以谨惛怓[9]。式遏寇虐,无俾民忧[10]。无弃尔劳[11],以为王休[12]。

民亦劳止,汔可小息。惠此京师[13],以绥四国。无纵诡随,以谨罔极[14]。式遏寇虐,无俾作慝[15]。敬慎威仪,以近有德[16]。

民亦劳止,汔可小愒[17]。惠此中国,俾民忧泄[18]。无纵诡随,以谨丑厉[19]。式遏寇虐,无俾正败[20]。戎虽小子,而式弘大[21]。

民亦劳止,汔可小安。惠此中国,国无有残[22]。无纵诡随,以谨缱绻[23]。式遏寇虐,无俾正反[24]。王欲玉女[25],是用大谏[26]。

〔1〕 这是一首讽谏诗。西周后期的周厉王是个贪暴之君,昏庸无道,任用奸佞,徭役繁重,劳民不止。据传召穆公作此诗谏厉王应防奸除暴,任用贤良,安抚四方,加惠于民。诗中谋国忧民之心可鉴。

〔2〕 汔(qì迄):通"乞",乞求。小康:稍安、暂安。两句是说民已十分劳苦,乞望过上稍安的生活。

〔3〕 惠:加恩惠。中国:指周王朝直接统治的区域。

因四方有各诸侯国,故称周京附近为中国。

〔4〕 绥:安抚。四方:指四方诸侯国。

〔5〕 无:勿,不要。纵:放纵。诡随:无操守的虚伪人。朱熹《集传》:"不顾是非而妄随人也。"戴震《毛郑诗考证》释此二句曰:"无纵诡曲阿从之人,以谨防其无良也。"

〔6〕 式:发语词。遏:制止。寇虐:指从事掠夺的残暴之人。憯(cǎn惨):乃,曾。明:这里指光明正道。两句是说对残暴的人必须遏止,他们竟不畏惧光明之道。即无法无天的意思。

〔7〕 柔:怀柔。能:亲善。句谓对远近诸侯国采取怀柔、亲善政策。

〔8〕 逑(qiú求):聚集,聚合。毛《传》:"逑,合也。"郑《笺》:"逑,聚也。"民逑,使众民聚合,不四散逃亡。

〔9〕 惛怓(hūn náo昏挠):喧哗。这里指乱臣喧扰,拨乱朝政。

〔10〕 俾(bǐ比):使。

〔11〕 无弃尔劳:谓国王要躬亲政事。

〔12〕 为:这里有成就之意。休:指美名、美誉。

〔13〕 京师:指镐京,周的国都。

〔14〕 罔极:没有准则,反复无常。

〔15〕 作慝(tè特):作恶。毛《传》:"慝,恶也。"

〔16〕 近:接近,亲近。有德:指有德之人。

〔17〕 愒(qì气):与上文"休","息"的意思相近。

〔18〕 泄:发泄,疏导。意为使人民的忧愤经过泄导而化解。

〔19〕 丑厉:指作恶生乱之人。

〔20〕 正:通"政",指朝政。败:败坏,废弛。

〔21〕 戎:你。与"女(汝)"一声之转。朱熹《集传》:"戎,汝也。"小子:年轻人。这里指周王。式:法式,楷模。

两句说,你虽年少,但楷模作用却很大,所以需要谨慎。

〔22〕 残:残害。

〔23〕 缱绻(qiǎn quǎn遣犬):原指丝缕纠缠解不开,这里指受小人困扰。朱熹《集传》:"缱绻,小人之固结其君者也。"

〔24〕 正:即"政"。反:反覆其道而行,即倒行逆施。

〔25〕 玉女:以汝为玉。女,汝,你。朱熹《集传》:"玉,宝爱之意。言王欲以女为玉而宝爱之。"

〔26〕 是用:是以,因此。大谏:大力劝谏。

板[1]

上帝板板,下民卒瘅[2]。出话不然[3],为犹不远[4]。靡圣管管[5],不实于亶[6]。犹之未远[7],是用大谏[8]。

天之方难[9],无然宪宪[10]。天之方蹶[11],无然泄泄[12]。辞之辑矣[13],民之洽矣[14]。辞之怿矣[15],民之莫矣[16]。

我虽异事[17],及尔同僚[18]。我即尔谋,听我嚣嚣[19]。我言维服[20],勿以为笑[21]。先民有言:询于刍荛[22]。

247

天之方虐[23]，无然谑谑。老夫灌灌[24]，小子蹻蹻[25]。匪我言耄[26]，尔用忧谑[27]。多将熇熇[28]，不可救药。

天之方懠[29]，无为夸毗[30]。威仪卒迷[31]，善人载尸[32]。民之方殿屎，则莫我敢葵[33]。丧乱蔑资[34]，曾莫惠我师[35]？

天之牖民[36]，如埙如篪[37]，如璋如圭[38]，如取如携[39]。携无曰益[40]，牖民孔易[41]。民之多辟，无自立辟[42]！

价人维藩[43]，大师维垣[44]，大邦维屏[45]，大宗维翰[46]。怀德维宁[47]，宗子维城[48]。无俾城坏[49]，无独斯畏[50]！

敬天之怒[51]，无敢戏豫[52]。敬天之渝[53]，无敢驰驱[54]。昊天曰明，及尔出王。昊天曰旦，及尔游衍[55]。

〔1〕 这是一首讽谏诗。传为周厉王时老臣凡伯所作。诗以天怒人怨作为警戒,劝导厉王怀德安民,不要倒行逆施,纵情妄为。诗以旧臣老者的身份,出谋划策,反复比喻,促其猛醒,谆谆之心溢于言表。"幽厉昏而《板》、《荡》怒"(刘勰《文心雕龙·时序》),"板荡"一词遂成后世形容政局不稳,社会动乱的典故,可见其影响深远。板:犹"反",指违反常道。

〔2〕 卒(cuì粹):"瘁"的假借字,劳苦困顿。瘅(dàn旦):病痛。

〔3〕 出话:出言,说话。不然:不对,不合情理。

〔4〕 犹:又作"猷"(yóu由),计谋、谋略。郑《笺》:"犹,谋也。"这句是说计虑不深,眼光短浅。

〔5〕 靡:无。管管(guǎn贯):无所依据。这句是说厉王不尊圣敬贤而恣意行事。

〔6〕 亶(dǎn胆):诚,信。这句是说不求实际,不讲诚信。

〔7〕 犹之未远:意同"为犹不远"。

〔8〕 是用:因此。大谏:大力劝谏。

〔9〕 天之方难:天正在降下灾难。

〔10〕 宪宪:即欣欣,欣喜的样子。这句是说不要这样得意高兴。

〔11〕 蹶(guì贵):颠倒失常。

〔12〕 泄泄(yì义):多语的样子。此指出言不慎就要获罪。

〔13〕 辞:指王朝宣布的政令,即法令。辑:和,指缓和不苛刻。

〔14〕 洽:合,和协齐心,此即政通人和的意思。

〔15〕 怿(yì译):借为殬、斁(dù杜),败坏,指苛政。

〔16〕 莫:通"瘼",病。这里指民生疾苦。

〔17〕 我:诗人自称。异事:"事异"倒文,所从事职务

249

不相同。朱熹《集传》:"异事,不同职也。"

〔18〕 及:与。尔:你们。同僚:同为王臣。

〔19〕 嚣嚣:"警警(áo 傲)"的假借字,不解人语的样子,即听不进我的话。

〔20〕 服:用,指对治国有用可行的忠告。

〔21〕 勿以为笑:不要以为是戏言。

〔22〕 询:询问,请教。刍(chú 锄):原指喂牲畜的草;荛(ráo 饶):本指柴草。刍荛,借指樵采之人。句谓古人曾称要不吝向割草砍柴的人请教,何况是"及尔同僚",作为朝臣的我呢?

〔23〕 虐:肆虐,指降灾。

〔24〕 老夫:此是诗人自谓。灌灌:犹"款款",恳切的样子。

〔25〕 小子:年轻人,此指厉王。蹻蹻(jué 决):骄傲无礼的样子。

〔26〕 耄(mào 冒):古八十岁称耄,即年老之意。这句是说,不是我卖老,摆老资格。

〔27〕 忧谑:以忧为谑。把本应担忧的事当作儿戏。苏辙《诗集传》:"以忧为戏耳。"

〔28〕 熇熇(hè 贺):火势猛烈的样子。句言众多灾难将如大火燃烧。

〔29〕 恌(qí 齐):大怒。

〔30〕 夸毗(pí 皮):指专事逢迎谄媚的软骨头。毛《传》:"夸毗,体柔人也。"

〔31〕 威仪卒迷:威仪丧尽。卒,尽、全部。迷,迷失不存。

〔32〕 善人:指贤臣。载:则。尸:行尸走肉。形容贤良之人虽生而无所作为。

〔33〕 殿屎(xī 希):《说文》引作"唸㕧",痛苦呻吟,叹息。则:而。莫我敢葵:即"我莫敢葵"的倒文。葵,同

"揆",揣度,揣测。两句说,民生之苦,已到了令人不敢深思的地步。

〔34〕 蔑:无。资:资财。句言时逢丧乱,民穷财尽。

〔35〕 曾(zēng增):何。惠:爱,施惠。有救助之意。师:指民众。这句是说,为何不救助我民众?

〔36〕 牖(yǒu友):通"诱",诱导。这句谓引导民人向善。

〔37〕 埙(xūn勋):古代陶制的一种吹奏乐器。篪(chí池):古代竹制的管乐器。二者之音彼吹此和。

〔38〕 璋(zhāng章)、圭(guī规):古代的玉制礼器。两者形状不同,但璋是圭形的一半,二璋合并起来则成圭形。所以,这里以璋圭来形容二者相应相合。

〔39〕 "如取"句:谓凡人取物携物,物必相从相随。

〔40〕 益:借为"隘",阻塞,指遇到困难。句谓携物不是难事。

〔41〕 孔易:很容易。此句是对上文诸多比喻的总结,言诱导民众本是很容易的事。

〔42〕 辟(pì僻):借为"僻",邪僻。辟:法。两句是说,下民已多邪僻,上面不要再立些不合理的法去逼迫他们。

〔43〕 价(jiè介)人:大人,指朝中大臣官吏。维:为。藩:藩篱。引申为屏障。

〔44〕 大师:大众。垣(yuán元):围墙。

〔45〕 大邦:大国,指强大的诸侯国。屏:屏障。

〔46〕 大宗:指周王的同姓宗族。翰:借为"干",骨干、栋梁的意思。毛《传》:"翰,干也。"

〔47〕 怀德:怀有好的德行。宁:指国家安宁。

〔48〕 宗子:指周王之嫡子。

〔49〕 无俾(bǐ比):不要使。

〔50〕 独:孤独,孤立。斯:是。句意是说,有了臣民

宗族为坚固的屏障,就不畏有孤立的危险了。

〔51〕 敬:敬畏,即戒惧的意思。

〔52〕 戏豫:贪求嬉戏安逸的意思。

〔53〕 渝(yú 娱):灾变。郑《笺》:"渝,变也。"

〔54〕 驰驱:本指策马快跑,这里指任性胡为。

〔55〕 明:明察。王:借为"往"。旦:明。游衍(yǎn 眼):游逛,即到处走。四句是说,上天明察一切,无时无处不在监察着你,故要知所畏惧。

荡[1]

荡荡上帝[2],下民之辟[3]。疾威上帝[4],其命多辟[5]。天生烝民,其命匪谌[6]。靡不有初[7],鲜克有终[8]。

文王曰咨[9]!咨女殷商[10]。曾是强御[11],曾是掊克[12]。曾是在位,曾是在服[13]。天降慆德[14],女兴是力[15]。

文王曰咨!咨女殷商。而秉义类,强御多怼[16]。流言以对[17],寇攘式内[18]。侯作侯祝,靡届靡究[19]。

文王曰咨！咨女殷商。女炰烋于中国[20],敛怨以为德[21]。不明尔德[22],时无背无侧[23]。尔德不明,以无陪无卿[24]。

文王曰咨！咨女殷商。天不湎尔以酒[25],不义从式[26]。既愆尔止[27],靡明靡晦[28]。式号式呼[29],俾昼作夜[30]。

文王曰咨！咨女殷商。如蜩如螗,如沸如羹[31]。小大近丧[32],人尚乎由行[33]。内奰于中国[34],覃及鬼方[35]。

文王曰咨！咨女殷商。匪上帝不时[36],殷不用旧[37]。虽无老成人,尚有典刑[38]。曾是莫听[39],大命以倾[40]。

文王曰咨！咨女殷商。人亦有言:颠沛之揭,枝叶未有害,本实先拨[41]。殷鉴不远,在夏后之世[42]。

〔1〕 这是召穆公讽谕周厉王的诗。诗中除首章外,

均假托文王的口气感叹和斥责商纣王的淫乐无度,荒政误国,警告他应以夏桀为鉴,不要蹈夏亡的覆辙。诗人通过托古讽今的手法,委曲地表达了自己的一片忧国爱君之心,使这首讽谕诗别具一格。荡荡:原为水流汹涌貌,此用以形容骄纵不法,任意胡为的样子。

〔2〕 上帝:代指君王。这里影射周厉王。

〔3〕 下民之辟(bì 壁):下民之君。毛《传》:"辟,君也。"

〔4〕 疾威:暴戾,耍威风。

〔5〕 命:指政令。辟(pì 僻):通"僻",多僻,多邪僻不正,即苛政害民的意思。

〔6〕 丞民:众民。匪:不。谌(chén 沉):诚信。两句意思是说,上天生养众民,本应引导他们为善,但王命却不讲诚信,欺诈他们,使民无向善之心。

〔7〕 靡:无,没有。初:指人之初生的善良本性。

〔8〕 鲜:少。克:能够。终:有终。指自始至终保持其本性。

〔9〕 文王曰:周文王说。以下各章均假托周文王的口气,责叹商王的无道而灭亡,借以讽谕当政的周厉王。咨(zī 资):叹息之声。

〔10〕 女:汝,你。殷商:指殷纣王。

〔11〕 曾(zēng 增):乃,竟然。是:如是。强御:强横暴虐。

〔12〕 掊(póu 抔):聚集。克:假借为"尅",搜刮。掊克,就是横征暴敛的意思。

〔13〕 在服:指当政。服,事,政事。

〔14〕 慆德:慢德。即败德的意思。毛《传》:"慆,慢也。"这句是说,上天竟降这等道德败坏的人。按这里指朝中奸佞之臣。

〔15〕 兴:兴起。是:这,指上述的恶人,恶行。力:竭

力,尽力。这句斥责商王,你起用这样的恶人,又竭力使之恣行无忌。

〔16〕 而:同"尔",你。秉:执持,任用。义类:善良的人。怼(duì队):怨恨。这两句是说,你任用善良的人,那些强暴的人就群生怨恨。

〔17〕 "流言"句:谓用流言蜚语对付那些善人。

〔18〕 寇攘:寇盗攘夺,指掠夺资财,中饱私囊。式:语助词。内:朝廷内部。

〔19〕 侯:维,于是。作:借为"诅",诅咒。祝(zhòu咒):通"咒",也是诅咒的意思。毛《传》:"作,祝,诅也。"靡:无,没有。届:至,极。究:穷,终了。两句言怨谤诅咒之言,没完没了。

〔20〕 炰烋(páo xiāo 袍箫):就是"咆哮"。中国:指西周王畿。

〔21〕 敛怨以为德:多行招怨之事而自以为有德。

〔22〕 不明尔德:不光大你的德行。

〔23〕 时:是,是以。无背:指后无贤臣支持。无侧:指旁无良臣辅佐。

〔24〕 陪:辅佐之臣。卿:卿士。

〔25〕 湎:沉湎,迷醉。这句是说,上天不让你沉湎于酒。

〔26〕 不义:不宜。毛《传》:"义,宜也。"从:纵。式:用。这句说你不应该放纵饮用。"

〔27〕 愆(qiān千):通"愆",过失,罪过。止:指容止威仪。这句是指因狂饮醉酒而失态。

〔28〕 靡明靡晦:没日没夜。指日夜狂饮,酗酒无度。

〔29〕 式:乃,又。这句是说又是号叫又是狂呼。形容纵酒后的狂乱之态。

〔30〕 俾(bǐ比):使。句谓昏天暗日,昼夜不分。

〔31〕 蜩(tiáo条)、螗(táng唐):俱是蝉名。沸:开

255

水。羹:菜汤。这两句形容朝政混乱,像蜩、螗一样杂沓喧嚣,如滚开的水和菜汤一样上下沸腾。朱熹《集传》:"如蝉鸣,如沸羹,皆乱意也。"

〔32〕 丧(sāng桑):丧亡,失败。这句说朝政混乱到不论小事、大事几乎都办不成。

〔33〕 人:指当权者。尚乎:还在。由行:即照行不误。

〔34〕 奰(bì闭):怒。这句是说对内激怒王畿的民众。

〔35〕 覃(tán谈):延长,指扩展到。鬼方:古代民族的名称,与上句"中国"对文,泛指远方之国。

〔36〕 匪:彼,那。不时:不善。

〔37〕 不用旧:废弃旧典,即不遵行先王之法。

〔38〕 老成人:指通达事理的老臣。典刑:即典型,指先王传下来的旧典常规。两句是说,虽无老臣,但旧典尚在,可以依循。

〔39〕 曾是莫听:竟然这样不听从先王遗训。

〔40〕 大命:这里指国家的命运。倾:倾覆,灭亡。

〔41〕 颠沛:颠仆,倾倒。揭:揭起,翘起。本:指树根。拨:绝,断绝。两句意思是说,倒下的树,枝叶即使未损,但树根已经断绝,还是成活不了。此比喻殷商国基已经动摇。

〔42〕 鉴:古代一种青铜镜。这里是借鉴的意思。夏后:夏王,指夏桀。这二句是说,殷人应该引以为借鉴的历史教训并不远,就在夏桀这一时代。

抑[1]

抑抑威仪,维德之隅[2]。人亦有言:靡哲不愚[3]。庶人之愚,亦职维疾[4]。哲人之愚,亦维斯戾[5]。

无竞维人[6],四方其训之[7]。有觉德行[8],四国顺之[9]。訏谟定命[10],远犹辰告[11]。敬慎威仪,维民之则[12]。

其在于今[13],兴迷乱于政[14]。颠覆厥德[15],荒湛于酒[16]。女虽湛乐从[17],弗念厥绍[18]。罔敷求先王[19],克共明刑[20]。

肆皇天弗尚[21],如彼泉流,无沦胥以亡[22]。夙兴夜寐[23],洒扫廷内[24],维民之章[25]。修尔车马,弓矢戎兵[26]。用戒戎作[27],用遏蛮方[28]。

质尔人民,谨尔侯度[29],用戒不虞[30]。慎尔出话[31],敬尔威仪,无不柔嘉[32]。白珪之玷[33],尚可磨也[34];斯言之玷,不可为也[35]。

无易由言[36],无曰苟矣[37]。莫扪朕舌,言不可逝矣[38]。无言不雠[39],无德不报。惠于朋友,庶民小子。子孙绳绳[40],万民靡不承[41]。

视尔友君子[42],辑柔尔颜[43],不遐有愆[44]。相在尔室,尚不愧于屋漏[45]。无曰不显[46],莫予云觏[47]。神之格思[48],不可度思[49],矧可射思[50]。

辟尔为德,俾臧俾嘉[51]。淑慎尔止[52],不愆于仪[53]。不僭不贼[54],鲜不为则[55]。投我以桃,报之以李[56]。彼童而角[57],实虹小子[58]。

荏染柔木,言缗之丝[59]。温温恭人[60],维德之基[61]。其维哲人,告之话言[62],顺德之行[63]。其维愚人,覆谓我僭[64],民各有心[65]。

於乎小子[66]!未知臧否[67]。匪手携之[68],言示之事[69]。匪面命之[70],言提其耳[71]。借曰未知,亦既抱子[72]。民之靡盈,谁夙知而莫成[73]?

昊天孔昭,我生靡乐[74]。视尔梦梦[75],我心惨惨[76]。诲尔谆谆[77],听我藐藐[78]。匪用为教[79],覆用为虐[80]。借曰未知,亦聿既耄[81]。

於乎小子!告尔旧止[82]。听用我谋,庶无大悔[83]。天方艰难,曰丧厥国。取譬不远[84],昊天不忒[85]。回遹其德[86],俾民大棘[87]。

〔1〕 这是《大雅》中较长的一篇讽谕诗,一般认为是卫武公作。平王时卫武公为卿士,相传他持身谨慎,年老时曾作《懿戒》以自儆。"懿",通"抑",即指此诗。从全诗内容看,作者目击时弊,其中有自儆,但更多的是告诫周王。诗中虽有怨言,但用词恳切。后世"耳提面命"、"视尔蒙蒙"、"听之藐藐"等熟语,即出自本篇。

〔2〕 隅:原指棱角,此喻人德行端正。

〔3〕 靡哲不愚:没有智者不装糊涂。君王失德败仪,哲人则畏罪装愚。

〔4〕 庶人:众人,指普通人,一般人。亦:语助词。职:主要。维:是。疾:患。这二句说,庶人之愚,从根本上说是他们的通病。

〔5〕 戾(lì力):乖戾,违反常道。

〔6〕 无竞:莫强于。严粲《诗缉》:"无竞者,莫强也。孟子云:'天下莫强焉。'《经》中言'无竞',皆同。"人:这里指贤哲之人。这句意思是说,国家莫强于有贤哲之人。

〔7〕 训:借为"顺",顺服。

〔8〕 觉:大。郑《笺》:"觉,大也。"

〔9〕 四国:四方诸侯国。顺:归顺。

〔10〕 讦(xū虚):大,远大。谟(mó磨):谋略。定

259

命:审定法令。这句是说用远大的谋略来确定政令。

〔11〕 远犹:远谋、宏图。犹,同"猷"。辰告:及时宣告。这句是说,远大的谋略要及时宣告给民人。

〔12〕 维:为,是。则:准则,典范。

〔13〕 其:其人,指当政之君。在于今:在当今之世。

〔14〕 兴:作。迷乱:混乱。这句是说做出使朝政混乱的事。

〔15〕 颠覆:颠倒,败坏。厥:其。德:德性。

〔16〕 荒:荒乱,放纵。湛(dān 丹):过度逸乐的意思。这句是说,放纵无度地饮酒。

〔17〕 女:汝,指周王。虽:通"惟",只。从:放纵。这句的意思是,你只知欢乐无度,放纵自己。

〔18〕 弗:不。念:思。绍:继承。这句是说,不考虑继承先王的功业。

〔19〕 罔:不。敷求:即广求。这句说,不去多方求取先王之道。

〔20〕 克:能。共:假为"拱",双手合抱,即把握的意思。明刑:明法。

〔21〕 肆:语助词,有所以的意思。弗尚:不保佑。

〔22〕 "如彼"二句:意思是说,国运就如泉水之流失,君臣切勿相沉沦而败亡。沦胥,相沉沦。

〔23〕 夙兴:早起。夜寐:晚睡。

〔24〕 廷内:指院落。廷,通"庭"。这里比喻勤于国事。

〔25〕 维:为,是。章:表率。

〔26〕 戎兵:这里指兵器。

〔27〕 戒:戒备。戎作:发生战事。

〔28〕 遏(tì 惕):又作"剔",除,指驱逐。蛮方:指边远异族。

〔29〕 质:定。《广雅·释诂》:"质,定也。"谨:谨守。

侯度:诸侯的法度。两句言要使你的人民安定,你统率的诸侯要谨慎遵守法度。

〔30〕不虞:不测,指意外的变故。

〔31〕出话:发言,说话。

〔32〕柔嘉:指出言和善,容止嘉美。

〔33〕白圭之玷(diàn店):白玉圭上的小疵点。

〔34〕磨:研磨去掉。

〔35〕不可为:不可去除。即无法挽回之意。

〔36〕易:轻易、轻率。由言:顺口乱说。

〔37〕苟:苟且。指不负责任的话。

〔38〕扪(mén门):按住。朕:我。逝:往。两句说,没人按住我的舌头,而话一出口,就再收不回来了。即出言应十分谨慎之意。

〔39〕雠(chóu仇):对答,应答。孔《疏》:"相对谓之雠。"这句的意思是,没有话说出去是无反响的。

〔40〕绳绳:绵延不绝的样子。这句说,这样你将子孙世代不绝。

〔41〕靡不承:没有不顺从的。

〔42〕视:看待,对待。友君子:即朋友。"君子"有尊称的意思。

〔43〕辑:和。柔:温和。颜:容颜。句为和颜悦色之意。

〔44〕遐(hé何):通"何"。愆(qiān千):过错。这句是说,怎么会有什么过错呢?

〔45〕相:视,看。在尔室:即尔在室,指独处室中。不愧:对得住。屋漏:室的西北角。毛《传》:"西北隅谓之漏。"盖因古时多在室西北角开有天窗,以便阳光射入。二句意思是说,人处独室,还要求无愧于上天,即不做亏心事的意思。

〔46〕无曰:不要说。不显:即身处隐蔽的意思。

〔47〕 觏(gòu 构):看见。莫予云觏,即"莫云觏予"的倒文,别说没人会看见我。

〔48〕 格:至,到的意思。思:语气词。即神明降临。

〔49〕 度(duó 夺):揣度,测知。

〔50〕 矧(shěn 审):何况,怎么。射(yì 译):厌,厌弃。这句是说,怎么可以厌弃不敬呢?

〔51〕 辟:彰明。俾(bǐ 比):使。臧:善。嘉:美。两句言光大你的德行,使之达到尽善尽美的地步。

〔52〕 淑:善,好。止:行为举止。这句是说,要慎重你的举止,保持善美。

〔53〕 愆(qiān 千):过失。句意是说,不要损害威仪。

〔54〕 不僭(jiàn 建):行为不越轨。贼:残害。这句是说,没有越轨的行为,又不残害人。

〔55〕 鲜(xiǎn 显):少。则:准则。此句意思是很少有不为众人所效法,而成为典范的。

〔56〕 投:投赠。两句近于《卫风·木瓜》。意思是善来善往,均以好意相酬报。

〔57〕 彼:那。童:指无角的小羊。而角:而自以为有角。这句形容自以为是幼稚无知的人。

〔58〕 虹(hòng 哄):通"讧",溃败。毛《传》:"虹,溃也。"这句是说,结果遭受溃败的是你小子自己。

〔59〕 荏(rěn 忍)染:柔弱的样子。言:语首助词。缗(mín 民):作动词,安上丝。丝:指琴瑟的弦。两句用柔木加上丝可以制琴,比喻秉性温和是有德的根本。

〔60〕 温温:宽厚温顺的样子。恭人:恭谨之人。

〔61〕 维:是。基:基本,根本。

〔62〕 话言:指善言。

〔63〕 顺德之行:循善德之言而行。

〔64〕 "覆谓"句:反而说我不诚实。僭,虚假,不诚

实。郑《笺》:"僭,不信也。"

〔65〕 "民各"句:是说人心各有不同。指上述哲人、愚人之异行而言。

〔66〕 於乎:叹词,即"呜呼"。

〔67〕 臧:善。否(pǐ匹):不善,恶。句谓不知善恶,不辨是非。

〔68〕 匪:非,非但。携之:用手牵领着他。

〔69〕 言:语助词。示:指示。这句说,还要指出具体的事给他看。

〔70〕 匪面命之:非但当面教诲他。

〔71〕 提其耳:指还提着耳朵警醒他。

〔72〕 "借曰"二句:你托言自己年幼无知,但实际上已是有儿子的人了。

〔73〕 民:人。靡盈:不盈。夙:早。莫:古"暮"字。两句说,做人要是不自满,岂有早闻道而晚成才的道理呢?

〔74〕 "昊天"二句:上天非常明察,我生来不敢逸乐。孔,甚,很。昭,明。

〔75〕 梦梦:昏昏然不明事理的样子。

〔76〕 惨惨:愁苦凄惨的样子。

〔77〕 谆谆:言词恳切的样子。

〔78〕 藐藐:不重视,不在意。

〔79〕 匪:不。教:教导,意思是说不把我的话当做有益的教导。

〔80〕 虐(xuè谑):"谑"的假借,戏谑。意思是说,反而作为戏言来看待。

〔81〕 聿(yù欲):语助词。耄(mào冒):古时八十岁以上称"耄",这里泛指年老。这二句是说,你托言幼稚无知,可你实际已经老大不小了。

〔82〕 告:告诫。旧止:指先王礼法。俞樾《平议》:"止,礼也。"

〔83〕 庶:庶几,差不多。无大悔:没有大的悔恨。

〔84〕 取譬:打比喻,指举证一些事情。不远:不用远求。

〔85〕 昊天不忒(tè 特):上天不会有差错。

〔86〕 回遹(yù 玉):邪僻。这句是说,是你邪僻败德。

〔87〕 棘:通"急",危急,指招致大灾难。

云　汉[1]

倬彼云汉[2],昭回于天[3]。王曰:於乎!何辜今之人[4]?天降丧乱,饥馑荐臻[5]。靡神不举[6],靡爱斯牲[7]。圭璧既卒[8],宁莫我听[9]!

旱既大甚,蕴隆虫虫[10]。不殄禋祀[11],自郊徂宫[12]。上下奠瘗[13],靡神不宗[14]。后稷不克[15],上帝不临[16]。耗斁下土[17],宁丁我躬[18]!

旱既大甚,则不可推[19]。兢兢业业[20],如霆如雷[21]。周馀黎民[22],靡有孑遗[23]。昊天上帝[24]!则不我遗[25]。胡不相畏?先祖于摧[26]。

旱既大甚,则不可沮[27]。赫赫炎炎[28],云我无所[29]。大命近止[30],靡瞻靡顾[31]。群公先正[32],则不我助。父母先祖,胡宁忍予[33]?

旱既大甚,涤涤山川[34]。旱魃为虐[35],如惔如焚[36]。我心惮暑[37],忧心如熏。群公先正,则不我闻[38]。昊天上帝!宁俾我遁[39]?

旱既大甚,黾勉畏去[40]。胡宁瘨我以旱[41],憯不知其故[42]。祈年孔夙,方社不莫[43]。昊天上帝!则不我虞[44]。敬恭明神[45],宜无悔怒[46]。

旱既大甚,散无友纪[47]。鞫哉庶正[48]!疚哉冢宰[49]。趣马师氏[50],膳夫左右[51]。靡人不周[52],无不能止[53]。瞻卬昊天[54],云如何里[55]?

瞻卬昊天,有嘒其星[56]。大夫君子,昭假无赢[57]。大命近止,无弃尔成[58]。何求为我[59]?以戾庶正[60]。瞻卬昊天,曷惠其宁[61]?

〔1〕 这首诗真实反映了周宣王时期一次大旱灾的景况。诗歌以周宣王祈天禳灾的口气,描绘了当时严重的旱情:暑热如焚,山荒水枯,饥馑并至,民无孑遗。虽反复祭祖求神而旱象不止,正是一幅古代天灾的写真图。云汉:天河。

〔2〕 倬(zhuō 卓):浩大而明亮。

〔3〕 昭:明亮。回:转,运转。指明亮的天河在天空运转。

〔4〕 王:指周宣王。於乎:即"呜呼",叹声。何辜今之人:即"今之人何辜",今天的臣民有什么罪过?

〔5〕 饥馑(jǐn 紧):谷不熟称饥,蔬不熟为馑,此指灾荒。荐臻:指接连发生。臻(zhēn 珍),至。

〔6〕 靡神不举:无神不祭。举,指举行祭祀。

〔7〕 爱:吝惜。牲:祭祀用的牛、羊等牲畜。此说不吝惜各种祭祀用的牺牲。

〔8〕 圭、璧:两种礼神之玉。既卒:已用尽。

〔9〕 宁:宁愿。莫我听:即"莫听我"。这句是说,竟不肯听我的祈求!

〔10〕 蕴:积聚。隆:盛。蕴隆,形容暑气郁积而隆盛。虫虫:热气蒸腾的样子。孔《疏》:"虫虫,热气蒸人之貌。"

〔11〕 不殄(tiǎn 舔):不断绝。禋(yīn 因)祀:古代祭天的仪式。这里泛指祭祀。

〔12〕 郊:指郊祭,在郊外祭祀天地。徂:到。宫:指宗庙,即祭祖。

〔13〕 上下:指天地。奠瘗(yì 意):上祭天为奠,下祭地为瘗。瘗,埋,埋葬。指埋玉于地下以祭地。

〔14〕 宗:尊。

〔15〕 后稷:周人的始祖。不克:不能,这里指祖先也

不能保佑。

〔16〕 不临:不降临,即不来看顾的意思。

〔17〕 耗:损失,损伤。斁(dù 杜):败,败坏。下土:指人间。即人间尽遭摧残的意思。

〔18〕 丁:当,遭逢。我:周王自称。躬:自身。这句的意思是,乃让我身当其灾难。

〔19〕 推:除去。

〔20〕 兢兢业业:形容小心恐惧的样子。

〔21〕 如霆如雷:像对雷霆那样畏惧。

〔22〕 周馀黎民:周地剩馀下的黎民百姓。

〔23〕 孑遗:遗留。这句形容灾害严重,多有死亡,遗留无口。

〔24〕 昊天:苍天。这句是呼告语。

〔25〕 遗(wèi未):恤问,有关怀的意思。不我遗,即"不遗我",不来恤问我。

〔26〕 摧:毁灭。句指先祖之祭将从此而断绝。

〔27〕 沮(jǔ举):终止。

〔28〕 赫赫炎炎:形容烈日炎炎,如火燃烧的样子。

〔29〕 云:语助词。无所:无处。指无处可以躲避。

〔30〕 大命:寿命,此指死亡的日期。近:临近。止:语气词。

〔31〕 靡瞻靡顾:即不瞻不顾,指上帝诸神不来照看我,顾念我。

〔32〕 群公:指先世诸王。先正:指先世士卿贤臣。这里均指他们的在天之灵。

〔33〕 "胡宁"句:怎能忍心这样对待我。即不肯救助我的意思。

〔34〕 涤涤(dí笛):草木旱死,山秃水尽的样子。

〔35〕 旱魃(bá拔):古代传说中的旱神。为虐:肆虐为害。

〔36〕 惔(tán 谈):火烧。

〔37〕 惮:忧惧,害怕。暑:酷热。

〔38〕 闻:王引之《经义述闻》:"犹恤问也。"

〔39〕 遁:逃脱。

〔40〕 黾(mǐn 敏)勉:勉力。畏:可畏,可怕,指旱灾。去:除去。这句是说,努力事神,求除去可怕的旱灾。

〔41〕 瘨(diān 颠):病,指灾害。

〔42〕 憯(cǎn 惨):曾。郑《笺》:"憯,曾也。"故:缘故。

〔43〕 祈年:一种祭礼,向神祈求丰年。孔夙:很早,指早已举行过。方:祭四方之神。社:祭土神。不莫:不暮,不晚。二句意思是说,祭祀及时,从未延误。

〔44〕 虞:助,助佑。

〔45〕 明神:即神明。这句说,恭敬地祭祀神明,即上文的"孔夙"、"不莫"。

〔46〕 宜无悔怒:应该不致招来神明的恨怒。

〔47〕 散:散乱。友:通"有"。这句说,因饥荒离乱而造成礼法纲纪松弛散乱。

〔48〕 鞫(jū 居):穷困。庶正:百官之长。

〔49〕 疚(jiù 旧):忧愁。冢宰:官名,其职位如后世宰相。

〔50〕 趣马:掌管马政之官。师氏:指统率军兵之官。

〔51〕 膳夫:掌管饮食之官。左右:指王之左右的大夫、士等群臣。

〔52〕 靡人:没有人。周:周济,指赈灾。

〔53〕 无不能止:没人称自己不能这样做,而最终还是停止不做。此指诸官并不真的尽心尽力。朱熹《集传》:"无不能止,言诸臣无有一人不周救百姓者,无有自言不能,而遂止不为也。"

〔54〕 瞻卬:即瞻仰,抬头望。卬,通"仰"。

〔55〕 云:发语词。里:通"悝",忧。朱熹《集传》:"里,忧也。"

〔56〕 有嘒(huì 惠):即嘒嘒,群星闪耀的样子。满天明星正说明天晴无雨。

〔57〕 昭:光明。假:至。指神降临。无赢:无爽。这句的意思是,神定会不失信而至。

〔58〕 无弃尔成:不要放弃你的前功,指仍要继续举行祈神除灾的祭祀活动。

〔59〕 何求为我:谓祈求何只是为我自身的利益。

〔60〕 戾:定,安定。毛《传》:"戾,定也。"庶正:泛指庶民百官。

〔61〕 曷:何,何时。惠:加惠,施恩。宁:安宁。这句是说,上天何时施恩惠给我安宁呢?

瞻卬[1]

瞻卬昊天,则不我惠[2]。孔填不宁[3],降此大厉[4]。邦靡有定[5],士民其瘵[6]。蟊贼蟊疾[7],靡有夷届[8]。罪罟不收[9],靡有夷瘳[10]。

人有土田,女反有之[11];人有民人,女覆夺之[12]。此宜无罪[13],女反收之[14];彼宜有罪,女覆说之[15]。

269

哲夫成城[16]，哲妇倾城[17]。懿厥哲妇[18]，为枭为鸱[19]。妇有长舌[20]，维厉之阶[21]。乱匪降自天，生自妇人。匪教匪诲[22]，时维妇寺[23]。

鞫人忮忒[24]，谮始竟背[25]。岂曰不极[26]？伊胡为慝[27]？如贾三倍[28]，君子是识[29]。妇无公事[30]，休其蚕织[31]。

天何以刺[32]？何神不富[33]？舍尔介狄[34]，维予胥忌[35]。不吊不祥[36]，威仪不类[37]。人之云亡[38]，邦国殄瘁[39]。

天之降罔[40]，维其优矣[41]。人之云亡，心之忧矣。天之降罔，维其几矣[42]。人之云亡，心之悲矣。

觱沸槛泉[43]，维其深矣[44]。心之忧矣，宁自今矣[45]？不自我先[46]，不自我后[47]。藐藐昊天[48]，无不克巩[49]。无忝皇祖[50]，式救尔后[51]。

270

〔1〕 这是一首讽刺周幽王宠爱褒姒导致纲纪败坏,大乱亡国的诗歌。诗中对周幽王的昏庸无耻,任用奸邪,倒行逆施,斥逐忠良作了较全面深刻的揭露。言辞激愤凄楚,表现了诗人的悲愤之情和忧国忧时的苦衷。瞻卬:仰望。卬,通"仰"。

〔2〕 则我不惠:即"则不惠我"的倒文。这是呼告语,说老天无情,不惠爱我。

〔3〕 孔:很。填(chén尘):久。不宁:不安宁。

〔4〕 大厉:大的祸乱。

〔5〕 邦:邦国,国家。靡:无。定:安定。这句是说,祸乱不已,国家没有一处安定。

〔6〕 士民:士子和庶民。瘵(zhài寨):病,引申为忧患。

〔7〕 蟊贼:原指吃庄稼的害虫,这里喻祸国殃民的恶人。蟊疾:蟊虫为害。

〔8〕 夷:平。届:终极。这句是说,没有平息,没有尽头。即灾祸连绵,无穷无尽的意思。

〔9〕 罟(gǔ古):网,指罗织法网来陷害臣民。不收:不收敛。

〔10〕 瘳(chōu抽):病愈。这句说,祸患永无平息和终止之日。

〔11〕 女:汝,你。反:反而。有:指侵占。

〔12〕 民人:指奴隶、奴仆。两句写掠夺人口。

〔13〕 此宜无罪:这人本该无罪。

〔14〕 收:收捕。

〔15〕 说:通"脱",开脱,赦免。

〔16〕 哲夫:有智谋的男子。成城:能立国为王。

〔17〕 哲妇:多智谋的女人,这里指幽王的宠妃褒姒。倾城:倾覆国家。

〔18〕 懿:叹词,通"噫"。厥:其,那个。

271

〔19〕 枭(xiāo消)、鸱(chī痴):两种猛禽,古人认为是恶鸟,其声主灾凶。

〔20〕 长舌:指多言,搬弄是非。

〔21〕 维:是。厉:恶,祸乱。阶:阶梯,这里指致乱的根源。

〔22〕 匪教匪诲:不听教诲,即不纳言从善。

〔23〕 时:是。维:为。妇:指褒姒。寺:指奄人,王身边的内侍。这句是说,王变得昏庸不听善言,就是因为亲近妇人和内侍的缘故。

〔24〕 鞫(jū居):鞫问,穷诘。鞫人,指摸人的底。忮(zhì志):害。忒(tè特):变换。这句是说,他们穷究他人,变换手法害人。

〔25〕 谮(zèn怎去声)始:即始谮,先说别人的坏话。竟:终。背:背弃。句意谓最终使君王改变态度,与你反目。

〔26〕 岂:难道。曰:语助词。不极:犹言无所不用其极,即不择手段,坏到极点。

〔27〕 "伊胡"句:怎么如此作恶多端呢?慝(tè特),恶。

〔28〕 贾(gǔ古):坐商为贾,这里指做买卖。三倍:泛指获利多。这句是说,他们就像经商一样,利欲熏心,贪心不足。

〔29〕 识:知。这句意思是说,凡正人君子对他们的恶迹都看得很清楚。

〔30〕 妇:指褒姒。公事:内宫之事。马瑞辰《通释》:"此诗公事,当即'宫事'之假借。宫事即蚕事也。"周代有公桑之事,为后宫妃嫔的任务。无公事,指不从事蚕桑织绩一类的女工。

〔31〕 休其蚕织:放弃她养蚕织布之事。这里指她不安于职守,来干预朝政。

〔32〕 天何以刺:上天为何责备周王?

〔33〕 富:通"福",福祐。马瑞辰《通释》:"富、福,古同部通用。"这句是说,神为何不福祐周王?

〔34〕 舍:放弃。尔:你。介:大。狄:通"逖",远。介狄,指国家的远谋大计。

〔35〕 维:只是。予:我,诗人自称。胥忌:相忌恨。

〔36〕 不吊:不善。不祥:不吉祥。指周王行为不善,招致国家出现多种不吉祥之事。

〔37〕 威仪不类:指周王不修威仪,不类人君。

〔38〕 人:指朝中的贤人、旧臣。云:语气词。亡:无,指或出走,或死去。

〔39〕 邦国:国家。殄(tiǎn 舔)、瘁:都指病情深重,这里指行将败灭。

〔40〕 罔:网罗。此指普降灾祸。

〔41〕 优:宽而大。句谓今人无所逃避的意思。

〔42〕 几:危,危险。

〔43〕 觱(bì 必)沸:滚滚流出的样子。槛泉:滥泉,泛滥四溢的泉水。

〔44〕 维其深矣:它是那么深啊。此用泉水四溢比喻内心忧愁的深重繁多。

〔45〕 宁自今矣:难道是从今天才有的吗?

〔46〕 不自我先:不在我生之前。

〔47〕 不自我后:不在我生之后。此谓生不逢时,正遇到灾乱之世。

〔48〕 藐藐:高远的样子。昊天:上天。

〔49〕 无不克巩:没有不能巩固的。这里是呼号上天,来保护周的统治。

〔50〕 忝:辱没。皇祖:先祖,指文王、武王。

〔51〕 式:发语词。救:挽救。尔后:你的子孙后代。末句是诗人最后期望周幽王能改过自新,挽回天意,以使

273

周王朝继续统治下去。

召　旻[1]

旻天疾威,天笃降丧[2]。瘨我饥馑[3],民卒流亡[4]。我居圉卒荒[5]!

天降罪罟[6],蟊贼内讧[7]。昏椓靡共[8],溃溃回遹[9],实靖夷我邦[10]。

皋皋訿訿[11],曾不知其玷[12]。兢兢业业,孔填不宁[13],我位孔贬[14]。

如彼岁旱[15],草不溃茂[16]。如彼栖苴[17],我相此邦[18],无不溃止[19]。

维昔之富不如时[20],维今之疚不如兹[21]。彼疏斯粺[22],胡不自替[23]?职兄斯引[24]。

池之竭矣,不云自频[25]?泉之竭矣,不云自中[26]?溥斯害矣[27]!职兄斯弘[28],不烖我躬[29]？

昔先王受命[30]，有如召公[31]。日辟国百里[32]；今也日蹙国百里[33]。於乎哀哉[34]，维今之人[35]，不尚有旧[36]！

〔1〕 这篇从内容和语气上都与上一篇相似。只是这篇重点在讽刺幽王任用小人，放逐贤臣，以致弄得民病国危，灾难连年。诗中首先描写了上天降灾，百姓流亡，哀鸿遍野的惨状。认为这是上天示警，都是由于幽王无道造成的。但对国之将倾，诗人又觉无力挽回，于是今昔对比，哀痛国无开国盛世时召公那样的贤臣，故以"召旻"为题，意思是哀伤天下没有如召公那样的贤臣。旻(mín 民)：昊天，苍天。

〔2〕 笃：厚，多。此有严重又频繁的意思。丧：丧乱，死丧祸乱。

〔3〕 瘨(diān 颠)：病，痛苦。此用作动词。

〔4〕 卒：尽。

〔5〕 居：国中。圉(yǔ 语)：边疆。卒荒：尽遭灾荒。

〔6〕 罟(gǔ 古)：网。句谓上天降下这刑罪之网。

〔7〕 蟊(máo 矛)贼：原指吃庄稼的害虫，这里指害民的昏君佞臣。内讧：内部争斗。

〔8〕 昏：昏乱。椓(zhuó 酌)：通"诼"，以谣言、谗言互相加害。靡共：不能正常供职。

〔9〕 溃：借作"愦"，混乱。回遹(yù 玉)：邪僻。这句是说，朝中一片混乱，邪僻横行。

〔10〕 实：实在。靖：图谋。夷：夷平，毁灭。这句是

275

说,实在是图谋毁灭我的国家。

〔11〕 皋:通"谣",欺诈诳骗。訾(zǐ子):通"訾",诋毁诽谤。

〔12〕 玷(diàn店):本指玉上的斑点,这里借指人的缺点,污点。这句说,却不知自身的缺点过失。

〔13〕 孔:很,甚。填(chén尘):久。朱熹《集传》:"填,久也。"此句谓谨慎勤勉尽心做事者,都长久不得安宁。

〔14〕 我位:我的职位。孔贬:大遭贬黜。

〔15〕 如彼岁旱:如同那大旱之年。

〔16〕 溃:乱,形容草随处乱长。这句是说,由于天大旱连最容易生长的野草也不繁茂。

〔17〕 栖:指偃伏在地面。苴(chá茶):枯槁的草。

〔18〕 我相此邦:我看这个国家。

〔19〕 溃:溃乱。止:语气词。这句是说,没有一处不乱糟糟。

〔20〕 "维昔"句:往日是那么富裕,从不像时下这样贫困。

〔21〕 疚(jiù救):贫病,穷困。句谓如今贫病之甚是从未有过的。

〔22〕 疏:粗糙之米。粺(bài败):精米。句言那些该吃粗米的人,现在反而吃精米。喻小人得势。

〔23〕 胡:何,为何。替:废退。这句的意思是,小人为何不引咎自退,让位给贤人。

〔24〕 职:尚,还在。兄(kuàng矿):同"况",更加。斯:语助词。引:长,延长。这句是说,奸佞小人还身居高位,更加延长这祸乱。

〔25〕 频:通"濒",水边。这句是说,池水枯竭,不是从水边开始吗?

〔26〕 自中:从泉内。以上比喻国势衰败由外及内,

276

又由内及外。

〔27〕 溥斯害矣:遍及内外的灾害啊。溥,通"普",普遍。

〔28〕 弘:大。句言灾害还在增长扩大。

〔29〕 烖:"灾"的本字。不烖我躬,这场灾难怎能不殃及我身?

〔30〕 先王:指文王、武王。

〔31〕 召公:指召康公奭(shì士)。这句是说,当时有像召公奭那样的贤能之臣来辅佐。

〔32〕 "日辟"句:每天开辟国土达百里。

〔33〕 蹙(cù促):缩小。这句说,如今却每天缩小疆土百里。这里指由于异族入侵和诸侯叛离而丧失领土。

〔34〕 於(wū乌)乎:即"呜呼",叹词。

〔35〕 维:语助词。今之人:指昏君佞臣。

〔36〕 不尚:不尊崇。旧:指有贤德的老臣。

周 颂

清 庙[1]

於穆清庙[2],肃雍显相[3]。济济多士[4],秉文之德[5]。对越在天[6],骏奔走在庙[7]。不显不承[8],无射于人斯[9]。

〔1〕 这是周王率群臣祭祀周文王的诗。诗中描写众公侯、文士,敬肃融洽、威仪严正地同来助祭。一起颂扬文王的在天之灵,虔诚地趋奔于庙堂之上。最后写要彰显文王的德业,继承不废,永远供奉。辞清意美,列为《颂》之首篇。

〔2〕 於(wū 乌),赞叹词。清:清明。庙:庙宇。郑《笺》:"清庙者,祭有清明之德者之宫也,谓祭文王也;天德清明,文王象焉。"

〔3〕 肃:敬肃。雍(yōng 拥):和谐。显:高贵显赫。相:助祭的公侯。朱氏《集传》:"相,助也,谓助祭之公卿诸侯。"

〔4〕 济济(jǐ 挤):威仪整肃的样子。多士:指众多参祭的朝士。

〔5〕 秉:执持。文之德:即"文德",指与武功相对的文事方面的才德。

〔6〕 对越:报答称扬。对,报答;越,通"扬",《尔雅》:"越,扬也。"在天:指先王在天之灵。

〔7〕 骏:迅速。这句是说急疾奔走趋奉祭事于宗庙。马瑞辰《通释》:"庙中奔走以疾为敬。"

〔8〕 不:通"丕",大。显:光耀,发扬。承:继承,此指后继者有人,指武王。

〔9〕 无射(yì亦):不厌。斯:语气词。这句是说,不受人的厌弃,世代享受崇敬和供奉。

昊天有成命[1]

昊天有成命,二后受之[2]。成王不敢康[3],夙夜基命宥密[4]。於缉熙[5],单厥心[6],肆其靖之[7]。

〔1〕 这是祭祀周成王的诗。颂赞成王能够继承文王、武王的功业,勤勉治理国家,光大王业,安靖天下。昊(hào浩)天:上天。成命:明命,定命。

〔2〕 二后:指文王和武王。毛《传》:"二后,文、武也。"古代天子和诸侯都可以称后。受之:承受天命。

〔3〕 成王:名诵,周武王之子。康:安。此句是说成王继承文、武二王的功业,不敢坐享安逸。

〔4〕 夙夜:从早到晚。基命:奉持天命,即奉持上帝所给的王业(高亨说,见《诗经今注》)。宥:通"有",语助词。密:读作"勉",努力,勤勉。于省吾《泽螺居诗经新证》卷四:"'夙夜基命宥密',应读作'夙夜基命有勉'。"

〔5〕 於(wū乌):感叹词。缉熙:光明。

〔6〕 单:笃厚,诚信。毛《传》:"单,厚。"这句说,能

279

心存诚信。

〔7〕 肆:故,所以。靖:安靖,指安定天下。

思 文[1]

思文后稷,克配彼天[2]。立我烝民[3],莫匪尔极[4]。贻我来牟,帝命率育[5]。无此疆尔界[6],陈常于时夏[7]。

〔1〕 这是祭祀周始祖后稷的诗。颂扬后稷始创农业,养活众民,并推广于全中国。思:助词。文:指有文德。

〔2〕 克:能。配天:配享于天,指与上天同享祭祀。

〔3〕 立:通"粒"。朱熹《集传》:"立、粒通。"指谷粒,此用作动词,谓以种谷物为食。烝民:众民。相传后稷是首创农业的人,故云。

〔4〕 匪:非。极:准则。此句说民众种谷无不以你为准则。

〔5〕 贻:遗留,留下。来牟:泛指麦类。来,小麦;牟,大麦。率:皆,全。育:养。此二句言上帝命令种植百谷,以养育众民。

〔6〕 "无此"句:言不分彼此的疆界,即一视同仁的意思。

〔7〕 陈:推行,推广。常:常政,常法。《国语·越语》:"常,典法也。"此指农耕技艺和田亩制度等。时:是。夏:指中国。马瑞辰《通释》:"陈常于时夏,谓陈农政于中夏也。"

臣　工[1]

嗟嗟臣工,敬尔在公[2]。王釐尔成[3],来咨来茹[4]。嗟嗟保介[5],维莫之春[6],亦又何求[7]?如何新畬[8]?於皇来牟[9],将受厥明[10]。明昭上帝[11],迄用康年[12]。命我众人[13],庤乃钱镈[14],奄观铚艾[15]。

〔1〕 周代在始耕、薅(hāo 蒿)田(锄草)、收获时,均要举行农事典礼。这是周王在春天始耕典礼上,督导农事,祈求丰年的诗。诗的后半篇七句,是对丰收的预期之词。吴闿生《诗义会通》引证旧评说:"'於皇'以下,虚拟之词,笔情飞舞。"臣工:指群臣百官。

〔2〕 嗟嗟:叹词,敦促告诫的语气。朱熹《集传》:"嗟嗟,重叹以深敕之也。"敬:恭谨。公:公事。这二句是说,你们这些臣公百官们,要恭敬勤谨地为公家做事。

〔3〕 釐(lí 离):通"赉(lài 赖)"。赐,这里有颁布的意思。成:成法。朱熹《集传》:"成,成法也。"这里指农耕、农政之法。

〔4〕 咨:咨询,有请示的意思。茹:度,用心体察、思量。

〔5〕 保介:田官,即田畯。郭沫若《青铜时代·由周代农事诗论到周代社会》:"所谓'保介',……应该就是后来的田畯,也就是田官,介者界之省,保介者保护田界

之人。"

〔6〕 维:语气词。莫:古"暮"字,莫之春,即暮春,周历的暮春相当于夏历的初春。

〔7〕 亦:助词。又:通"有"。求:要求。

〔8〕 新:即新田,开垦后两年的田。畬(yú余):已耕两年的田。毛《传》曰:"田,二岁曰新,三岁曰畬。"这句是说,怎样来耕作新田、旧田?

〔9〕 於:赞叹词。皇:美好,这里指麦种饱满。来牟:麦子。来,小麦,牟,大麦。

〔10〕 受:得到。厥:其,它的。明:成,指收成。此句是说今秋将会获得好收成。

〔11〕 明昭:光明显赫。

〔12〕 迄:至。用:以。康年:指乐岁丰年。这句是说,至终会赐以好年景。

〔13〕 众人:指农夫,周代初年从事农业生产多为奴隶。

〔14〕 庤(zhì至):储备,准备。乃:你们,指众农夫。钱(jiǎn剪):古代起土用的农具,似今之铁锹。镈(bó博):古代锄田除草农具,似今之锄。

〔15〕 奄:同,全。铚(zhì质):短镰刀。艾:通"刈",收割。这句是说,要普遍检查一下镰刀来收割。

噫 嘻[1]

噫嘻成王,既昭假尔[2]。率时农夫[3],播厥百谷[4]。骏发尔私[5],终三十里[6]。亦服尔耕[7],十千维耦[8]。

〔1〕 这首乐歌写春耕时,祭于周成王之庙,托成王之灵,告诫田官和农夫及时从事耕作。据《竹书纪年》记载:"康王……三年,定乐歌,吉禘于先王,申戒农官告于庙。"则此诗当为康王时作品。此诗涉及农田性质及农事规模等,曾成为研究西周社会的史料而受到重视。噫嘻:赞叹声。

〔2〕 既:已。昭:光明,指先王之灵。假:通"格",至,降临。尔:你,指农官。这句是说,成王的在天之灵已降临告诫你们。

〔3〕 率:率领。时:是,此,这些。

〔4〕 播:播种。厥:其,那些。百谷:泛指各种谷物。

〔5〕 骏:迅速。发:发动,指动作起来,即开始耕作。尔:指农夫们。私:为"耜"字之误,耜是古代耕地的农具。一说"私",指私田。

〔6〕 终:尽,耕完。三十里:指方圆三十里。

〔7〕 服:从事。

〔8〕 十千:即指万人。耦:二人并耕称"耦"。这句意谓全国农夫都齐力耕作。

有　客[1]

有客有客,亦白其马[2]。有萋有且[3],敦琢其旅[4]。有客宿宿,有客信信[5]。言授之絷,以絷其马[6]。薄言追之[7],左右绥之[8]。既有淫威,降福孔夷[9]。

〔1〕 这是一首送别的乐歌。殷人后裔微子封于宋，带随从来朝见周王。将要回国时，周王作乐表示惜别并祝福。客：贵客，指宋微子，名启，商纣王异母兄。商亡之后，封武庚于宋，以奉殷祀。武庚叛，周公诛之，乃命微子代殷后。

〔2〕 亦：语助词。白其马：犹言"其马白"，此指微子驾车用的是白马。《礼记·檀弓》："殷人尚白，戎事乘翰。"郑玄注："翰，白色马也。"

〔3〕 有萋有且（jū居）：即萋萋且且，形容随从众多的样子。马瑞辰《通释》："萋、且双声字，皆以状从者之盛。"

〔4〕 敦琢：即"雕琢"，此处有选择之意。旅：指同行者。此指伴微子来的众臣。孔《疏》："敦琢，治玉之名，人而言敦琢，故言选择。……敦、雕古今字。"

〔5〕 宿：住一夜。信：住两夜。毛《传》："一宿曰宿，再宿曰信。"此两句是表示殷勤留客之意，宿宿、信信，指挽留客人住了好几天。

〔6〕 言：语助词。授：给予，交付。縶（zhí执）：绳索；下句"縶"用作动词，"縶其马"，言拴住他的马。此两句表示主人一再地挽留客人。

〔7〕 薄言：语助词。追：追还。朱熹《集传》："追之，已去而复还之，爱之无已也。"

〔8〕 左右：指周王左右的大臣。绥：安。这句说，周王派遣亲近大臣，赶去安抚。

〔9〕 淫威：指受到天的威惩。淫，大。吴闿生《诗义会通》："淫威者，犹云奇祸。"此暗喻殷的亡国。孔夷：很大。这二句是说，你已遭亡国之大灾，今后上天即将有大福降给你。此为勉慰之词。

闵予小子[1]

闵予小子,遭家不造[2],嬛嬛在疚[3]。於乎皇考[4]!永世克孝[5]。念兹皇祖[6],陟降庭止[7]。维予小子,夙夜敬止。於乎皇王!继序思不忘[8]。

〔1〕 周武王伐纣,灭商,建立了周王朝。但开国不久,武王即弃世,其子成王年幼继位,由周公辅政。待年稍长,方才亲政。这首诗是成王亲政时前往祖庙祝告时的用诗。诗中先诉先王去世后的哀痛,再颂先王之美德,并表示继承祖业,绪世不忘的决心。闵:通"悯",怜念。小子:成王祝告时的自称。

〔2〕 不造:不吉祥,不幸。这里指遭武王之丧。

〔3〕 嬛嬛(qióng 穷):同"茕茕",孤独无依的样子。疚:心伤致病。

〔4〕 於乎:同"呜呼",感叹声。皇考:先父,指武王。

〔5〕 永世:终生。克孝:能尽孝道。

〔6〕 皇祖:指周文王。

〔7〕 陟(zhì 至)降:升降,此指文王灵魂时时升降于王庭,以赐福佑。止:语气词。

〔8〕 序:同"绪",指功业、王业。思:语助词,犹"兮"字。此句是说,永远不忘承继先王的大业。

敬 之[1]

敬之敬之,天维显思[2],命不易哉[3]!无曰高高在上[4],陟降厥士[5],日监在兹[6]。维予小子[7],不聪敬止[8]。日就月将[9],学有缉熙于光明[10]。佛时仔肩[11],示我显德行[12]。

〔1〕 这是周成王敬天勉己的箴规诗。虽敬言天命,但也强调要通过"学"来进德,表现出殷周观念上的变迁。敬:敬慎,小心谨慎。

〔2〕 显:明显昭著。思:语助词。这句是说,上天显赫明察。

〔3〕 命:天命。不易:不容易。这句是说,承受天命实在是不容易啊。

〔4〕 "无曰"句:不要说天只是高高在上。

〔5〕 陟降:升降,这里指上天在执掌着升黜、赏罚。士:指众卿,士大夫。

〔6〕 日:日日,天天。监:监视。兹:此,指下土人间。这句是说,天无日不在监察下土。

〔7〕 维:语首助词。予小子:成王自称。

〔8〕 不聪敬:自谓不够聪明敬慎,是自谦之辞。止:语助词。

〔9〕 就:久。将:长。日就月将,即谓日久月长。马瑞辰《通释》:"谓日久月长,犹言日积月累耳。"

〔10〕 缉熙:积渐广大,发扬光大。这句是说,将通过

学而渐进光明之境。

〔11〕 佛(bì 必):通"弼",辅助。朱熹《集传》:"佛、弼通。"时:是,此。仔肩:重任。这句是说,希望辅佐之臣帮助我挑此重任。

〔12〕 示:指示。显:彰显。朱熹《集传》:"又赖群臣辅助我所负荷之任,而示我以显明之德行。"

小　　毖[1]

予其惩,而毖后患[2]。莫予荓蜂[3],自求辛螫[4]。肇允彼桃虫[5],拼飞维鸟[6],未堪家多难[7],予又集于蓼[8]。

〔1〕 这是周成王的罪己自戒诗。成王轻信流言,放纵管、蔡而遭祸乱。他表示深自痛悔,告于祖庙,意在取得群臣的同情和支持,以救国难。诗取喻贴切,出语恳切,哀音动人。毖(bì 闭):谨慎。

〔2〕 予:成王自称。其,语助词。惩:惩戒,警戒。这二句是说,我要自我警戒啊,谨防后来的祸害。"惩前毖后"的成语,即本于此。

〔3〕 荓(píng 平):致使。朱熹《集传》:"荓,使也。"这句是说,没有谁致使蜂来毒我。

〔4〕 辛:辛辣的毒刺。螫:蜂以毒尾刺痛人。这句是说,是自找蜂螫,即咎由自取的意思。

〔5〕 肇:始。桃虫:鹪鹩,小鸟名。古人认为鹪鹩能生出雕,雕是一种像鹰一样的巨大猛禽。这里比喻初时不

慎,终酿成大祸。

〔6〕 拚飞:即翻飞的意思,形容大鸟高空飞翔的样子。朱熹《集传》:"拚,飞貌。"

〔7〕 未堪:不堪。这句是说,国家已多难不堪了。

〔8〕 集:聚集,汇集。蓼(liǎo 了):一种草本植物,味辛又苦。集于蓼,比喻深深陷入苦难境地。

载 芟[1]

载芟载柞,其耕泽泽[2]。千耦其耘[3],徂隰徂畛[4]。侯主侯伯[5],侯亚侯旅[6],侯彊侯以[7]。有嗿其馌[8]。思媚其妇[9],有依其士[10]。有略其耜[11],俶载南亩[12]。播厥百谷[13],实函斯活[14]。驿驿其达[15],有厌其杰[16]。厌厌其苗[17],绵绵其麃[18]。载获济济[19],有实其积[20],万亿及秭[21]。为酒为醴[22],烝畀祖妣[23],以洽百礼[24]。有飶其香[25],邦家之光[26]。有椒其馨[27],胡考之宁[28]。匪且有且[29],匪今斯今[30],振古如兹[31]。

〔1〕 这是祭祖祈求丰年的乐歌。古时有"藉田"之礼,即春耕时,帝王临田亲耕以示劝农。此诗叙述了农事生产的场面和过程,是《周颂》的最长篇。载:开始。芟

(shān 山):除草。

〔2〕 柞(zé 责):砍伐树木。段玉裁《说文》注:"桉柞可为薪,故引申为凡伐木之称。"泽泽(shì 是):通"释释",泥土松散的样子。两句言耕种之始。

〔3〕 耦:二人并耕。耘(yún 云):除去田地里的草。

〔4〕 徂(cú 粗阳平):往。隰(xí 席):低湿之地。畛(zhěn 诊):田间小路。

〔5〕 侯:犹"维",语助词。主:家长。伯:长子。

〔6〕 亚:次,指叔、仲,即排行第二子、三子。旅:众,指众子弟晚辈。

〔7〕 彊:古"强"字,指强壮劳力。以:指老弱的人。郭沫若说:"以与强为对文,应读为骏或骀,即是不强的人。"(见《由周代农事论到周代社会》)

〔8〕 有:语助词。喷(tǎn 坦):吃饭时口张合发出的声音。朱氏《集传》:"众饮食声也。"馌(yè 夜):送到田间的饮食。

〔9〕 思:语助词。媚:美好。妇:指送饭的农妇。

〔10〕 依:爱。郑《笺》:"依,之言爱也。"士:指在田间耕作的男子。这句说,依恋在男子身旁。

〔11〕 略:锋利。毛《传》:"略,利也。"耜:古代一种翻土农具,类似今之犁铧。

〔12〕 俶(chù 触):始。载:从事。南亩:向阳的田亩。

〔13〕 百谷:各种各样的谷物。

〔14〕 实:种子。函:含。斯:犹"而"。活:生。此句言种子在土中萌生发芽。

〔15〕 驿驿:也作"绎绎",陆续出苗的样子。达:指作物长出地面,即破土而出。

〔16〕 厌:此指受气足,而长势良好。杰:杰出。指先长出来而又粗壮的禾苗。

289

〔17〕 厌厌:形容禾苗茂盛整齐的样子。苗:此指一般的禾苗。

〔18〕 绵绵:接连不断的样子,即一次又一次地。麃(biāo 标):通"穮",除草。陈氏《传疏》:"除草谓之耘,亦谓之穮,《诗》作麃,古文假借字。"

〔19〕 获:收获。济济:众多的样子,指所收谷物。

〔20〕 实:满。积:堆积。这句是说,谷物堆积得满满的,即满仓满囤的意思。

〔21〕 亿:古时以十万为亿。秭:十亿为秭。

〔22〕 醴:一种甜酒。

〔23〕 烝:献。畀(bì 闭):给。祖妣:男女祖先。

〔24〕 洽:备。百礼:各种祭祀的礼仪。

〔25〕 馝(bì 必):同"苾",有苾,即苾苾,形容香气浓郁的样子。此指酒食祭品放出芳香。

〔26〕 邦家:邦国家族。这句是说,祭品丰优,为我们邦家增添荣光。

〔27〕 椒:一种芳香植物,这里指用椒泡制的酒散发出的香气。馨:香气远闻。

〔28〕 胡考:长寿老人。毛《传》:"胡,寿也。"《诗经》中多用老人身体特征称呼老人,如黄发、台背等。"胡"原指颈下的垂肉,人老则颈下肉松弛下垂,故代指老人。之:是。宁:安宁。

〔29〕 匪:非,不仅。且(jū 居):此,指获此丰收。这句是说,不仅此地有此大丰收。

〔30〕 今:今时。这句是说,不仅今时有今天这样的丰收。

〔31〕 振古:自古以来。这句是说,长久如此,万古如此,不仅指过去,也有期望今后也如此的意思。

良　耜[1]

畟畟良耜,俶载南亩[2]。播厥百谷,实函斯活[3]。或来瞻女[4],载筐及筥[5],其饟伊黍[6]。其笠伊纠[7],其镈斯赵[8],以薅荼蓼[9]。荼蓼朽止[10],黍稷茂止。获之挃挃[11],积之栗栗[12]。其崇如墉[13],其比如栉[14],以开百室[15]。百室盈止[16],妇子宁止[17]。杀时犉牡[18],有捄其角[19]。以似以续[20],续古之人[21]。

〔1〕 秋收以后,答谢祖先赐福的典礼称"秋报"。这是周王率群臣举行"秋报"祭礼时的乐歌。耜:古代翻土农具,与犁头类似。

〔2〕 畟畟(cè册):深翻土地的样子。俶(chù触):始。载:从事。南亩:指向阳的田亩。

〔3〕 实:种子。函:含,此指埋入土中。斯:犹"而"。活:生长发芽。

〔4〕 瞻:通"赡",供养。此指送饭食来吃。女:即"汝",你,指在田间耕作的农夫。

〔5〕 载:装载。筐、筥(jǔ举):都是竹编容器,筐为方形,筥为圆形。此指送饭用的容器。

〔6〕 饟(xiǎng响):同"饷"。送给人吃的食物。伊:是。黍:此指小米饭。

〔7〕 笠:斗笠。纠:纠结缠绕,此指用绳编织出交错

纠结之状。

〔8〕 镈（bó 博）：一种除草松土的农具，似今之锄。赵:锋利。毛《传》："赵，刺也。"胡承珙《毛诗后笺》："《传》训赵为刺者，……盖刺者，锋利之谓。言其镈镈锋利，故可以划草耳。"

〔9〕 薅（hāo 蒿）：除草。荼（tú 徒）：此指野草。蓼：杂草。孔《疏》："蓼，秽草。"

〔10〕 朽：朽烂。止：语气词。

〔11〕 挃挃（zhì 至）：收割庄稼时发出的声响。毛《传》："获声也。"

〔12〕 积：此指堆积在场上的粮食。栗栗：众多的样子。

〔13〕 崇：高。墉：城墙。此句形容堆起的粮食像城墙一样高耸。

〔14〕 栉（zhì 至）：梳篦。此句形容粮垛排列得像梳篦的齿一样紧密整齐。

〔15〕 开：打开。百：非实数，形容其多。室：指存储粮食的仓房。

〔16〕 盈：满，充满。

〔17〕 妇子：妇女和孩子。宁：安宁，此指农事完毕后的安闲。

〔18〕 时：是，这。椁（rún 润阳平）：牛长七尺为椁。椁牡，大公牛，用作牺牲。

〔19〕 捄（qiú 求）：通"觓"，双角弯曲的样子。

〔20〕 似：通"嗣"，与"续"同义。是说祭祀之举年年相续不断。

〔21〕 古之人：指先祖。这句是说，继承先祖传统，世世代代举行此祭典，永不废替。

292

桓[1]

绥万邦,娄丰年[2]。天命匪解[3]。桓桓武王[4],保有厥士[5]。于以四方[6],克定厥家[7]。於昭于天[8],皇以间之[9]。

〔1〕 这是颂美周武王的诗。诗中歌颂武王伐纣灭商以后,受到上天的保佑,屡获丰年,天下太平。

〔2〕 绥:安定。万邦:指全天下。娄:读为"屡",屡次、多次。

〔3〕 匪:非,不。解:通"懈",懈怠,引申为厌弃。这句是说上天对于周永不厌弃。

〔4〕 桓桓:威武的样子。

〔5〕 厥:其。士:疑为"土"之误,即下土,指天下。

〔6〕 以:用,拥有。四方:天下四方。

〔7〕 克:能够。家:家邦,指周室的天下。

〔8〕 於(wū 乌):赞叹词。昭:显耀。

〔9〕 皇:君王,这里指武王。间:代替。吴闿生《诗义会通》:"间,代也。言代殷有天下。"

鲁 颂

驷[1]

驷驷牡马,在坰之野[2]。薄言驷者[3],有骄有皇[4]。有骊有黄[5],以车彭彭[6]。思无疆[7],思马斯臧[8]。

驷驷牡马,在坰之野。薄言驷者,有骓有駓[9]。有骍有骐[10],以车伾伾[11]。思无期[12],思马斯才[13]。

驷驷牡马,在坰之野。薄言驷者,有驒有骆[14]。有骝有雒[15]。以车绎绎[16]。思无斁[17],思马斯作[18]。

驷驷牡马,在坰之野。薄言驷者,有䮘有騢[19],有驔有鱼[20],以车祛祛[21]。思无邪[22],思马斯徂[23]。

〔1〕 这首诗描绘了一幅壮美的牧马图:在辽阔的牧场上,有着各种毛色的良马,而且匹匹健壮有力。诗中共排列出十六种马,以见鲁国牧马的蕃盛。古代马为国力的表现,因此,这是一首颂美鲁僖公时国势强盛的诗。全诗四章,重叠复唱,体制颇近《风》。駉(jiōng扃):形容马肥壮的样子。

〔2〕 坰(jiōng扃):远郊外。毛《传》:"坰,远野也。"

〔3〕 薄言:语助词,此有迫近察看的意思。

〔4〕 驈(yù玉):两股间有白毛的黑马。皇:黄白色的马。

〔5〕 骊:纯黑色的马。黄:黄色杂有赤色的马。毛《传》:"纯黑曰骊,黄骍曰黄。"

〔6〕 以车:用以驾车。彭彭:强壮有力的样子。

〔7〕 思:语助词。下各句同。无疆:无边,形容马力强,能跑很远。

〔8〕 斯:这样,如此。臧:美、好。

〔9〕 骓(zhuī追):毛色苍白相杂的马。駓(pī批):黄白相杂的马。

〔10〕 骍(xīng星):赤黄色马。骐(qí其):青黑色的马。

〔11〕 伾伾(pī批):有力气的样子。毛《传》:"伾伾,有力也。"

〔12〕 无期:无限期,指久奔不停。

〔13〕 才:形容马聪明灵巧。

〔14〕 驒(tuó驼):有鳞状黑斑纹的青毛马。骆(luò洛):尾和鬣毛都是黑色的白马。

〔15〕 駵(liú留):赤身黑鬣的马。雒(luò洛):黑身白鬣的马。

〔16〕 绎绎(yì义):形容马善跑的样子。

295

〔17〕 无斁(yì 义):无厌,不倦怠。

〔18〕 作:指奋起有神。朱熹《集传》:"作,奋起也。"

〔19〕 骃(yīn 因):浅黑带白的杂色马。騢(xiá 霞):赤白相杂的马。

〔20〕 驔(diàn 店):指脚胫有长毫的马。鱼:双眼周围有白毛的马。

〔21〕 祛祛(qū 驱):强健的样子。毛《传》:"祛祛,强健也。"

〔22〕 无邪(yú 余):不偏邪,指步子正,体态好。

〔23〕 徂:行,指善走,一往无前。

商 颂

玄 鸟[1]

天命玄鸟,降而生商[2],宅殷土芒芒[3]。古帝命武汤[4],正域彼四方[5]。方命厥后[6],奄有九有[7]。商之先后[8],受命不殆[9],在武丁孙子[10]。武丁孙子,武王靡不胜[11]。龙旂十乘[12],大糦是承[13]。邦畿千里[14],维民所止[15],肇域彼四海[16]。四海来假[17],来假祁祁[18]。景员维河[19],殷受命咸宜[20],百禄是何[21]。

〔1〕 这诗为商的后裔祭祀颂扬祖先的乐歌。描绘了商始祖契的诞生,成汤灭夏建国,武丁中兴开拓疆土的发展过程,具有史诗性质。玄鸟:燕子。

〔2〕 "天命"二句:指简狄吞燕卵而生契的神话传说。契建国于商地(今河南商丘),是商族的始祖。

〔3〕 宅:定居。殷土:殷地。盘庚以后商迁殷土(今河南安阳),改国名称殷。芒芒:即茫茫,广大荒漠的样子。句写开国初始的情况。

〔4〕 古:古时,从前。帝:上帝。武汤:威武的成汤。郑《笺》:"天帝命有威武之德者成汤。"

〔5〕 正:整治,治理。域:指殷所辖的疆土。

〔6〕 方:遍。马瑞辰《通释》:"方之言溥也,遍也。"厥:其。后:指四方诸侯王。

〔7〕 奄有:尽有。九有:九域,指九州,即全天下。

〔8〕 先后:先王。

〔9〕 受命:承受天命。殆:借为"怠",不殆,不懈怠。

〔10〕 武丁:契的二十二代孙,号高宗,史称"中兴"君主。这句是说,有武丁这样的子孙存在。陈奂《传疏》:"在武丁孙子,犹云在孙子武丁,倒句之以就韵耳。"

〔11〕 武王:英武之王,指武丁。靡不胜:战无不胜。

〔12〕 龙旂:绘有交龙的旗。十乘:十驾车。

〔13〕 大:指丰盛。糦(chì炽,今读 xī 西):同"饎"(chì炽),指酒食。承:供奉,进献。此句谓各地诸侯王来朝拜武丁。

〔14〕 邦:国。畿:王畿,直属天子统辖的京城地区。这句是说,从邦国到王畿千里之地。

〔15〕 维民所止:是众民所居之地。

〔16〕 肇:开始。域:疆域。这句说,开始扩大疆域到那四海之滨。

〔17〕 假:通"格",至。指四海之内均来归附。

〔18〕 祁祁:众多的样子。

〔19〕 景:大。员:幅员,国土。河:指黄河。这句说,具有包括黄河在内的广阔版图。

〔20〕 咸:都。宜:合适,相安。

〔21〕 百禄:形容福禄众多,犹言无限的福禄。何:通"荷",承受,蒙受。

殷 武[1]

挞彼殷武,奋伐荆楚[2]。罙入其阻[3],裒荆之旅[4]。有截其所[5],汤孙之绪[6]。

维女荆楚[7],居国南乡[8]。昔有成汤[9],自彼氐羌[10],莫敢不来享[11],莫敢不来王[12]。曰商是常[13]。

天命多辟[14],设都于禹之绩[15]。岁事来辟[16],勿予祸適[17],稼穑匪解[18]。

天命降监[19],下民有严[20]。不僭不滥[21],不敢怠遑[22]。命于下国[23],封建厥福[24]。

商邑翼翼[25],四方之极[26]。赫赫厥声[27],濯濯厥灵[28]。寿考且宁[29],以保我后生[30]。

陟彼景山[31],松柏丸丸[32]。是断是迁[33],方斲是虔[34]。松桷有梴[35],旅楹有闲[36],寝成孔安[37]。

〔1〕 这是殷商的后人立宗庙祭祀高宗武丁的颂歌。全诗记叙武丁伐楚,诸侯来朝,中兴之盛时的一系列文德

299

武功,卒章写为高宗建立神庙安享祭祀,层次井然,结构完整。殷武:指殷王武丁。

〔2〕 挞(tà踢):勇武的样子。奋伐:奋起讨伐。荆楚:指南楚之地。两句写武丁伐楚。

〔3〕 罙(shēn深):"深"的本字。阻:险阻。这句是说,深入其险阻之地。

〔4〕 裒(póu抔):俘获。王引之《经义述闻》:"与俘通。"旅:众,指士兵。

〔5〕 截:截取划一。其所:指楚地。这句说,统一了荆楚之地。

〔6〕 汤孙:成汤子孙,指武丁。绪:功业,业绩。郑《笺》:"绪,业也。"

〔7〕 维:语助词。女:汝,你。

〔8〕 南乡:南方。

〔9〕 昔有成汤:从前有我成汤。

〔10〕 自彼:自那远方而来的。氐(dī滴)、羌(qiāng枪):西方的少数民族。

〔11〕 享:指进献贡品。

〔12〕 王:作动词,朝拜王。

〔13〕 曰:语助词。常:遵从。按:此章是告戒荆楚之词。

〔14〕 多辟:众诸侯。

〔15〕 设都:建都邑。于:在。绩:通"迹",禹之绩,禹所治之地。陈氏《传疏》:"九州皆经禹治,因称禹迹。"

〔16〕 岁事:指年年朝见天子的事。来辟:来朝见王。

〔17〕 勿予:不给予。祸:罪。適:借为"谪",谴责。这句的意思是,不予以加罪和谴责。

〔18〕 稼穑:指农事劳动。匪解:非懈,不要懈怠。

〔19〕 降监:下察。

〔20〕 下民:下方之民。严:敬慎谨严,指不敢有越轨

行动。

〔21〕 不僭(jiàn 建):不越轨。不滥:不恣意妄为。

〔22〕 怠遑:懈怠偷懒。

〔23〕 下国:指各诸侯国。

〔24〕 封建:受封建国。厥福:使其享有福禄的意思。

〔25〕 商邑:商的都邑。翼翼:严整的样子。朱熹《集传》:"翼翼,整饬貌。"

〔26〕 四方:四方诸侯国。极:中心的意思。

〔27〕 赫赫:显赫的样子。声:名声。

〔28〕 濯濯:光辉的样子。灵:指武丁之灵。

〔29〕 寿考且宁:长寿而且安宁。按高宗武丁享国五十九年,故称其寿考安宁。

〔30〕 后生:后代子孙。

〔31〕 陟:升,登山。景山:大山。

〔32〕 丸丸:树干光滑挺直的样子。毛《传》:"丸丸,易直也。"

〔33〕 是:乃,于是。断:斩伐。迁:搬运。

〔34〕 方:犹"是",与下面"是"为互文,修辞上表现参错。斲(zhuó 酌):用斧头砍。虔(qián 前):指劈削。均指对木材做加工。

〔35〕 松桷(jué 决):松木削成的方形椽子。有梴(chán 缠):即梴梴,木长长的样子。

〔36〕 旅:众多。楹:柱子。有闲:即闲闲,粗大的样子。朱熹《集传》:"闲,闲然而大也。"

〔37〕 寝成:指建起的高宗武丁庙。孔安:指很适合高宗之神来安享。朱熹《集传》:"安,所以安高宗之神也。"

301